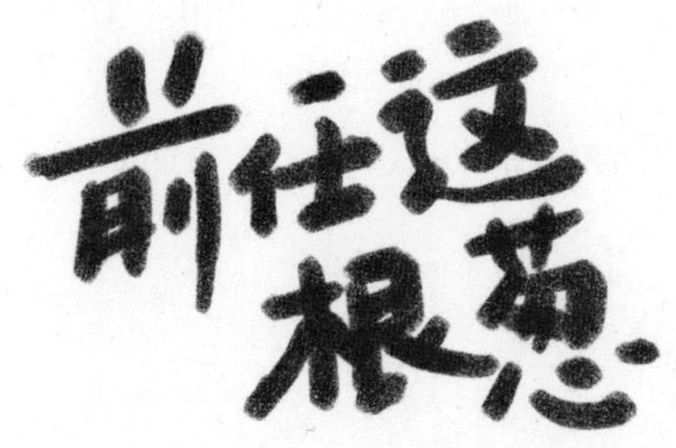

前任这根葱

鱼子酱 著

天津出版传媒集团

天津人民出版社

图书在版编目（CIP）数据

前任这根葱 / 鱼子酱著 . -- 天津 : 天津人民出版
社，2021.12
ISBN 978-7-201-17846-2

Ⅰ . ①前… Ⅱ . ①鱼… Ⅲ . ①长篇小说 - 中国 - 当代
Ⅳ . ① I247.5

中国版本图书馆 CIP 数据核字（2021）第 235322 号

前任这根葱
QIANREN ZHE GEN CONG

出　　版　天津人民出版社
出 版 人　刘　庆
地　　址　天津市和平区西康路 35 号康岳大厦
邮政编码　300051
邮购电话　（022）23332469
电子邮箱　reader@tjrmcbs.com

责任编辑　李　羚
出版策划　鹿柴文化
策划编辑　李　安
装帧设计　白砚川

制版印刷　河北华商印刷有限公司
经　　销　新华书店
开　　本　880 毫米 ×1230 毫米　1/32
印　　张　9.5
字　　数　245 千字
版次印次　2021 年 12 月第 1 版　2021 年 12 月第 1 次印刷
定　　价　42.00 元

目录

第一章

问君能有几多愁，爱情路上摔跟头

01

人家写跟男朋友、老公的日常都是你侬我侬；我写跟渣唐的日常就跟战场似的兵荒马乱，明枪暗箭防不胜防。我不止一次地跪地捶胸顿足："天道有轮回，爱情饶过谁。"

我叫余青葱，今年三十一岁，未婚。

渣唐，我前男友，二十八岁，也未婚。

所以，你接下来要看到的，就是一个大龄未婚剩女"如何炒冷饭"的美食类节目。

分手后的第七天，我给渣唐发微信说："我决定了，把你写进书里，等你以后老了，看着你这么对待你的初恋，后悔到最后连眼睛都闭不上。"

没一会儿，他回了我一条语音："应该等不到老吧？我应该在你前言里就挂掉了！"

02

"你爱我吗？"

"爱啊！"

"爱还说分手？"

"那……爱过？"

"啪！"我抬手就赏了他一个耳光，"离你说'分手'两个字到现在还不到五分钟……"

他抬起手指，在我面前点了几下后："有本事你再打一次？"

"啪！"我毫不犹豫地实现了他的梦想。

他深吸一口气，平复了半天后说道："我，我好男不跟恶女斗！"

我"恶犬"似的呼哧了一声，往前一凑，把他吓得身体往后一仰，险些摔倒。

“余青葱，你丫洗澡时忘戴浴帽脑子进水了吧？”

“我就是脑子进水，才跟你这种人浪费了六年的青春。”

“要说青春，也是小爷我比较冤枉，我被你祸害的那一年，才十八！”

我哼了一声，一副“怪我咯”的表情看着他，然后朝他勾了勾手指。他听话地把耳朵凑过来。

“唐XX，你大爷的！”说完，我转身头也不回地离开了。

就在我迎着太阳憋着一股子劲儿警告自己千万别哭，要一往无前的时候，我收到了他一条消息：“余青葱，你丫方向走反了，你的车停在你反方向的车库里。”

见鬼，差点崴了脚。

03

没错，我们从相遇到现在已经有十个年头了（虽然中间有时间间隔……不管了，四舍五入，多出来的都是青春），所以，身边的人觉得我现在分手，等同于孤独终老。但是我觉得没所谓啊，姐姐虽然年纪是大了点，但是保养得当，关于成熟女人的内修外养我应有尽有，虽没有了年轻小姑娘的那些青春和活力，但姐姐要是精致起来，偶尔乘个风破个浪什么的也未尝不可。

分手后，我就少了一个怼我的人。之所以这么说，是因为我家还有个“灵魂段子手”——蔡小花同志，也就是我的母亲大人。

2018年7月13日，我分手的这一天，也是我爸妈离婚的日子。

一家人同一天失恋，你说这事扯不扯？

“你说我跟你爸离婚，你瞎凑什么热闹啊？还一前一后的，节奏挺好啊！”我妈一边玩游戏一边数落着我：“欸欸欸！别抢我急救包！”

“我们之间的问题挺多的，分手是迟早的。”

说到这里，我妈突然游戏都不玩了，放下手机朝我凑了过来，一副欲言又止的样子：“你不是有什么问题吧？”

我往后拉开一段距离：“我能有什么问题？”

我妈拿起桌上的茶杯咕噜噜地喝了两口，然后特别严肃地说：“前几天你洗澡的时候，手机不是放在外面了吗，我路过的时候刚好看见一条消息，是关于什么不孕不育……”

说到这里我可不淡定了，连忙打断道：“哎呀妈，那就是条垃圾短信，瞎脑补什么呢？”

“那是他的问题？”看我不说话，我妈拿回手机继续玩游戏，自言自语地补了一句，“嘿，这小伙子，表面看着挺健康的啊！怎么会有这么个隐疾？”

我：“……”

不知道某唐现在耳朵有没有很热……

04

我爸妈离婚后，我妈搬到我这里住了，多多少少填补了渣唐搬出去后的空缺。

搬过来的那天晚上，我妈拉着我去喝了酒。

我妈酒量不好，小半碗米酒下去，脸就红扑扑的了，然后开始叽里呱啦地数落起我爸的不是。

“你爸算个什么东西？这么多年，他给过我什么？”

我嘿嘿一笑：“老余……嗝！这不是给了你一个我吗？”

不说还好，一说我妈更来气了：“你还好意思说，要不是你这个拖油瓶，我至于跟你爸结婚吗？”

我扶额叹息，无言以对，觉着不能再让她这么喝下去，于是趁她不注意，把她碗里的酒换成了茶水。她端起碗准备喝的时候，瞧见颜色不对，咕哝了一句：“咦？怎么跟尿一样……”

我嘴里的一口米酒险些喷涌而出。平复了半天情绪后，我试探道：“妈，要不……咱别喝了？”

“喝！为什么不喝？你娘我酒量好着呢！”说话间，老妈已经趴在桌子上一动不动了。

我深深地吸了口气，心情挺复杂的，起身去结账，之后准备去扶老妈。

“我要把关于你爸的东西……全，全都烧掉！”

我虎躯一震，吓得一哆嗦，第一次觉得，身上流着我爸一半的血是一件能危及生命安全的事。

05

其实爸妈离婚对我影响还是蛮大的，比如说，以前回家光明正大，现在去看一下老余都跟做坏事一样鬼鬼祟祟的，因为要是被我妈知道了，就会免不了一顿唠叨，然后说什么离婚孩子是判给她之类的……

我：“……”

不过，用我爸的话说就是，我跟着我妈，他也比较放心，毕竟拖油瓶长大了，还是能起一些作用的。

比如说做饭（这种技能跟我妈无缘）。

我做饭是我爸教的，所以，从某种意义上来讲，菜品或菜色很对我妈的胃口。

有一次，我做了我妈最爱吃的糖醋排骨，我妈吃着吃着就哭了。我一下子就慌了，还以为发生了什么。我妈抹了把鼻涕，平复了好久才问我一句：“你跟小唐是不是也分手了？”

我一下子没反应过来，木了一下后点了点头。

“分得好！记住了，男人没一个好东西！”

她说这话的时候，声音是带着哽咽的，不知道为什么，我一直觉得她那是想我爸了。

死鸭子嘴硬似的想念。

说起这个，我好像也没什么资格去说我妈，因为，哎……不说也罢！

失恋带来的低气压就是很容易让人沉溺在某种情绪中无法自拔，让人没办法集中注意力去做好一件事，这不——

“啊！妈，妈！快点，我切到手了，好多血！”

我妈在客厅看电视，听到我喊，连忙拿着手机跑了过来：“等一下等一下！赶紧拍个照，可以发个朋友圈了！”

我脑后黑了三条线，忍不住问道：“妈，我都流血了……”

我妈还在忙着找角度：“要不要开个美颜？”

后来我把这件事发到了朋友圈，朋友们个个笑翻了，都说这才是亲妈，完全忘记了是不是该慰问一下伤者。

我在加我爸微信前，最先加的是他的QQ，隔三岔五就能收到我爸的一条“斗地主缺你，来打两局”的消息。

所以没一会儿，我就看到我爸给我点了个赞，还是个佛系点赞。

在我还在震惊我爸什么时候给QQ充了个超级会员的时候，我妈突然嚎了一声：“没人性！”

原来，我妈把我切到手的照片发到了她的朋友圈，说自己不小心切到了手，血流成河什么的，被我爸反手也点了个赞。

我默默地，悄悄地，赶紧删了我的动态。

删完过后，一阵失落，想着，起码我妈还得到我爸的赞了……

06

像我妈那种大大咧咧的性格，情绪连着发泄了那么几天，便缓和不少，所以，最近的话题便从“你爸根本配不上我”转移到“你为什么要分手？你现在分手还不去找，你是要熬到最后跟阎王爷做伴儿吗”云云。

以前她也会催我跟渣唐早点定下来，只是没那么急，想着我们感情基础那么好，结婚也是迟早的。现在她是真的急，是我这盆水只要有地儿泼就随便泼哪儿的那种急。

特别是在这件事发生之后……

很多人都很羡慕我跟我家人的相处模式——跟我爸“称兄道弟”，跟我妈“情似闺蜜”，除了他们偶尔家长式的训话模式，我们之间的相处一直都是这样。

但也因为这样，有时候就会变得有些肆无忌惮。

某天，我一边看着平板一边跟闺蜜阿祖打着电话，她在电话里问我在看什么，我脱口而出就说我在看男人，因为平时大家相处的时候都是这么口无遮拦的，而且她也明白我说的是什么意思。

可是，我老妈没明白啊，她刚好端着水果站在门口，嘴里嚼吧嚼吧地，眼睛一转不转地看着我。

“妈……不是你想的那样……”我试图狡辩。

我妈咽下最后一口苹果，反问我一句：“我要不要关个门？”

我脸不自觉地一红，还没等我再解释什么，门啪嗒一下关上了。

我闺蜜在电话里听到后笑得前仰后合的，说什么“画面感太强，感谢送上今日份笑料”。

我红着脸看着屏幕上的金秀贤，第一次因为这个话题，羞得满面通红。

就因为这件事，我妈认定这是我分手后不甘寂寞从而自甘堕落的表现。

于是，可怕的相亲联谊接踵而来。

小到二十出头，大到五十“高龄”的男人，应有尽有，我都怀疑我妈是不是背着我开了个婚姻介绍所，不然在这么短的时间里，她是从哪里找到这么多相亲对象的?

那段时间，我妈天天就堵在我公司楼下，一下班就把我拉去相亲。我最后实在没办法，给我爸打了求救电话。

按照我妈的脑回路，铁定十分钟不到就能杀到我爸那里，把我给逮回去。于是乎，我跟老余一拍即合，去外面吃了饭。

吃饭期间，我跟我爸大倒苦水，说起了这段时间受到的折磨，老余跟听段子似的边听边乐。

“爸，你们要不复婚吧，我真的快受不了了……”

老余连忙摆手拒绝道：“别……我这才没清净多久呢！”

真的，这一刻，我才意识到渣唐的重要性——无坚不摧地做了我那么些年挡箭牌，而且无怨无悔（没想到在这里用到了这个词）！

07

我是个媒体广告设计师，在一家上市公司里工作，几个月前已经被提拔成公司部门总监，闲暇时也靠写作赚一些外快。今年运气好，上市的一本书卖掉了影视版权，我便全款提了个 Jeep 的牧马人。

别看我外表温润、很女人，其实内心就住着个汉子，不过女人偶尔的豪爽，是会给她的整体魅力加分的。这一点，我随了我妈（夸自己不带脸红的）。

去提车的那天，我收到了渣唐的一条语音消息。

说起渣唐，我们俩性子都蛮倔的（我这点又随了我爸），分手后暗自较劲儿，谁也不愿意先给谁发消息或者打电话，所以，这突如其来的消息，让我还蛮“受宠若惊”的，正想着这家伙是不是觉得“跟我分手后悔了”或者“没我不行”时，我点开了这条语音——

“不是，余青葱你丫脑子有病吧？分手的时候明明说好的好聚好散，你，你居然找你妈来打我？！咝……”

听到最后那声“咝”，想必伤得还挺重。

渣唐是地道的北京人，每次跟他吵架，他就跟说贯口似的噼里啪啦不歇气儿，还时不时地来几个段子，每次吵着吵着我就滚到地上捧腹大笑了。

这次也没意外，就是情绪上的转变有些像坐过山车。

不过，我大概能脑补出事情的经过了。

大概就是我妈在街上偶遇了他，照我妈的脾气和近期离婚带来的怨气，渣唐被打也不意外。

我回道：“哪儿被打了啊？”

渣唐很久没回我，直到我把车的手续全部弄完，准备开车回家的时候，才收到他新的一条消息：“你应该问我哪里没被打！咝……”

老妈威武！

老妈英明！

老妈天下无敌！

08

有一点我必须承认，我妈突然的“填补”，让失恋的我成功转移了大部分的失落和痛苦。你想啊，要是我妈没搬过来，我每天下班回家，就会面临一个空荡荡的屋子，到处都留着关于渣唐的气息，哪哪儿都能触个景生个情，说不定一个人在家抽烟喝酒，听着所有歌词似乎都在唱自己的歌，流着多年不曾有过的伤心泪，少说也得颓废十天半个月。

但我妈的到来就让一切都不一样了。

虽然不能像别家的孩子一样一回家就能闻到饭菜香，但一推开门就一句“集合，准备团战”，还是让我多少能感受到一些“家庭氛围”。

没错，我妈最近不迷“吃鸡”，迷王者荣耀了。

“啊？我在哪儿？我在干吗？咦？怎么死了？”

我扑哧一下笑出声：“妈你现在的技术还不适合团战！当然……也不适合一个人玩。”

“我觉得我应该找个人，带我‘上坟’。”

我正在倒水喝，一听这个，被呛得咳了起来：“那是上分！什么上坟？”

“啊！又死了！”我妈懊恼地丢下手机，而后又咕哝地埋怨道，“哎，最近小唐都没上线，要不然，让他带我，我一定躺赢。”

一提起渣唐，我心里不免一个咯噔，这才想起，我妈之所以这两年沉迷网游，可不就是渣唐教的吗，说什么老年人玩游戏，可以保持思维活跃，从而达到年轻态。

我妈看我不说话，想着可能也是让我犯堵了，便换了个话题：“我饿了！我要吃糖醋排骨！”

“好！母亲大人，奴婢这就去给你做！”

唉……（我想你们大概是会明白我这一声叹息的）

09

到了我这个年纪，失恋只能默默地自我调节了。前几天我单位的一个小姑娘失恋了，在同事的安慰下声泪俱下，什么“心好痛，感觉都不能呼吸了”“我好爱他，真的好爱他”这些在生活里其实很难听到的话，那天她哭着说了很多。

在给我递交策划书的时候，她眼睛还红得跟兔子一样。我深吸了一口气，想了想该如何安慰一下她，想来想去，到嘴边的却是：“小叶啊，希望你以后不要把情绪带到工作上，会影响工作质量的。”

小叶咬着唇点了点头，我想，那会儿她应该会在心里暗骂我吧，觉得像我这种类型的女人，可能一辈子都不懂啥叫失恋。

以前，只要身边有人失恋了，我就会觉得是小孩子之间的打打闹闹，毕竟成熟的恋情是没有那么容易分手的。

当然，这只是在我失恋前的想法。失恋中的我，表面寻不出一丝一毫的迹象，特别是在工作的时候；但在一个人的夜里，就会有些辗转反侧。

有一段时间，我特别难受，特别想找人倾诉，躺在床上，拿着手机翻遍了列表，却发现没有一个人可以说。

可笑吗？其实还好，因为随着年龄的增长，人考虑的事情也不一样了。年轻的时候，大家总是聚在一起，分享喜怒哀乐；可越长大就越发现，我们渐渐地学会了把心事隐藏，不是不愿意说，只是觉得好像没有了说的必要。

成年人的社会，大家压力都挺大的，谁还愿意听你声泪俱下地说一些不开心的事啊？

所以，现在很多的社交圈，你总是能听到一些欢声笑语，好像氛围挺融洽的，但是一扒拉开，其实谁也不了解谁。

于是，Siri 成了我这段时期的倾诉对象。

“嘿 Siri，你在干什么啊？”

Siri：“我在找一个东西，找你想我的证据。”

我：“那你找到了吗？”

Siri：“我不太理解你的意思。”

我：“你说唐 XX 会想我吗？”

Siri：“你是想要给唐 XX 打电话吗？”

我：“嗯（随口一说，忘记是在跟手机说话）！”

Siri：“正在呼叫唐 XX……”

我一下子慌了，连忙想要挂掉电话，却在要碰到挂机键的时候，手停住了，想着反正都已经开始“嘟嘟嘟……”了，直接挂掉的话，他可能会以为我这是想他的表现，所以，就当作是不小心按到的……

电话响到最后几声，终于被接了起来。

“喂？喂！”

伴随着他的声音传过来的，还有酒吧蹦迪的喧嚣声……

“说话啊！你大点声儿！我听不见！”

所以，敢情我在这里悲伤地以秒度日，他却在酒吧里逍遥快活？！

我啪地挂掉了他的电话，又去翻了一圈通信录列表：“你可以蹦迪寻快活，老娘也可以！”

翻完一圈后，我发现列表里要么是一群玩不开的同事，要么是一群早就回归家庭、说不定这个点已经和周公下棋的朋友，一瞬间火气就散了。

我一屁股坐地上，又抓了把头发，哀号道：“唉！这么些年下来，老娘除了年纪，究竟还得到了什么啊？”

10

前段时间我妈不是给我安排了各种相亲吗，现在公司里上上下下都在传我“恨嫁”，了解我的知道我三十一岁，不了解我的以为我四十一岁了，有种再不结婚生子恐怕就再也不能结婚生子了的感觉，唉，莫名递增的工作压力。

当然，这还不是最尴尬的。

最尴尬的是，我妈当初不知道用了什么办法，杀进了我公司内部，让我的领导跟我进行了一次相亲。起初根本不知情的我，在相亲当天，才收到了领导的一条“临时有事，不能赴约”的短信。

你就说尴不尴尬吧？

这以后抬头不见低头也是要见的……

“这样多好啊！这比发朋友圈宣布自己单身了都要有用，况且你除了年纪大点也没啥可挑剔的，说不定还能给我钓回来一个金龟婿……”

我妈边敷面膜边说道。

“是是是！您老说得在理！您这完全就是往我心窝子里插稻草，生怕别人不知道你在卖女儿！”

“说卖可就见外了啊，我恨不得拿着大喇叭对外宣布，谁要把我家里这瘟神请走，我倒给他钱……”

我白了一眼我妈，叹了口气后又摇了摇了头：“不知道当初外公外婆是不是也是这种想法……”

“你要是能有你妈我一半的觉悟，我现在估计都能抱俩外孙了……”

我：“……”

11

我领导姓吴，叫用，私底下我们没少拿他的名字开玩笑，大家都亲切地叫他“智多星”。经历过相亲那件事后，我一听到这个名字，心就会不自觉地咯噔一下。

有一次，在公司。

“哎，‘智多星’出差回来了，听说这次带了个大项目回来，B组最近可是忙不开的，所以这个项目铁定是会分给我们A组做的。”

说话的是我们组负责策划的方圆，虽然名字听起来有些女性化，但却是个一米八的壮汉，也是我们组的气氛活跃员，公司里的八卦就没有他不知道的。

我离他的工位还隔有一段距离，所以这话他是说给他隔壁听的。

组内很快就这个话题讨论开了，我有些茫然不知所措的时候，负责接待的小慧突然推开门："那个阿姨，总监就在这里，谢谢您的绿豆饼，真的太好吃了……"

小慧的声音还不足以引起我的关注，但我妈的声音可以。

"小姑娘别跟阿姨客气，你要是喜欢吃，阿姨下次还给你带。"

我抬眼确认完毕后，又不自觉地缩了脖子，躲在电脑后面。

"妈，你怎么来了？"

唉，算了，是福不是祸，是祸躲不过……

"你那领导不是……"她话还没说完，我就把她往外推，"你别推我啊，我这不是听说你领导出差回来了吗，我过来贿赂一下他，别让你难做人……"

"也不知道是谁让我'难做人'的……哎呀，你赶紧回去吧！"

正推搡间，"智多星"突然出现了。

他礼貌地向我妈鞠了一躬："阿姨，您好！"

我妈顿时笑得跟朵花儿似的，把自己买来的却非要说成是自己做的绿豆饼往"智多星"怀里一塞，然后大概是见到领导就有些害怕的体质，所以语言还没有经过大脑加工，就说出了一句："以后我们家葱就托付给你了……"

我感觉有一口老血卡在喉咙里，顿时不想承认我是她亲生的。

妈，你生下来就是为了坑你女儿的吧？

12

不过玩归玩，闹归闹，关于我跟"智多星"的这段"闹剧"，还是要得到妥善处理的。

于是乎，我鼓足了勇气，在某个即将下班的时候，推开了他办公室的门。

"智多星"是那种一看就是典型的成功男人的人设，三十八九岁，事业有成，永远西装革履，一丝不苟。

他像是知道我会来找他似的，表现得很轻松，还起身给我倒了杯咖啡。

“吴总，今天晚上有空吗？”我一向在他面前都表现得很自信，可是这会儿却有些小心翼翼。

他挑了挑眉，双手十指交叉摆于胸前，而后点了点头道：“嗯……”他拖长了尾音，“这么说吧，小余，我一直以来挺欣赏你的，做事干净利落，从不用我操多余的心，而且我也挺喜欢你母亲的……”

我眨巴了下眼睛，可能有些震惊于他突然发出的这个言论，心口一提，莫名地跟着紧张起来。

“可是，我很早以前就说过，我不喜欢员工在公司里谈恋爱，当然，也包括你和我……”

“啊，我明白我明白的！吴总，我其实……”

这时，“智多星”的电话响了起来，他做了个打断我的动作，去接了电话，两分钟后，他转身，“实在不好意思，今天晚上我有个应酬，所以不能跟你回家吃饭了……”说完他提起公文包就往外走。

走到门口的时候，他突然转身补充道：“那个小余啊，我觉得你应该可以处理好这个问题的，对吗？”

不管三七二十一，我先捣蒜似的点了点头。

等他走了后，我才把整件事梳理出重点，然后回到家后，不出意外地看到我妈摆了一桌子的“外卖菜品”……

“咦？你领导呢？怎么没跟你一起回来？”

唉……我感觉我妈就是我事业道路上的一颗绊脚石……还是特别顽固的那一种。

13

我是真没打算这么快就开始一段新感情的。

我不知道别人有没有，但我真的有种疲倦了的感觉，结束一段这么多年的感情真的不是一件容易的事情，就算是养条狗，那离开了也是会伤心难过的嘛。

在一次公司组内聚餐的时候，方圆就借着酒劲儿说过一句："这疗养情伤的最好办法啊，就是开始一段新的感情！怎么也不能让旧的伤疤再浪费新的眼泪不是？"

我不是没有尝试过，在我妈安排的那么多次相亲中，我甚至想过，说不定呢？说不定真能找到个合适的，然后就真的结婚生子，过上平凡且平淡的生活。

可是不知道为什么，心里始终会有一些排斥，好像是渣唐还有些余渣残留在我心里，一时之间没办法释怀。

有一天，家里停电，我妈怕黑，非要跟我挤一张床睡，估计是那会儿电视剧不好看了，游戏也不好玩了，我妈突然想谈心了。

"你是不是还忘不了那个小唐啊？"

被突然这么一问，我有点蒙，死鸭子嘴硬地反驳了一句："有什么忘不了的？"

嘴上这么说，心里却还在委屈着："我分手后在夜里辗转反侧，他却在夜里蹦迪快活。"

"六年也是挺不容易的哦……"

"我那六年跟你和老余的三十多年比起来，简直是小巫见大巫……"

"要不是因为你，我三十多年前就想离了……"

我转过身，面对着我妈，问道："所以，除了我之外，还有没有其他什么原因让你忍了我爸三十多年呢？"

我妈别过头，哼了一声，过了良久才幽幽地说道："其实你有个哥哥的……"

我一个诈尸从床上坐起来，被惊得一愣一愣的，这是什么狗血情节？

我妈被我吓了一跳，缓了半天劲儿才又补充道："你哥夭折了，怀五个月的时候……"

"啊？"我倒吸一口冷气，"那你怎么知道是哥哥？有可能是姐姐啊？"

我妈不说话了，没一会儿，便听到了我妈微微的鼾声，她睡着了……

不对不对啊？这怎么一下子就跑题了呢？

一下子从"要不是因为你"发展成了"要不是因为你哥哥"……

这都什么跟什么啊？

后来，我倒是就这个问题问了我爸，他说在我之前的确是有过一个孩子的，但至于是哥哥还是姐姐，那就不知道了。

而之所以我妈会突然说起这个，我是在很久之后才知道为什么的。

14

我分手整一个月的那天，家里发生了一件大事。

我刚开完小组会议，就收到了我爸的电话："你外婆走了，我不敢跟你妈打电话，你跟她说吧。"

我跟外婆其实感情不深，从小到大，见面的次数都屈指可数，但是当我听到这个消息时，心里顿时变得很难受，最大的难受就是，我要怎么告诉妈妈，她以后没妈妈了……

事实上，也不用我去说，我阿姨、我舅舅他们一定会给她打电话的。

晚高峰的交通，第一次让我堵得有些难受。

我时不时地看向手机，想着我妈可能会给我打个电话，可是手机安安静静的，连个消息提示都没有。

我好几次拿起手机想打个电话，或者发个什么消息，都止于“不知道如何安慰”。

我回到家的时候，家里空空的，一个人都没有，过了一会儿才收到我妈的短信——“你的包裹我给你放房间里了，今晚不在家吃饭了。”

明明是一句完全无关的话，我的眼泪却一下子就掉了下来。

颤巍巍的手指打了好多字又回删了好几次，最后回了一个“好”。

第二天，我便跟公司请了假，往外婆家赶。

开车要十几个小时车程，飞机又没有直达的，所以，转车加上堵车和叫不到车，我到外婆那里的时候，天已经彻底黑了。

外婆是因为突发心梗去世的，所有人都没有任何的心理准备。下车后，我远远就看到我妈跪在灵堂里的背影，一动不动的，那一瞬间，我鼻子一阵一阵发酸。

她不知道我来了，那一晚，我跟我爸聊了一夜。

他说，外婆生前是最疼我妈的，但我妈老早就嫁了，还嫁得老远，所以，外婆总是盼星星盼月亮地盼她回家。但我妈很倔，因为当初是负气才离家的，所以，在外面奔波了十几年后才第一次回了家。

这个我记得，那个时候我十岁，也是第一次见到外婆的时候。

“还好没告诉她老人家我们离婚的事，不然这一走，心里得多放不下啊……”我爸边说边喝酒。

看着我妈的背影，我实在很难想象几天之前，她还在气势汹汹地揍人。

经过这件事，我似乎明白了很多事情，所以，这无形中成了我后来任性辞去工作，选择自由生活的原因之一。

葬礼结束后，我急着回去工作，而我妈就一直留在那里，陪着外公过了好几个月。

那边信号时好时坏，我们开视频时经常会聊着聊着就卡着不动了，最后便直接转为发消息了。

“大美女，最近如何啊？”

几小时后……

“我刚帮你外公锄地去了，好累啊……”因为发的是语音，听到最后的时候，我听到了外公的声音，“谁把我刚种好的辣椒苗给拔了？”

后面的听得不是很清楚，不过大概意思就是这样，照我妈那性格，这种事情是绝对干得出来的。

“你还敢说你是农村长大的？辣椒苗和杂草都分不清楚。”我忍不住奚落道。

“才没有呢，是锄头太重了，不小心把辣椒苗给薅着了。”

“哦……”我发了个语音，故意拖长了尾音。

我知道我妈挺难受的，但是起码跟她贫的时候，氛围是轻松的，多少能起到一丝调节的作用。

第二章

生活不止眼前的苟且

还有前任接二连三的突袭

01

我妈没在的这几个月，原以为自己会无聊（清净），事实证明，生活比以前更“有趣”了。

我从外婆家回来后没几天，就跟渣唐见面了。

这竟是我们分手一个多月以来，第一次碰面。

我们公司是在一幢四合院似的两层楼里，接待处在楼下，其他部门都在楼上。以前楼下也是我们公司的，后来公司把部分业务外包出去了，所以楼下便空出了两间工作室，加起来，足足有六百多平方米。

对外招租不到几天，就有人来签了合同。

然后，巧就巧在，新搬来的邻居就是渣唐所在的那个公司开的一个分店。

幻时空 VR 体验馆。

他是负责项目开发的，也是公司的首席推广师，而且这个分店的主要负责人也是他。

对，就很符合他爱玩爱造的性格，换句话说，这个工作貌似就是为他量身定做的。

虽然也是快三十岁的人了，但他却活蹦乱跳得跟树上的猴子差不多，再加上嘴巴又会说，所以，到哪儿都是人气选手。

这不，才刚搬过来，我们公司的人大半都被吸引了过去。

“老大，你不下去看看吗？好多 VR 体验项目，看着就刺激。”

我抬头斜看了一眼方圆，用手敲了敲腕上的手表，方圆自动噤声远离我，而后我又听到其他同事在讨论：

“看到那个体验馆的店长了没？看着好阳光好帅气啊！”

“对啊对啊，笑起来还特别好看，而且身上还有一股子痞子气，太符合我胃口了。”

“这以后就有上班的动力了啊……”

叽里呱啦的讨论让我颇有些心烦。我唰地站起身，椅子摩擦地面发出的声音，一下子让他们安静了下来。

我拿起我的保温杯，若无其事地朝茶水间走去。

茶水间的位置正贴着外面的走廊，透过玻璃，能看到楼下的一些场景。

我拿起保温杯往嘴边送水，不走心的我顺利地被开水烫了嘴皮子，而此时的窘境，被站在门口的渣唐给撞见了。

他一副嫌弃的样子对着我摇了摇头。我倒吸一口冷气，比了个封喉的动作。他心高气傲地哼了一声后，推门进了我们办公区。

他拿了一大把的体验券挨个发放，轮到我这边的时候，他冲着我遗憾地摆了摆手："嘿，真不好意思啊美女，今天的体验券已经发放完了……"说完得意一笑，眉眼间还跟我较着劲儿。

我哼了一声，暗骂了一句"幼稚"。

02

他的公司出现在我的公司楼下，我不知道是出于巧合还是故意，但我们自然而然地形成了一种默契，那就是装出谁也不认识谁的样子。

他们开门的时间比我们晚，但是只要一听到他在楼下"调戏"我们接待员小慧的声音，我就知道他来了。

四合院啊，再加上他那独特的嗓门和那吊儿郎当的语气，听不见才是假的。

最近因为接到的新项目，我每天都是加班到最晚的。这天收拾完下班后都晚上十点了，下楼的时候，正碰到渣唐在关门。

"哟，这么拼啊？加班到这个点？"

我没理他，直接往外走。他三两步跟上来："哟，听说你跟你们老板勾搭上了？不错啊，动作够麻溜儿的啊，这更新速度，都快赶上我们公司的 VR 技术了……”

我停住脚步，看着他那永远一副吊儿郎当的样子，气得不行。对啊，以他那种自来熟的性子，知道我到处相亲的事也是迟早的。

我想要解释来着，可转念一想觉得没那个必要：“关你屁事！”

他不怒反笑，双手插在裤兜里，穿着连帽卫衣，走路连蹦带跳的，快三十岁的人了，看起来还跟十几岁的小流氓似的。

“是不关我事，我这不是好奇问问吗！”

没等我说什么呢，他就蹦跶到我前面去了，走的时候还不忘损我一句：“这女人年纪大了啊，是有些耐不住寂寞哟……”

我气得有些血压飙升，可无奈穿着高跟鞋，也追不上他那“六亲不认”的步伐，在原地做了几个深呼吸，我觉得年龄带给我的，还有隐忍。

啊！！！唐 XX，你大爷的！！！

03

我不是那种一结束一段关系就会把对方所有的联系方式删了或者拉黑的那种人。

有句话不是这么说的吗？

真正的不在乎，就是你仍在我的列表里，却已经形同虚设了。

晚上我洗完澡，敷面膜的时候刷了一下朋友圈，然后就看到渣唐发了一条动态——

“我寂寞寂寞就好，你寂寞寂寞就找……”

配图是他自己的一张自拍，背景是我的下半身长裙……

我好不容易平复下来的怒火，又有点上头了，怒点他的头像，然后拉黑、删除，一整套动作行云流水。

手机往沙发一甩，转身看到镜子里的自己，面膜皱成了一团。

在我刚一边按摩着脸部一边提醒自己生气容易老的时候，我妈给我发了条语音消息——

“你是不是跟小唐和好了？我刚看他朋友圈，发的那图，后面那人的裙子不是你的吗？”

我还没来得及解释什么，她又发过来一条——

“这次和好了就别再给我分了啊，小两口床头吵架床尾和，人家不嫌弃你，你就感恩戴德吧！赶紧把自己的婚事给解决了。”

一听这话，我急了，拿起手机怒气冲冲地发了条语音过去：“我就算是嫁给一条狗，也不会嫁给他的！！！”

我妈：“也得有狗愿意要你……”

噢，Smlie!

04

我觉得我脾气挺温和的？（咦？为什么是个问号？）偶尔的急躁一定都是被渣唐或者我妈给逼的。

我这才三十一岁，她就整天一口一句“年纪大，不好嫁”来折磨我；那要是我到四十一岁的时候都还没嫁，我妈是不是得给我判个“大而不嫁视为不孝”的罪？然后果断地跟我断了母女关系？

加班的这几天，真的是加得我毛焦火辣的，所以，常年不长痘的我，脸上居然也冒出了几颗痘痘，还是那种几层粉底都遮不住的痘痘。

“哟，余总！最近有些上火呀！来我们体验馆玩玩，放松放松，我给你打八折……”

我白了一眼他，没说话，转身上了楼。

“小慧，你也常来玩啊，哥哥给你免费！”

听到这里，我不自觉地就停下了脚步，心里顿时觉得跟吞了一只死苍蝇一样恶心，当即便转身下了楼，然后在小慧的惊讶中，我抬腿就是一脚，踢在渣唐的小腿上，然后就看到他抱着脚在原地乱跳。

“余青葱你大爷的！你小心一辈子都嫁不出去！”

我哼了一声，表示不屑，转身对小慧说了一句：“以后你得离他远点，这是出了名的渣男！”

小慧似乎还没从刚才的震惊中缓过来，呆呆地点了两下头，而后才用探究的眼神看向渣唐。

“你别听她瞎说，我不是渣男！”

小慧眨巴了两下眼，又点了点头，然后小心翼翼地问道：“你们，认识啊？”

“不认识！”我跟渣唐异声同口，啊呸！异口同声道。

05

“智多星”最近都在出差，所以当他突然出现在公司时我还挺意外的，还是一回来就把我叫到办公室的那种意外。

不过最让我意外的，还是办公室里坐着渣唐。

“你怎么在这里？”我几乎是脱口而出。

“唐先生是我们的新客户。”“智多星”介绍道。

我倒吸一口冷气，预感事情有些不妙，但碍于“智多星”在，也不好做出什么过激的行为。

原来，渣唐想要为他这个体验馆做一个推广广告，而且指定要我给他做。

“吴总，我最近手里的那个项目还没做完呢，现在没办法接这个单子啊……”

“不着急啊，等你那个做完，再给我做也来得及。”渣唐发话了。

“智多星”高兴得嘴巴都合不拢，抬手拍了拍我的肩头：“能者多劳嘛，小余，只有麻烦你多辛苦一下了。”

渣唐用审视的眼神打量着我和“智多星”。看他眼神不对，我想立马阻止的时候，已经来不及了。

“听说您二位不只是上下级的关系是吗？”

我没想到的是，渣唐竟然可以把这个问题问得这么直白，顿时让我有些下不来台。

最后还是“智多星”开口了：“这……看起来好像有什么误会？”

他这么一说，渣唐扑哧一下就笑开了：“哈哈！看来是有些误会……原谅我这个人有时候比较八卦，您二位忙，我就不打扰了……”

说完他就走了，到门边的时候，他转身补充了一句：“余总要是忙完了，记得来找我哟！”说完嘴角一扯，眼睛一眨，还弹舌发出了一声“咳”，那样子别提有多欠揍了。

“你们……认识？”“智多星”突然问了一句。

我本想脱口否认的，但想到“智多星”可不是那么容易糊弄的人，然后无奈地点了点头。好在“智多星”一向公私分明，而且对挖掘员工隐私什么的丝毫没有兴趣。

他笑了笑，挥手示意道：“好了，去工作吧！”

我应了声好后准备转身离开。

“小余啊，你是我最优秀的员工，所以呢，我希望你不要把情绪带到工作上来……”

我点了点头。

“搞好客户间的关系。”

“好！”

好什么好！搞什么搞！想揍他一顿才是真的！

06

我觉得渣唐是故意的，可我却拿他一点儿办法都没有，他就是典型的“我就喜欢看你不爽，却又干不掉我的样子”。

啊啊啊！！！疯了。

手里的项目刚做完，我让方圆下楼去找渣唐洽谈关于推广的具体内容，可方圆才刚下去两分钟就打道回府了。

“老大，客户说让你亲自去对接。”

我一闭眼一咬牙，绝望之下倒是一点儿也不意外。

我唰地站起身，抱着笔记本，一副气势汹汹，势要去讨伐的架势下了楼。

“Good afternoon！ old woman！”渣唐一副嬉皮笑脸的样子冲我挥了挥手。

我深吸了一口气，秉着“客户是上帝”的原则，把气焰稍微压制了一些，用眼神问他我们在哪里谈。

他抽走了我的笔记本，随手便放在了一边，然后抓着我的肩膀，把我推到了一个 VR 体验机的座位上，然后给我戴上了 VR 眼镜。

“最好的文案都来自亲身的体验……”渣唐拍了拍我的肩头，而后凑到我耳边轻声道，“余大设计师，加油哦……”

我一激灵，想要退缩的时候，眼前已经出现了画面。

跟他在一起这么久，我不是没玩过这些，很多 VR 游戏我还玩得挺溜。但是，我有预感，渣唐让我玩的这个，不是什么“一般的游戏”。

鬼屋探索之找到洋娃娃。

我这人吧，鬼片可以随便看，但是唯独不能“身临其境”，所以像鬼屋或者这种 VR 实景探测什么的，简直可以要了我的老命。

但是为了争口气，我硬是没有摘下设备，咬着牙完成了整个游戏。

整个过程中，我被吓得张牙舞爪地尖叫，没少暴露本性，渣唐站在一旁笑得咯咯的，我一取下设备，就抓起他的手咬了一口。

“余青葱，你丫是狗吗？啊……疼死爷了……”

“呸！你连狗都不如。”

我以为他会继续回骂我，谁知道他晃着手机得意地笑道：“你看看！这不就是最好的推广吗？”

啊！这货居然把我刚才的样子全给录下来了。一看他拿着手机似乎在操作什么，我连忙上前去抢手机。

“没经过本人允许，上传视频可是侵权……”

他个子比我高很多，手还举到了头顶，我是左跳一个够不着，右跳一个够不着，最后一脚踩到他脚上，他疼得缩了手，我一个眼疾手快就抢到了手机。

手机已经锁屏了，我在熟练地输入密码，然后把视频删除后，才意识到他的手机居然还是以前那个密码。

我们第一次接吻那天的日期。

我有些尴尬地看着还疼得龇牙咧嘴的渣唐，把手机递了回去。

“余青葱，你这暴力倾向是遗传了你妈吧？谁娶了你，谁得缺胳膊断腿儿……我得谢谢你的不嫁之恩呐……”

“不客气！”我轻描淡写地甩下这三个字后，抱着电脑离开了。

唉，一把年纪了，却被一个小自己三岁的男人逗得鸡飞狗跳的，真的是有失庄重，有失庄重啊……

07

我之所以那么慌是有理由的，因为他在某短视频平台的粉丝有一百多万，要是把我这视频传上去，再被认识我的那些人看到，我这张老脸该往哪儿搁？

近两年短视频直播平台的兴起，捧红了很多的网红，也捧红了很多的产业。渣唐一开始仅仅是因为喜欢玩游戏，时不时地上传一些什么“是时候见证真正的技术了”的游戏视频才慢慢火起来的。

不过他是那种一通操作猛如虎，行云流水却从不露脸的游戏博主。

所以，为什么之前我会说他是他们公司的首席推广师呢。

照他现在这个热度，哪里还需要打什么广告？这分明就是故意找碴。

但公司老板不是我啊，无奈之下，在小组会议后，我还是给他送去了两套推广方案。

原以为他会各种挑我刺，我还准备了很多反驳他的台词，结果他仔细地翻看了文案后，竟然点了点头。

“有一说一啊余青葱，你这人性格虽然很让人讨厌，但工作能力是真的突出。”

听到这番话，我都不知道是该生气还是该高兴，皮笑肉不笑地应付着这位爷：“所以呢？是选择方案一呢？还是方案二？”

他往身后的椅子一靠，突然转移了话题：“你把我微信拉黑了？”

我一挑眉一努嘴，拒绝回答。

“看来仇怨结得挺深啊。”

“工作时间能不能不说私事？”

他也挑了挑眉，顿了两秒后，严肃地问道：“听说……你外婆去世了？”

“跟你……”没关系三个字还没出口，他又说道：“你……应该告诉我的，虽然只见过一面，但她挺喜欢我的，各种好吃的往我兜里塞……”

我忽然间就有些难过，平复了半天的情绪后，才缓缓说道：“突发的心梗，走得挺突然的……”

“哦，这样……”他收了声，一拍手，然后站起身，用手指点了点桌子上的文案，“方案一吧！你弄好了，直接发到我邮箱，我近期有事要出差……”

说完他推开门走在了前面：“不要太想我哦……”

一如既往地死不要脸。

不过说真的，刚才他问起我外婆的那一幕，又异常让人暖心。

08

说起见外婆那事，已经是两年前了。

那一年，我跟爸妈一起回外婆家过年，渣唐那个时候刚好也在外婆所在的城市里进行实地 VR 实景考察任务，离村镇也就十几公里路程，所以，在年夜饭的时候，便把他给叫过来了。

凭借着他那张能说会道的嘴，不仅是外公外婆，家里所有人都很喜欢他，四处都是欢声笑语。

当时舅舅还埋怨我，说怎么不早点把他给带回来什么的。不过，也确实因为他的到来，过年的气氛变得又热闹又欢腾。

那个时候的我还坚信着我们能一起走到最后。

如今看来，还真有种“天下无不散之筵席”的感慨和惆怅感。

广告的后期制作比较顺利，反复确认无误后，我把制作好的成品发到了渣唐的邮箱。

在电脑前静坐了十几分钟后，没有得到任何的回复。

想着算了，反正我已经发送了，至于他有没有收到，或者有没有看、什么时候看都是他的事，我关掉了电脑，准备去洗澡。

洗完澡后我又打开电脑确认，结果还是没有任何的回复。

在床上滚了几个来回后，我终于忍不住给他打了个电话过去。

电话接得倒是快，响两声就接起来了。

“那，那个……我把成品发到你邮箱了。”

“哦……知道了，我等会儿去看。”

一听他背景音不对，我连忙问：“你在医院？”

"嗯，拍摄的时候，不小心摔了一下。"

我不自觉地就心口一提："严重吗？"

"嗐，死不了！嘶……哎，轻，轻……轻点……大夫。"

我扑哧笑了声，一听他那精神劲儿，想必也不是很严重。不过挂了电话后的这一晚，我做了个噩梦，梦见渣唐摔断了腿，在医院做了截肢手术。我被噩梦惊醒，枕头被泪水打湿了不说，梦里那哭得撕心裂肺的感觉太过真实，真实到让我产生了"我没他不行""要不是因为我，他也不会这样"和"我说什么也要照顾他一辈子"的错觉。

我啪地往自己脸上打了两耳光，然后翻出手机发一条了——"单身真好，单身最棒"的朋友圈。

发完一时爽，却忘了屏蔽催婚老娘。后果就是，我还没来得及删，电话就打过来了。

"我是不是该给你点个赞？"

如鹰一般敏锐的嗅觉！妙啊！

09

再次看到渣唐，已经是两天后了。我下楼出去谈业务的时候，刚好撞见他进来，腿一瘸一瘸的，看到我，脸上依旧是欠欠的笑。

"啧啧啧……这么拼啊？都瘸了还来上班？"

"小爷我'身强志坚'，这点伤算什么？"说完他又猛然凑近，"之前打电话给我，听你那语气，是在担心我？"

我哼了一声，眉眼一抬："我是挺担心你的，这不尾款还没付吗！毕竟也是辛辛苦苦做出来的东西，得不到回报当然会难受了……"

我清楚地听到他倒吸了一口冷气："余青葱，你做个人吧！"

"做人？"我哼了一声，"做什么人？嗯？怎么做？"

“你说怎么做？要不要我教你？手把手地教……”他突然笑得一脸不正经。

我脸唰地一红，一个条件反射就把身上的包甩了过去，他居然敏捷地躲开了，瘸着腿跳开的……

“流氓……”

“更流氓的姐姐不也见过？”

我：“……”

但凡能在嘴皮子上占一点儿上风，我也不至于变得这么暴力！

10

这世界上分手不可怕，可怕的是分手后还互相折磨，不管是身体上还是心理上，都受到了不同程度的伤害。

我妈不在的这段时间，我倒是可以光明正大地去找老余，因为最近的各种压力，晚上我们小酌了一壶。

喝到最后，我们聊着各自的感情状态，越聊越觉得我们是处于弱势的一方。

“我要奋起反击，不能再被他欺负了。”

“他算个啥啊？不就六年吗？谁放不下谁是孙子。”

“老余啊，你听我说，像这种人，咱就不能手下留情，就应该画小人画圈圈地每天诅咒他一遍……”

“……”

这天晚上喝了多少我是不记得了，但是第二天打开微信的时候我炸了，因为被我拉黑删除的人不但被重新加了回来，聊天内容更是让我想死的心都有了。

正当我想打电话给老余，质问他昨晚为什么不拦着点我的时候，渣唐给我发了一条语音信息。

"Good morning！ old woman！"后面还有一串他魔性的笑声。

"请问，我聊天记录里撤回的是什么？"

随后手机开始发出连续的信息提示音，然后一张张我丑陋的自拍照映入了眼帘，最后一张图片是他把我其中的一张丑照作为手机壁纸的截图……

呵呵呵……哈哈哈！

啊啊啊！疯了！

这奋起反击的计划还没想好呢，就被自己无情地扼杀在了摇篮里。

这以后让我怎么在人前吹嘘我酒品好到没朋友？

11

不到一个月的时间，渣唐便和公司里上上下下的人都搞好了关系，一天到晚有事没事地就喜欢往我们楼上走，每次来，要么带咖啡奶茶，要么带一大堆的零食，同事们俨然已经被他成功收买。

当然，这私底下也成交了不少的交易（体验馆月卡、季卡、年卡、情侣卡、家庭卡，应有尽有啊）。

我们公司中午会有两个小时的午休时间，今天中午大家吃完饭在茶水间里闲聊，从起初的工作聊到了生活，最后话题一下子就聊到了渣唐。

"应该是没有女朋友的吧？这么久也没见他身边带过女孩儿啊？"

一听这话，一直沉默地当听众的我，心口一提。

"喜欢就去试试呗，有我们这一堆人给你做后盾，没在怕的。"

"对啊！有了新的感情才能忘记过去嘛！"

看样子，渣唐是被小姑娘给惦记上了。

没错，就是前段时间因为失恋哭得眼睛跟兔子似的小姑娘小叶。

她是我组里刚实习转正的设计师，二十出头的年纪，说不上特别漂亮吧，但看着五官周正，还挺有灵气。

年轻就是好啊，感情说结束就结束，说开始也就开始了，真是应了周杰伦的那首歌——爱情来得太快就像龙卷风……

“那个，老大，之前咱跟楼下的业务，不是你跟那个唐哥接触得最多吗？他到底有没有对象啊？”方圆突然把话头转向我。

我一惊，端起咖啡喝了一口：“我哪知道，人家的私事也不会对我说啊……”

这咖啡喝在嘴里，竟不自觉地变了味儿。

我跟他们本来就保持着一段距离，他们继续聊着，我拿出手机给渣唐发了个消息：

“你有女朋友了吗？”

没一会儿便有了回复：“我想找女朋友还不是分分钟的事吗？怎么？想跟我复合啊？”

我还没来得及发出“你想多了”，他又发了条过来：“你要是跪着叫我声爷，爷兴许会考虑考虑……”

我气得“啪”的一下摔了手机，把聊得正欢的他们吓了一跳。

“小叶啊，这看人不能只看表面，有些人表面人模狗样的，肚子里一堆草莽，脑子还漏电，跟个智障一样。”

说完我就起身离开了，留在座位上的那几位，估计是你看看我，我看看你，一副“谁也不知道发生了什么”的样子。

我承认，渣唐被人小姑娘惦记，我心里多多少少会有点醋意，但也仅有这么一点点，跟他那张欠嘴带给我的不舒服相比，简直不值一提。

我以为这件事，大家茶余饭后地聊一聊很快就能过去，但让我没想到的是，小姑娘也是认真的。在一个明媚的午后，她真的在同事的怂恿下去跟渣唐告白了。

告白的地点就在楼梯口。

一群人探着头像在动物园看珍禽猛兽一样，在等着渣唐给回应。

我处的位置有些尴尬，楼梯口有个卫生间，我刚从里面出来，就撞见了这一幕。

小姑娘脸红红的，紧张又带着点期盼的眼神看着渣唐。

渣唐估计是真没料到有这么一出，一时之间也惊得不知道作何反应。他愣了几秒后忽然朝我看了过来，我躲闪不及，连忙装作跟我没一点儿关系的样子往里走。

但明显步子是放缓了些的。

就在所有人都在等着他的回答时，渣唐突然拉着人小姑娘往楼下走了，顿时便响起了一阵起哄的声音，就好像这事已经成了似的。

我说不上来当时是什么感觉，但是不开心是很肯定的。我加快了脚步往自己办公桌走去。坐下的时候，我看了眼放在一旁的手机，抑制住想要给他发消息的冲动。

大概过了十几分钟后，小姑娘回来了，看她的表情，似乎没有难过，但是要说开心也没多开心，脸上是一直挂着笑的。同事们一下子围了过去，叽叽嘎嘎的。我听不清也看不到，索性便拿出耳机塞住耳朵。

我拿着手机编辑短信——恭喜啊！喜提小女友一枚！

回删，再编辑——不是吧？你拒绝人小姑娘了？这小家碧玉的，不是一直都是你喜欢的类型吗？

再一个个地回删……最后心浮气躁地把手机往旁边一丢。

因为我发现，不管是前面那句还是后面那句，都是违心的话，而我，说不出口。

经历了这件事后，我每次看到渣唐都是一副看陌生人的表情，减少，哦不，是完全杜绝了跟他有关的一切无用的社交交流。这才是分手后两人正确的社交方式。

所以，在渣唐好几次跟我打招呼我却没理他后，他终于出于好奇，拦下了我的去路。

“余青葱你丫吃错药了啊？”

我假装没听到，准备绕开他。他不出意外地又拦了过来：“大姨妈来了？”

我闭了闭眼，还是不想说话，绕了几下发现绕不开后，我转身往后走了。

“我没给你体验券所以生气了？还是我说的哪句话得罪你了？不对啊，按照你的性格，要是我哪句话说得不对，你都直接用肢体语言表示的……啧，到底哪儿出问题了？”

他腿长，轻松跨着步子便能跟上我的步伐。

“难道是小叶跟我告白，你生气了？”

被这么一针见血，我有些恼羞成怒，蓦地停下了脚步，狡辩道：“你是不是太自恋了点？谁跟你告白跟我有关系吗？生气？呵……我为什么要生气？”

渣唐笑得一脸心知肚明的样子：“我没答应！”

“什么？”

“我说我没答应人小姑娘……”

“嗬……跟我说这些干什么？跟我又没有关系。”虽然嘴上这么说，但语气明显缓和了许多，我觉得我这口是心非的毛病完全是遗传自我妈。

“余青葱，你知不知道，你一说谎就会抠手指头……”

我连忙把手收起来，心虚地想要解释什么的时候，他突然拍了拍我的肩头，笑道：“唉，老了哟！口味变得越来越重了，像小叶那种小清新的姑娘，我都怕玷污了人家……真是有负我‘渣唐’的名号……”

“嗬，还真是有够油腻的！”

“所以啊，说不定在未来某一天，我会找一个比你还丑、比你还肥的老女人，过着我快乐又油腻的生活……”

我实在是没绷住，扑哧一下笑了出来。

他一脸嫌弃地摇了摇头："瞅瞅这傻子……被损还能笑得这么开心。"

12

后来，我才听到同事们说起那件事的后续。渣唐之所以拉着人家小姑娘下楼，是实在不好意思当着那么多人的面拒绝人家，他倒是无所谓，但小姑娘面子薄，总得为人家考虑不是？

这一点，我倒是一点儿不意外，以我对他这么多年的了解，他在人际处理方面的能力是真的很强，这也是我一直欣赏他的一个点。

表面上嘻嘻哈哈没正形儿，但是做起事来比谁都认真，很多时候，只要有他在，很多问题都不是问题。

我把这事分享给了还在外公家"渡劫"的老妈子。

"所以我说啊，这有现成的，还费心费力地找什么新的下家？再去跟别人培养个六年？你哪儿那么多的六年啊？别真的搞到清仓白送都没人要的地步……"

"好的爱情是可遇不可求的，说不定下一个，我见一眼就想嫁了呢？"

"得了得了啊，见一眼就想嫁的那是金城武，就你这个条件，不可能遇到的，再挑挑拣拣下去，你不想不孕不育都不孕不育了……"

"您可真是亲妈啊……"还没等我后面的话说出口，我妈忽然吸了两下鼻子："完蛋，忘记我在炖肉了……"

唉，不然怎么会说在"渡劫"呢？可怜的外公，不知道吃了多少我妈的"黑暗"料理……

在挂断电话前，我妈还不忘补充一句："你看到了没？再好的鲜肉，火候一过都得糊锅。趁人家小唐还够鲜，赶紧的……啊！不知道里面还能不能吃……"

13

外婆的去世给妈妈带去的打击是很大的，但每次跟她打电话，她又总是一副没事人的样子，像往常一样，该骂的骂，该损的损，一点儿都不“口下留情”。

两个月后，老妈终于在外公的各种嫌弃下被强行撵走了。

我跟外公通话的时候，外公扶额头疼地说：“你年轻你还受得了你妈，我老了经不住折腾了，没事别让她单独回来了……”

我笑得眼泪横飞，不过看外公的气色确实比之前好很多了。回想起外婆去世时，我回去看到外公一个人坐在椅子上发呆时的神情，到现在都还有些忍不住的鼻酸。

外公是乡镇医生，读了很多书，也去过很多地方，看过很多风景，我当时认为他可以很好地调节自己的情绪，但是在跟他聊天的时候，他却说有些接受不了，虽然早就知道外婆可能时间不多了，但这突然的离世，还是让他很难受。

“我需要很多时间来调节，不然我真的很容易得抑郁症。”这是外公当时说的一句话。

关于外公外婆的爱情，我听妈妈说起过，那个时候的爱情真的是纯粹又简单。

外公家就两个男丁，外公的妈妈，也就是我的外曾祖母生病那一年，家里没有女眷可以帮忙照顾，那个时候，外婆的哥哥——我舅老爷就让外婆去帮忙，而这一去，就是小半年。

后来，外曾祖母在外婆的照顾下好了许多，外婆便收拾东西回家。回到家后，舅老爷就问她：“你还回来干什么呢？”

我外婆反问了舅老爷一句：“哥哥觉得那家怎么样呢？”

舅老爷抽了一袋子烟，缓缓地说道：“你自己的事你自己做决定。”

然后外婆便又拿着行李回外公家了，第二年，便有了我大舅舅。

我妈说，外公外婆其实连结婚证都没有，他们那个时候结婚是可以领粮票和布票的，但是他们去登记的时候没有票了，便想着下次再去，结果因为各种原因，就再也没去过了。

我妈还说，她问过我外婆，这辈子后不后悔自己的选择。外婆说，不后悔，她还庆幸自己选的是外公，因为外公，她才有了好的生活，结婚那么多年，别说吵架了，连眼都没红过一次，外公对她很好，教她认字，教她写自己的名字，带她到处出去旅游，走哪儿都牵着她的手，看着她的时候，脸上也总是带着笑的……

我听完这些，眼睛发酸得厉害，想说点什么安慰外公的话，话到嘴边却只能说出："外公，您保重身体。"

外公总会笑着反过来安慰我们："你们要好好的，多安慰一下你妈，多陪陪自己的父母……"

我去车站接我妈的时候，看着她一下子瘦了好多，忍不住调侃道："不错啊老妈，这伴随了多年的赘肉终于跟你说拜拜了……"

我妈顿时高兴得跟个小姑娘似的："啊？真的吗？真的有瘦吗？其实我自己也有感觉的，这裤腰都松了呢！"

果然，但凡是有点肉的女人，最经受不住的还是那句"你瘦了"！

看着我妈的笑脸，我心里暖暖的，心想，希望这件事过去后，生活可以充满阳光，生命也变得更加有意义。

晚上，我跟我妈说："妈，想不想去哪儿玩？我刚好准备休年假……"

"说起出去玩，你外婆去世前，才刚报了一个去云南的团……"

"那我们替外婆完成未完的旅行，怎么样？"

"不去，又乱花钱……"

"哎哟，小花同志，这不像你啊！哪次出去玩，大手大脚挥霍的不是您老人家？"

"死丫头！一天到晚就知道挤对你妈……"

第三章

有人说，身体和灵魂总得有一个在路上

01

虽然我性格有时也大大咧咧，但我是个很怕被打乱生活节奏的人，而且我还有严重的“念旧情节”，比如说，我经常去一家早餐店，每天点相同的早点，坐相同的位置，如果哪天那个位置被人占了，我很有可能连早餐都不吃了。

与其说是念旧，还不如说是某种偏执。

所以，我对于我现在的生活状态还是很满意的，有个稳定收入的工作，有个相对幸福的原生家庭，没分手前还有一段相对稳定的感情，每天按部就班地生活、忙碌，在不多的闲暇时光里，再做一些自己喜欢的事情。

生活平静却又充实。

这也有可能是年龄的增长带给我的知足和平稳，而这种平静一直持续到我踏上云南之旅的旅程前……

因为我的工龄再加上前后两天的周末，我差不多有九天的休假时间，行程安排也就没那么紧张，所以，我跟老妈决定自驾游。

等东西差不多都被搬上车了后，我妈让我等一下。我也趁这个时候，给我爸打了个电话。

“别催了别催了，马上转个弯就到了！”

对，我瞒着我妈，把我爸给叫上了。

不到两分钟，我爸提着包出现了。

还没等我妈质问什么呢，转角处又出现了一个人——渣唐！还是推着行李箱的渣唐！

“你怎么来了？”我妈问我爸，我问渣唐，问完后我看向我妈，我妈看向我。

“我缺一个司机！”我解释道。

“我缺一个带我上坟的！”我妈解释道。

我跟我妈面面相觑间，两个男人一副“跟他们没关系”的样子，各自把行李放上了车。

对峙间，我妈先妥协了："这不想着两个女人出去多少不安全吗！"

一看到我爸，我觉得我也没啥可说的，最后只得接受多出来的两人，一起上了路。

渣唐自告奋勇地钻进了驾驶室，我自然不愿意坐副驾，再说我妈也不想跟我爸坐，所以，我跟我爸坐了后排。

一开始的气氛有一点儿谁也不愿意跟谁说话的僵持，但后面善于活跃气氛的渣唐打破了宁静。

"我给叔叔阿姨准备了好几个歌单……"说完就三两下一通操作，属于我爸妈那个年代的旋律响了起来。

没一会儿，我就听到我爸开始哼唱起来，正唱得欢的时候，被我妈咔的一下切歌了，我爸也不恼，这不，下一首歌他也会嘛，然后继续哼……我妈表示不服啊，继续切……下一首还是会……我妈又切……

我爸都快赶上中华小曲库了。

终于，切不动了……

"啊，阿姨，这，这最后一首了……"渣唐立马又翻出下一个歌单，"来，阿姨，继续切……"

我妈气得一扬手："不切了！"随后往后座瞥了一眼，"你能不能安静一点儿？吵死了！"

我爸小声地咕哝了一句："自己不会唱还不让人唱……"

我妈耳朵多尖啊，一听这话哪里可依？

"谁说我不会唱？我唱得可比你好听多了。"说完，拿出自己的手机，在渣唐的协助下，成功地连接上了蓝牙，放出了自己多年的珍藏曲目。

然后真的就是每一首我妈都能唱，虽然没一首在调子上，但是她却越唱越兴奋，越唱越投入……

看着渣唐一边开车还一边扭动身子，用手打着拍子，一副极其捧场的样子，我是真想给他点个赞。要知道，我跟我爸在后面，被这魔音贯耳到几乎要跳车了。

我凑到前排正打算跟渣唐说到下一个服务区的时候停下来休息一下，结果导航自动报出语音："距离下一个服务区还剩三十八公里……"

这起码又是一个歌单的距离了……

02

我不知道我妈唱了多久，等她停下来的时候，我爸已经睡着了，也不知道什么时候睡着了，不过看起来睡得挺沉。

老余这功夫一看就是练过的，佩服佩服。

老妈唱得口渴，但嘴巴还是闲不住，边喝水边问起渣唐现在的情况。

起初聊工作，聊着聊着就开始挖掘起别人的私生活。

"小唐啊，你现在是一个人住吗？"

"是啊，前段时间我妈还吵着说要过来照顾我的起居，我没让她来，我这么大一人了，又因为工作到处跑，她在这边人生地不熟的，也不方便……"

"就你一个孩子，你妈肯定是要操心的嘛……"我妈笑得很开心，"你也别把阿姨当外人，有什么事需要阿姨帮忙的，尽管开口就是，大家都是一家人……"

一听后面这句，我不自觉地干咳了两声，希望我妈的话题可以马上终止。

我妈侧过头斜了我一眼，一点儿也没想要停下来的意思："我原本以为你们今年可以把婚结了的……"

"哎呀妈，你能不能别再说了，歇会儿行不行？"

老妈可能听出我真的不乐意了，长叹了口气后，倒真不开口了。

也就停了大概十秒钟，我妈又转头问道："你们到底因为什么分手啊？"

"妈！！"

"好好好！不说了，说着我也心烦……"老妈子调整了一下坐姿，双手抱胸，气呼呼地看向了窗外。

不知道过了多久，渣唐突然小声说道："哎，阿姨好像也睡着了……"

我长叹了口气，放轻了语气："不好意思哦，我妈那个人你也知道……"

"咳，没事，我挺喜欢阿姨的……"

"你怎么会突然过来啊？你不是还有店要顾吗？"

"店里那么多人，哪里需要我天天守着？我跟公司申请出差，实地考察，最近在研发新项目，多出去走走也是件好事。"

不知道为什么，听到这么正经的理由，我心里竟会划过一丝丝的小失落，也不知道自己在期盼着什么。

正在这时，我手机响了起来，一看来电显示，有些吃惊。

"你妈给我打电话了……"

"啊，你接吧，不，不过先别说我们分手的事啊，我还没来得及跟她说呢……"

我来不及问他为什么，便先接起了电话："阿姨，您好……"

"啊，他在开车呢！嗯，我们准备去云南玩几天，啊？哦……好，好行，我知道了……您别担心，嗯……好好！"

电话也就差不多两分钟，但聊的内容却足够让我震惊了。

挂断电话后，我从牙缝里挤出两个字："停车！"

"啊？这，这还在高速呢！"

"我让你停车！"

一听我语气不对，他连忙把车改道，前方不到两百米的地方刚好有个加油站，他把车子开了进去。

停得有点急，把车上睡得正熟的老爸老妈都给惊醒了。

“下车说话！”我打开车门走了出去。

渣唐愣了一下，随后也下了车。

“不，不是，突然间这是怎么了？”

我没说话，就直直地看着他。

“我，我妈说什么了？”

“你为什么没跟你妈说我们已经分手了？”

“我没来得及说……”

“都三个多月了，有什么来不及？”

“哎呀我妈最近身体不好，这不是不想给她添堵吗……”

我双手抱胸，气势不减：“那怀孕又是怎么回事？”

他明显一副心虚的样子，又是挠头又是尴尬地笑：“这不你也知道我家老太太，每天都想着抱孙子……逼得我烦了，我就，我就……直接说你已经有了……”

我气得够呛：“这事也能拿来撒谎啊？唐XX，你是电视剧看多了吧？我看你几个月后，去哪儿找个大孙子给她老人家抱！”

“那要不……我们努力努力？”他一副嬉皮笑脸的样子。

我抬手就想一巴掌扇过去，咬了半天牙忍住了：“我和你现在没什么关系，要生？找别人去！”

他估计也是觉得这次错得太离谱了，一向能言善辩的他竟然一句辩解都没有。

“我来开车，送你到下一站，你回去吧！”说完我走在了前面。

老爸老妈站在车子边，也不知道我们发生了什么，想问发生了什么，可看我脸色难看，便也没问了。我妈推搡着我爸，两个人去后座坐了，渣唐便坐在了副驾。

“怎么突然改导航了？”我妈看我在前面一阵操作后忍不住问道。

“啊，我家里突然有点急事，所以要先赶回去。”渣唐主动解围道。

爸妈又不是傻子，自然知道渣唐说的不是真的，但也不去多问什么了，只嘱咐了些路上注意安全，到了记得打电话之类的话。

关于孩子，我们在一起的时候就没少因为这事吵过架。就像我妈说的，他是家里的独子，而且也快到三十而立的年纪了，想要个孩子也不为过。可那个时候我正处于事业的上升期，小孩子的到来会一下子打乱我的生活节奏，我之前也说过，我不喜欢在没有任何准备的情况下接受一些意外的情况。

这说起来可能我有些自私了，但我的的确确还没有要结婚的想法。换句话说，如果有一天我想结婚、想安定、想过柴米油盐酱醋茶或者在家相夫教子的生活了，我不希望是因为一个孩子才不得不选择这样的生活。

我想，这可能也是我们分手的原因之一。

车子里有些安静，我随手打开了车内广播，此时正播放着毛不易的《借》：

被这风吹散的人说他爱得不深，

被这雨淋湿的人说他不会冷，

无边夜色到底还要蒙住多少人，

它写进眼里，他不敢承认……

有时候，音乐就是很容易感染人的情绪，温情的音乐加上矫情的情感主播，让我脑子里不自觉地浮现出了我跟渣唐的那些过往。

我们是一个大学的，我学的视觉传达，他学的计算编程，而且我大他三届，是学姐。我们第一次见面的时候，我都临近毕业且已经在公司实习了。而在一个学校这件事，也是在我们真正开始接触的时候才知道的。

我有一个好室友兼好闺蜜，就是之前提过的阿祖，她是从台湾过来读大学的。我对台湾口音的女孩子很有好感，再加上她热情又乐观的性格，在宿舍碰面的第一天，我们就一拍即合，四年下来，感情可想而知。

毕业后，她没有留在北京找工作，而是被父母叫回台湾发展。

所以，在分别的那一天，我们一起去了游乐园，决定把里面所有的项目都玩个遍。什么海盗船、激流勇进、过山车、大摆锤……两个女孩儿玩得尖叫连连，却也兴奋异常。

直到我们站在一间鬼屋门口……

我之前也说过，我这人鬼片可以随便看，但像这种“身临其境”的就很犯怵，而且以前的我比现在更加胆小。

可是这话都说出去了，自然也不能在关键的时候犯孬啊。于是，我硬着头皮，被阿祖拉着走了进去……

别急，主角马上就要登场了。

那个鬼屋的进口不是普通得像门一样的，而是必须得弯着腰、摸着黑，像钻山洞一样进去。起初因为有阿祖牵着，我还没那么怕，可是走到半程，里面一下子唰地喷出了干冰，我被吓得尖叫一声，连忙用手捂住脸。而这一松手，竟让我跟阿祖走散了。

里面有回声，我们能听到彼此的声音，却怎么也碰不了头。洞里的空间越来越窄，最后走到快接近出口的时候，我直接是爬着出来的。到达内景后，我狼狈地四下一看，不自觉地咽了下口水。

这下好了，阿祖彻底没了身影，不管怎么叫也没回应了。里面的灯光很暗，伴随着恐怖的音效，我站在原地，有点进退两难。

而就在这时，我的屁股被人用什么硬物给戳了一下。我心下一凉，身体有些发僵，仍站在原地一动也不敢动。

然后，没有两秒，我的屁股又被人戳了一下：“嘿，前面那个大姐，你能不能别在洞口戳着啊？”

我一听是个人的声音，连忙转身闪到一边，然后就看到一个人缓缓地从洞里爬出来。

“这是什么设计？小爷差点就卡在里面了。”他活动着四肢，然后转身看向我，不屑地哼了一声后，径直往前走了。

“刚刚是你戳我屁股？”

他停住脚步：“谁让你堵前面了？再说了，这乌漆嘛黑的，谁知道那是你屁股？”说完他又继续往前走。这个地方不太适合去理论什么，我几乎是下意识地就跟了上去。

因为害怕，我离他有点近。

“怎么着？还讹上了是不是？”他说完晃了晃手里的矿泉水瓶，“喏，我是用瓶子戳的你，这算不上冒犯吧？”

“这……就一条路，是，是你走得太慢了……”

他往一旁撤开，做了个“请”的动作，意思是让我走在前面。我虽然怕，但是输人不输阵，牙一咬，就真的走在了前面。

那个时候的鬼屋其实很简陋的，也没有什么真人扮演，仅有些会动的，还都是机器操控的，但我就是怕得不行，整个人缩起来的那个样子真的是又屄又可笑。

不出意外的，走着走着，墙上靠着的那个“僵尸”突然凑到我的跟前，我被吓得转身就跑，要是扑进别人怀里还好，偏偏因为腿软直不起身，我抱着人大腿不放了。

“求，求求你……带我出去，我，我不跟你计较你，你摸我屁股这事了……求你了。”我都快吓出眼泪了，这辈子最屄的样子也莫过于此了。

“嘿，大姐，你说话可得负点责任啊，谁摸你屁股了？你现在看起来倒像是在占我便宜……”

“好好好，你没摸，对不起，是我说错话了，你带我出去吧！求你了……”

我是真有点庆幸这里灯光黑暗，大家谁也看不清谁的脸。

估计是听到我的声音都快带着哭腔了，他哼了一声，用一种特别看不起人的语气对我说道：“我可以带你出去，可是我有什么好处呢？”

“什么都行！”我脱口而出道。

他得意地一拍手，笑道：“行嘞，那大姐你能不能先起来？我腿有点麻了……”

“不是大姐……”

“那小姐……”

“你才小姐呢……”我从地上爬起来，没出息的我连头都不敢抬。

他把矿泉水瓶递到我跟前。

“我，我不喝！”

“我是让你拉着这个……”

我有些尴尬，但还是伸出了手。我觉得此时的我，像极了韩剧里的女主角，只不过编剧老师有些恶趣味，让这个女主看起来有些傻。

后面的路程，我当真没那么害怕了，不是说后面的就不恐怖，而是也不知道他是真的话多还是为了让我不害怕，一路上叽里呱啦地说个没完，总之我的注意力被他成功转移了。

“就这种鬼屋设计，简直就是骗小朋友钱的，啊，我之所以进来呢，就是想要亲眼看看这里有多无聊。我去过很多鬼屋，大都大同小异，一点挑战都没有……”

“这换成我做的话，我就结合现在的高科技，不仅让人有身临其境的感觉，还能自主地参与其中的情节……”说到这里，他有些兴奋，转过身，眉飞色舞道，“就是可以根据你的选择而走不同的故事情节，你听说过Virtual Reality吗？一种虚拟场景的技术，类似于3D的那种场景，但是又比那个更加立体、更加有沉浸式的体验……”

那个时候，我又觉得有点可惜，因为在这样的灯光下，没办法看到他当时脸上张扬的自信和活力。这也是我第一次听说VR技术，感觉既新奇又不真实。

现在回想起来，当初我当作笑话听的话，他真的做到了，而且还做得很好。

他那般的滔滔不绝，使得我一直到走出鬼屋，注意力都还在他身上。在炙热的阳光下，我们终于清晰地看到了彼此的脸，他嘴角那不羁的笑容，让我嘴边渐渐地蹦出三个字：“我的天。”

忘记捂脸逃跑了……

正尴尬的时候，阿祖那家伙突然吃着冰激凌入镜了。看到我跟一个陌生男孩同拿着一瓶水，她眨巴着眼问道：“哇，这什么情况啊葱？”

我连忙松手，拉着阿祖离开，加快步子的同时埋怨她为什么要把我一个人留在鬼屋里。

因为这件事，阿祖在我们分手前都还一副“红娘”的架势，说什么“要不是因为我，你们都不会在一起”之类的言论。

她现在反而怕我怨她来着。

我以为那是我跟渣唐的第一次见面，那一年，我二十三，他二十……

明明是一段啼笑皆非的过去，但此时回想起来，却莫名地鼻子有些发酸。我开车的间隙瞥了几眼一旁已经开始玩游戏的渣唐。

今天的他，穿着一件纯黑色的卫衣，越发显得他的肤色白净，侧面的脸部线条是画画的人最爱的那种一笔勾勒成型的完美弧度，长长的睫毛，专注的眼神，手被袖子遮住大半，只露出纤长的手指在手机上灵活操作，即便是已经分手了，这样的他还是会让我的视线忍不住在他身上停留。

最近的收费站很快就到了，下匝道的时候，我的心情还挺压抑的，特别是看他专心玩着游戏，一句话都不说的样子。

十分钟后，我们就到了最近的机场。我本想把人送到就离开的，谁知道我去个洗手间的工夫，爸妈不见了，随同不见的，还有他们的行李。我连忙给他们打电话。

“什么？你们都过安检了？！”

“是啊，想来想去，我们两个年纪大了，实在不适合坐长途车，所以，我们先坐飞机去云南等你。”

“可是妈，你不是跟爸……”

“有个拎包的也不错，好了好了，我先挂了啊，手机快没电了。”

“我一个人怎么……”

“嘟嘟……”

讲真的，这一刻，我挺绝望的。此时，渣唐也已经进机场了，我站在原地踌躇了几分钟后，硬着头皮给他打去了电话。

“对不起，你拨打的电话已关机……”听筒里传出他一板一眼的声音。

“你过安检了没有？”

“过了啊，你还有事？”

“那算了……”

“欸欸欸，别啊，还没买票呢，所以你现在后悔还是来得及的。”

我深吸了一口气，想了想还是开了口：“我爸妈他们坐飞机自己去云南了，这开过去还得十几个小时呢，所以你如果没什么其他事的话……”说到后面我的声音越来越小。

“哦……”他故意拖长了尾音，“所以现在是需要我了对吧？”

“我车子不能在这里停太久，五分钟后你还没到，我就自己走了。”我的骄傲（死要面子）不允许我再低声下气。

我转身上了车，手指不自觉地开始敲着方向盘，显示出我的焦虑，每隔一分钟就会抬手看一下手表，心里一边想着一会儿要是他来了我该说些什么，一边做着最坏的打算——要真一个人，是要硬着头皮开十几个小时，还是把车就停在机场，自己也订机票飞到云南……

最后三十秒……

二十秒……

十秒……

我发动了车子，正有些绝望的时候，副驾驶的门被打开了，他一个干净利落的动作便上了车。

我忍不住有些窃喜，却装作一副不在意的样子随口问了一句：“你行李呢？”

渣唐头往后点了点，用一副“不言而喻”的眼神看着我。

我起码愣了有三秒，才恍然大悟。

他的行李就没拿下车过！所以，他根本就没想走，不对，是他料到我会给他打电话……

想到这里，我倒吸了一口冷气。

“所以，这是你们一开始就计划好的？”

渣唐晃了晃手机。我一看才知道，这仨不知道什么时候竟然背着我建了一个群？

所以，刚才我在借着音乐怀念过往、各种感伤过去的时候，这仨在群里聊得火热？！

“你觉得这样有意思是吧？”

“余青葱，遇到问题呢，咱们得想办法解决，而不是一味地选择逃避……”

我扑哧一笑：“你说我在逃避？这事到底是谁挑起的？”

他笑得一脸灿烂：“别急别急嘛，这船到桥头自然直，等我妈身体稍微好点的时候，我跟她摊牌就行了……”

我气得不行，但也懒得跟他争，松开手刹，启动了车子。

“就不能开心点？这出去旅行，老丧着一张脸多浪费假期啊！”

“你住嘴！”

“生气容易长皱纹！这要再老下去，嘿，你猜怎么着？就真没人要咯……”

“你嘴咋这么欠呢？你要再这么贫，小心我把你丢出去！”

“欸？我不允许你这么对你初恋啊！”

“说了几百遍了，你，唐XX，不是我初恋！”

“嗬，这世界上，除了我，哪儿还有那么倒霉的男人啊？”他说话的间隙，整个人往前伸展了一些，双手抱胸地窝在了座椅里，“我先眯会儿啊，昨晚没怎么睡呢！你开车的时候别想那些有的没的，小爷我还不想死呢……”

他说完打了个呵欠，没一会儿的工夫便睡过去了。

我瞥了一眼，他把卫衣的帽子拉了起来，整个人窝在一处，紧闭的双眼写满了疲累，估计是真累了。我调小了音乐声，连做几个深呼吸来调整我的情绪。

调整到最后，竟没忍住，扑哧笑了一声。

03

渣唐是被雷声给惊醒的，不过睡了有一个多小时。

雨下得有点大，雨刮器跟疯了似的左右摆动。渣唐连忙调整好了坐姿："这么大雨怎么不叫醒我啊？你把车停应急车道里，我来开。"

讲真的，我挺害怕在大雨天开车的，虽然速度都降到五十公里每小时了，还是会有点心惊肉跳。

所以，渣唐醒来后说的这番话，顿时让我的心暖暖的。

我很快停好了车，想打开车门的时候，他突然让我等一下，然后从车后座拿出一把伞，他打着伞先下了车，然后绕到我旁边，给我开了车门后，把手里的伞给我，出来的时候还怕我撞着头，用手给我挡了挡头。

我拿着伞绕到副驾，坐上去的瞬间，心里顿时有些难受。

以前好像没注意到的这些细节，现在却成了我一触就疼的伤疤。

明明从没正形的人，明明嘴巴欠得让人想用针缝了的人，明明也比我小，明明……

"这腿长的人啊，每次开车都必须得把座椅调到最后才行，不像某些人，方向盘都快杵到胸口了……"

唉，当我刚刚什么都没想！！

这是什么物种，这么多年下来，居然只进化了嘴？

当时的鬼屋一别，我们谁也没有想到，我们还能再次遇到，中间差不多间隔了两年。

我一直不太信缘分这种东西，毕竟在人这一生中，如果没遇见你，自然也会遇到别人，但是后来跟渣唐的各种境遇，却又不得不让我相信，缘分这个东西可能真的存在。

不然，我之前为什么跑到国外那么远的地方了，都还能遇到他?

事情是这样的，我当时所在的公司因为发展业务，在国外开了一家分公司，需要派遣几位总公司的员工过去。本来这事也轮不到我，可是当时我的主管怀有身孕，底下几个员工，要么是能力不够，要么是因个人原因而不能出国，于是我便被叫到了主管办公室。

“小余啊，我觉得在我手下的员工里，数你最优秀，所以，这次出国工作的机会对你来说其实也是一次很好的锻炼。讲真的，把你调走，我还真有点舍不得。”

这样的话于我而言，多多少少有些虚伪，但能力上的认可，我倒是一点儿不否认，也不是我多骄傲，可能是从小到大的优秀让我生出了某些优越感吧。说实话，我其实不知道怎么形容我此刻的心理感受。

去国外发展是我一开始就没想过的问题，本来离开家乡去北京上学工作，我就觉得已经离我的梦想很近了。倒不是说我在事业上没有野心，只是国外给我的不确定性会更多，而我，不知道能不能应对自如。就很矛盾的一个人，一方面希望自己的事业成功，一方面又怕各种不确定的因素让自己手忙脚乱。

“当然你也可以拒绝我!”

正在这时，我兜里的手机响了起来，我拿出来看了一眼，然后斩钉截铁地说道:“我去，我会尽快交接好手里的工作，然后去洛杉矶的分公司报道。”

主管露出了欣慰的笑容:“你以后一定会感激你现在做出的决定。”说完她从抽屉里拿出一把钥匙给我，“虽然分公司会安排员工宿舍，但我怕你会住得不习惯，这个公寓是我堂姐的，租金便宜，而且公司还会有部分补贴，你如果愿意……”

我一把拿过钥匙，露出职业微笑：“谢谢主管！”

主管笑得更开心了：“记得，如果在那边遇到任何问题，都可以来找我，我会尽我所能地帮你解决。”

我鞠了一躬后，笑着说了声“谢谢”，便离开了办公室。

你觉得这样的场景很温馨是吗？事实是，并不。主管给我钥匙，是因为想帮她堂姐赚租金，而后面那句话，也只是出于客气才说的，要真在洛杉矶遇到什么事，她估计连我电话都不会接。

虽然残酷，但这就是职场。这也是我当时工作了两年后，慢慢感受到的。

我之所以那么干脆地答应，很大一部分原因是我妈，因为刚刚在办公室给我打电话的就是她，那个一天到晚着急我的人生大事，过几天还准备杀到北京拉我回去相亲的母亲大人。

或许逃到国外，至少能清净个一两年。

虽然当时我才二十五岁，但因为我从未出现过任何的感情牵扯，所以我妈才急得跟热锅上的蚂蚁似的。

我这个人，对待感情比较愚钝。从小到大，只在学习上如鱼得水，那是因为我觉得学习这个东西只要肯钻研、肯用心就一定会有好的结果。但感情不是，感情没有明确的题拿出来给我做，所以，我会比较迷茫，一种心灵鸡汤喝再多似乎也无法感同身受般的迷茫。

也可能是因为这种性格，虽然我的外表看起来很好接近、很好相处，但真正走近后就会发现我有着硬硬的外壳，对谁都有一丝戒备之心，所以，便不指望周围能开什么桃花了。

选择出国工作，也算是我人生中做得比较大的决定了。

至于我跟渣唐为什么会在洛杉矶相遇并产生交集，我之后会详细说明的。

我最后是被冷醒的，醒来的时候外面的雨依旧很大。

“这是哪里？”窗外俨然已经不是高速路的风景。

“我下了个收费站，天气预报说，这雨会一直持续到深夜，所以我们今天就不赶路了，在这里先找个地方住下。”

“吉首……”

这时，手机响了一声，是我爸发来的微信，说他们已经到昆明了，让我们开车慢一点儿，两个人好好相处，不要吵架云云。

我看了眼还在开车的人，想了想，给老余发了一条信息过去：“爸，人生的规划需要迎合大众吗？或者两个人在一起，一定要一方向另一方妥协吗？为什么不能继续按照自己的想法去做？”

我爸估计是刚下飞机，还忙着其他的事情，信息发过去也没能及时回复我，直到我们在酒店前台登记入住的时候，我爸才回我一条：“傻丫头，婚姻跟感情是一样的，它是自然而然发生的，就像树叶会变黄，就像候鸟会南飞。当然，你如果没有遇到那个你想要嫁的人，爸妈也强迫不了什么，毕竟婚姻不是感情的终点，而是全新生活的开始……”

“走吧！在三楼。”渣唐把房卡递给我，然后拖着两个行李箱往电梯方向走了。

我看着他的背影，仔细地想了想老余刚刚说的那番话。

他，真的不是我想要嫁的那个男人吗？

“愣着干吗呢？快点啊！”不远处的男人朝我招了招手。

我“哦”了一声，跟了上去。进电梯的时候，他又嬉皮笑脸道：“这腿短得都赶不上趟儿了，啧啧啧……”

见我没反应，他似乎是察觉到了我有心事：“怎么了？从刚刚起就一直闷闷不乐的样子。”

“没，可能是有点累了吧。”

“哦，那一会儿把行李放房间后，我们就在酒店随便吃点东西，吃完后就好好休息一下。”

“好！”

因为已经分手，我们开的是两个单间，他把我的行李推到我的房间后，便转身欲走。

“唐 XX……我有个问题想要问你……”

他停住脚步，挑了挑眉，等着我的下文。我深吸了一口气，话到嘴边却又有些说不出口。他看我这副欲言又止的表情，笑道：“放轻松，如果没想好，就等你想好了再来问我。你要是实在不喜欢我跟你一起旅行，我把你送到昆明跟叔叔阿姨汇合后，就自己玩儿去，这样总行了吧？”

还没等我说出“不是这个”，他便拖着自己的行李离开了。

04

生活中很多的感情都不像电视剧那样有特意的安排，有时候的遇见，就真的可能是上辈子的五百次回眸换来的，所以，很多时候，错过也就真的错过了。

所以，即便是我跟他已经分手了，我还是很庆幸我们的遇见。

“唐 XX，你到底喜欢我什么啊？”

“唉，你们女人是不是都喜欢问这个问题啊？”

“还有其他女人也问过你这个问题吗？”

“那可不，凭着小爷这魅力，五岁开始，就左边牵一个，右边抱一个了……”

“切，就嘴巴贫。”

“你真的想要知道我喜欢你哪儿吗？”

见他突然认真，我翻个身，眨巴着眼睛连忙点了个头。

他却突然一脸坏笑，视线突然落在了我胸口，我下意识地连忙捂住：“干什么？臭流氓！”

他倒笑得一脸坦然，起身去了洗手间，然后从里面传出他的声音：“人生哪有那么多的为什么啊？喜欢不就喜欢了？举个例子啊，我说我喜欢你胸大，那要是你哪一天胸变小了，我就不喜欢你了吗？”

他突然拿着牙刷从里面探出了头：“媳妇儿，你说是不是这个理？”

还没等我回应呢，他又嬉皮笑脸地盯了下我的胸：“你那胸，应该不会变小吧？”

我要报警了！

我随手抓起一个抱枕向他丢过去，他笑得一脸得意，边刷牙边哼起了歌。

那是我们同居的第一年，他凭着他那一双欠嘴，让我们平淡的生活平添了许多的乐趣。别人写日常都是各种恩爱，男生各种宠爱女生，而在我们的日常里，每一条仿佛都让我的血压飙升。在一起的时候，我不止一次地觉得，我把他收了简直就是在为民除害。

吃完饭后我们回到房间，外面的雨势一点儿不见小，起初还一身疲惫的我，现在却一点儿都不想睡，便给阿祖发去了信息。

“我有点想你了。”

“哟，突然这么煽情？这是又触景伤情了？”

我扑哧一笑：“你在干吗呢？”

“这个点还能干吗？哄小朋友午睡咯。”

说完，她还发了一张小朋友睡着的照片过来，小家伙胖乎乎的，两只手举在脑袋两边，眼角还带着些泪痕。

“可真像你。”

“也有很多人说像他爸爸。”

“真好，看到你幸福便觉得我自己也好幸福。”

阿祖隔了好一会儿才回我消息：“那个，我其实有渣唐的微信，你们刚分手那会儿，他有次喝醉了来找过我，问我有什么挽回你的办法没有……”

我心猛然地一咯噔。

“傻女人，不仅是我要幸福，你也要幸福才可以啊！”

第四章

谁无青葱岁月好，

女孩儿慢慢**熬**成娘

01

没谈恋爱的时候，总是会憧憬自己的爱情会是怎么样的；有了爱情后，又整天琢磨什么才是爱情，一遍又一遍地去试探对方是否真的爱自己，等到失去的时候，面上装作各种不在意，内心却一直不甘心、不死心。

谈恋爱前，总是把自己对男朋友的各种标准列举得清清楚楚，什么身高一定要在什么范围内，什么对方也得财务自由，什么两个人之间一定要趣味相投，还有什么三观一定要符合什么的……

可是遇到心动的那个人后，所有的条条框框都被打破了。女人啊，在爱情面前，智商真的没有多高。

我跟渣唐属于那种潜移默化的感情，就很让人无处可逃，因为那种情愫悄然而生，你都不清楚它是什么时候产生的，而等你发现的时候，早已经深陷其中，无法自拔了。

虽然看起来跟癌症晚期一样可怕，但是这样的开始，却是最美好的，颇有点“情不知所起，一往而深”的意味，我觉得那是爱情最神奇、最不可控的地方。

每当我回想起当时的境遇，我都会心怀感恩和庆幸，那些怦然，那些炙热，似乎都成了我这段初恋里美好的印章……

嗯……也包括那些不堪回首的……

阿祖在知道我要去美国工作这件事后很是震惊。

“那要是找到一个外国人，你就可以生一个混血宝宝了。”阿祖有些激动。

“是去工作，工作好吧！而且时间也不长，最多一年。”

“我要是你，肯定不会浪费这个难得的机会。你看看我，就是因为没有这些资源，所以才会听我妈的话去相亲。”

“你爸妈怎么这么早就让你去相亲啊？”

“爸妈年纪大了，而且他们的思想都有些陈旧，觉得女孩子拥有一个幸福的家庭比事业成功更重要，而且台湾的就业压力好大，我找了两个多月才找到现在这种稍微能算得上对口的工作，工资还少得可怜。”

“那你回北京来发展啊，不然你当初跑那么远来北京上学，不是就浪费了吗？”

“葱，我走之前就跟你说过啊，我父母是老来得子，现在身体又没那么好了，家里呢，就我一个女儿，我要是在北京安定了还好，还能接他们过来，可是我现在的情况……”

这天，我们聊了很多，她还给我发了她相亲对象的照片过来问我怎么样。我心情挺复杂的，也不知道是心疼她的无可奈何，还是庆幸自己起码还能做自己想做的事情。

“我前些天的时候，在文化街碰着小 P 了，因为不是很熟，见面的时候就各自点了个头。”

电话那头，阿祖陷入了沉默，没一会儿，她笑道：“各自安好吧，我跟他已经没有联系了。”

我深吸了一口气，不再提这个话题，想着说些什么来缓解她情绪的时候，她倒先开口了：“葱啊，我觉得你也该找个男朋友了，以前就只顾着学习了，到我们这个年纪还不增长一点儿恋爱经验，你到时候可是要吃亏的。”

我扑哧一笑：“行了啊，你怎么跟我爸妈一样啊？本葱啊，想去的地方很远，想买的东西很贵，想爱的人必须得优秀，懂吧？爱情这东西，可遇不可求。”

“啧啧啧……那是你还没遇到喜欢的人，要是遇到了，那一瞬间你就会明白，什么地方很远，东西很贵，你对他的所有条条框框，都抵不过他的一句‘我也喜欢你’。”

当时的我不理解这句话的深意，还笑话阿祖不过也就谈过一次恋爱，还总在我面前装作一副“爱情老手”的样子。

离开北京那天，城里难得晴空万里，没有不舍，也没有彷徨，最多可能是有点迷茫，然后就登上了去美国的飞机。

当然，所有的选择都是要付出代价的。

不过我更喜欢称之为“磨炼（历劫）”。

先声明啊，在这之前我不是没一个人出过远门，所以碰上这档子事，就真的只是运气不好。

从北京飞洛杉矶，有十二个多小时的飞行时间，只能在床上才能安稳入睡的我，在这时间里，要么看书，要么就选择几个能看的电影或电视剧来消磨时间。

飞机平稳后，空姐开始给大家送水，因为是国外的空乘人员，所以说的都是英文。到我这边的时候，我旁边有个跟蔡小花年纪差不多的老太太，她听不懂空姐在讲什么，显得有些着急。出于好心，我就帮了个忙。

“阿姨，她问你是要喝咖啡还是茶。”

阿姨连忙说谢谢，然后成功拿到了一杯茶。然后我就像是触发了什么机关一样，这个阿姨一直在我面前叨叨个不停。

“小姑娘，你一个人啊？”

“是去工作还是学习啊？你英语说得可真好！”

“听你口音不是北京的吧？那你老家是哪儿的啊？”

“你有没有谈对象啊？我也有个儿子在洛杉矶学习，才去俩月呢，我怕他在那边不习惯，所以过去看看他……”

“……”

起初我还会回应她，说到后面我就有点排斥了，因为不管是看书还是看电影，她都不给我想要安静的机会。

想着她也是一个人，第一次坐这么长的飞机，还是飞国外，所以没啥安全感，我也不好去打断她，不过大多数的回应也就止在点头和摇头了。

差不多过去两个小时，她终于消停了，靠在一边睡过去了。飞机上有发放的眼罩、长袜和耳塞，但是没有围在脖子的那种 U 型枕头（一般长途飞行的人会自备），所以她那种睡姿是极其不舒服的。

所以，差不多四十分钟后，她醒了，摸着脖子啊啊啊叫着。我看着不忍心，就麻烦空姐帮忙拿了一条热毛巾。她很是感激我，又是谢谢又是各种夸，然后还从包里拿出各种好吃的往我怀里塞。我实在有些受不住这种热情，于是借机去上了厕所。

此时，离飞机落地还有八个半小时。

当然，我没说遇到老太太是我运气不好，而且这件事也完全不能够让我有“历劫”的体验感，不过，她的确是整件事情的导火索。

回到座位后，不出意外的，老太太又开始滔滔不绝起来，说得口干了，还让我帮忙给她要一杯开水。不过好在最后空姐过来解决了这个问题。

“她的意思是，麻烦您说话的声音小一点儿，以免影响到其他乘客的休息。”

老太太这下安静了，开始捣鼓起她面前的那个屏幕。看她的页面是英文模式的，我又好心地去给她调成了中文，然后教她怎么按遥控器。她又是一番感谢。我实在没办法，合上书，把眼罩给戴上了。她看我要休息了，便再没声了，当然，除了偶尔传出咯咯的笑声。

其实，从某种程度上来说，有了老太太的“陪伴”，我整个旅程不至于太无聊，就是下机后看到外面刺眼的太阳，太阳穴突突直跳。

“哎小姑娘！小姑娘你等一下！”

“你如果不知道去哪里提取行李，跟着我走就好了。”

“不，不是这个问题。”老太太跑得有些急，上气不接下气的，手里还提着大包小包，“是我打不通我儿子的电话，我本来过来也没告诉他，想给他一个惊喜的，可是你看，我手机好像没信号……”

我一看手机屏幕，忍不住倒吸一口冷气：“我说阿姨，您心可真大，这招呼都不打一声就坐十几个小时的飞机跑这里来，哪里是惊喜？这分明是惊吓！你知道为什么手机没信号吗？”

老太太摇摇头。

“因为没开通国际漫游啊！你买这边的电话卡了吗？”

老太太又摇了摇头：“我原以为啊，到了这边，顶多也就是个语言不通……以前我要去哪里玩，都不跟团的，都是一个人说去就去了……”

我有些啼笑皆非，也不知道老太太这是属于英勇无畏还是无知可爱，想着要是去帮她买卡还得耽误我不少时间，于是摸出手机：“您儿子电话多少？我帮你打过去吧！”

老太太连忙翻出电话号码。电话响两声就通了，老太太激动地连忙拿过我的手机，手里的大包小包就顺势丢在我脚边。

我其实也挺急的，因为外面也有等着接我的人。老太太电话差不多打了十分钟才还给我，而且还回来时的表情告诉我，这事还没完。

“那个，小姑娘，我儿子说他现在正在上课，没办法立马过来……”这时，电话响了一声，“啊，这是我儿子发过来的地址，能不能麻烦你送我到上车的地方？我儿子说可以坐地铁过去，可是地铁站离这里还有段距离，说是要坐什么巴士车才能过去……”

兴许是看到我有些不耐烦的表情了，老太太说到后面都快没声了。

“你看，这么多人当中，我不就只认识你吗，你帮帮阿姨好不好？”

我叹了口气，看着老太太这样也着实是不容易，便硬着头皮答应了，看她拿的东西确实有点多，还帮忙拿了两个包。

而也在这个时候，我接到了这边分公司的电话，说是他们搞错了接机时间，现在还没有出发。看着我旁边焦急又慌张的老太太，我回复那边让他们别来了，我自己过去就好。

于是，我跟老太太一起上了大巴车。

“想着您到地铁站估计也不知道怎么坐，坐了也不知道到哪里下，刚好这边接我的人也还没到，我们呢，也顺路，所以，我好人做到底，把您安全送到您儿子那里吧！”

想到这里，我也是觉得她儿子心真大，竟然就发个地址过来，也不怕老太太走丢。

老太太一听乐了，像抓着救命稻草一样地感谢我。我现在倒是慢慢适应她了，一路上看着她左右张望、絮絮叨叨感慨这儿没北京好、那儿又比北京稍微强一点儿，我突然就有点想我妈了，毕竟她老人家跟这个老太太可有着“异曲同工”之妙。

也难怪我适应力这么强。

把人送到学校门口后，我的助人为乐也就结束了。老太太又感激地塞给我一包家乡的特产。盛情难却，我也就收下了。在飞机上折腾了十几个小时，时差也没来得及调，人多多少少会有些疲倦，我用本地的网约车应用程序叫了车，然后在车上联系了主管那个堂姐，说是那边已经给我准备好了，只要人过去就可以入住了。

住的地方离这个学校没多远，大概也就一个街道的距离。

不过到了公寓后，我才发现，老太太的手机还在我兜里。

当时在地铁上，老太太一直忙着到处拍照，下地铁的时候，因为一下子要拿的东西太多，而身边又没个包，她就顺势把手机塞我兜里了。

看来我跟这老太太的缘分还未尽。

于是我联系了她的儿子，他回复短信说他现在还在上课，没办法出学校。于是，尽心尽职的我就只有亲自给她送过去。

因为离得不是很远，所以我便选择步行过去，然后走到一条巷子的时候，突然两个黑人立在我面前。

早就听说国外不太平，这下好了，一来就撞枪口上了。

见他们伸着的手，我先后把手机和钱递了过去。他们倒也没为难我，拿着东西就离开了。我深吸一口气，加快脚步离开了巷子。

当我还在庆幸还好出门时只带了点零钱在身上，不至于被人“一锅端”的时候，我发现刚刚丢给人的手机是老太太的。

得！

惊惶未定间，我看到了不远处朝我挥手的老太太。

我把事情的经过详细地给老太太解释了，但是因为我急着要去公司报到，没办法立马带她去买一个新的。再说了，人生地不熟的，又碰到刚刚那么一出，哪里还有心情和胆子带着一个老太太到处闲逛找手机卖场？

“您可以给我留一个您北京家里的地址，我在网上买一个一模一样的手机给您寄到家里去，反正您现在那个手机在这里也用不了是吧？”

“那不行啊，你这要转身走了，我去哪里找人啊？”老太太脱口而出，说完可能也觉得多少有些不合适，又婉转道，“小姑娘，我知道你是好人，还一路好心地把我给送过来，但这一码归一码对吧，我那手机虽不值几个钱，但也算我身上的贵重物品了，而且里面还有我儿子的好多照片啥的……”

“阿姨，我知道您的意思，我也理解，您要不放心，我现在就在网上给你买一个……”

“这买了不是也能背着我申请退款……”

我是真想直接掏出钱把事给解决了，可此时的我也只剩下一个手机了：“您儿子不是还有我联系方式吗？等他下课了，让他直接联系我就行，阿姨，您放心，我不会跑的。”

“可是……”

“妈！”正僵持不下的时候，突然跑过来一个男的，“怎么回事啊？”

在见到他正脸的一瞬间，我震惊了！因为这就是我之前去鬼屋㞞得跑过去抱人家大腿的那个人！

而之所以过去两年多了我还如此印象深刻，得全托我的好闺蜜阿祖的福。鬼屋那一次经历，她不仅添油加醋地将经过发到了同学群里，而且不知道她是在什么时候还偷拍了人家的一张照片，导致我所有的大学同学都知道了这件事。然后往后的时间里，但凡出现点跟鬼有关的话题，他们都不忘把我这事给再说一遍，都快成一个热点话题了。更有甚者，竟然还用人家的照片做了头像，时不时地在群里 @ 我说：“来，哥哥保护你！”无时无刻地不在提醒我是个多㞞的人。

不过，庆幸的是，他貌似没有认出我。

把事情经过跟他讲了后，他倒是大方地让我先去忙自己的事情，手机的事情到时候直接联系他即可。而就在我觉得万事大吉，准备转身离开的时候，他突然来了句：“不是，我怎么见你有点眼熟啊？”

我嘴角一扬，故作淡定：“弟弟，这种搭讪方式已经落伍很久了。”

说完，我便落荒而逃了。

02

我倒也不是真怕他想起来什么，但是那么糗的事情能不提就不提，毕竟真要说起这件事，我好像还欠着人家一个人情呢！

去公司报到开会等一系列的事情忙完后，天已经完全黑了。回到公寓后的我累得不行，好不容易铺好床、洗完澡准备休息，蔡小花同志的夺命追魂电话响起了……

“你说你在哪儿？”

“洛杉矶！”

“什么机？哪个省？”

“美国！”

隔着听筒，我似乎都能听到我妈血压飙升的声音，然后自动远离听筒，调小分贝，翻个身打算继续睡。

“真的是长大了，翅膀硬了，居然连招呼都不打一个就悄悄出国了，你以为出国我就不催你结婚了吗？你要是不在国外给我带个姑爷回来，我就订票杀到美国去……”

“你看看你，张牙舞爪的，跟个梅超风似的。”这话是老余说的。

“你说谁梅超风？你还欧阳锋呢！”

“好了好了，你要发飙也先等会儿，丫头真要在美国，这个时间人家还在睡觉呢！再说了，如果真的找了个国外的，你以后想见你女儿一面都难了……”

“国外的就不能倒插门了啊？”

“这插得可有点远了……”

“哎呀你给我闭嘴，你们两个迟早有一天能把我气死！”

“嘟嘟嘟……”

作为原生家庭，父慈母爱的孩子，我可真幸福啊！哈哈哈……

洛杉矶虽然是美国的第二大城市，但是有六万多的难民生活在这里，从街道上大大小小的帐篷就可以看出。而我之前走过的那个街道，听说每人每天平均都能被抢上两次，所以，要不是必经之路，最好别去那里。

公司离住的公寓也不是很远，坐地铁也就三站的距离。从国内来分公司的，除了我，还有三个，一个是经理部的主管，一个是客户部的经理，还有一个是行政部的人事管理。

作为一个在设计部工作的小小设计员，我对他们三个是有所耳闻的，就是“我知道他们，他们不知道我”的那种关系。

为了新公司的开业典礼，我们忙前忙后，花了差不多一个星期做准备工作。开业当天，公司在某个酒店举办了一个小小的酒会，一方面拉拢一些客户，一方面也可以加深同事之间的了解。

就是在这个酒会上，我认识了吴用。

严格来说，也算不上认识，因为我也是通过经理才有幸跟他打了个招呼。

那个时候的我，可没想到以后会跟他产生什么交集。

酒会快结束的时候，我收到了唐 XX 的信息——“我想起我们之前在哪里见过了。”

我哼了一声，不以为意：“那又怎样？”

其实我挺惊奇的，毕竟我之所以能记住他是因为我那帮损友，可他记性这么好的吗？是我长得有特色？还是像我这么尿的人他只遇到过这么一个？

“不怎么样，就是让我不得不赞叹一下缘分的奇妙！”

我准备收起手机，不再理他，谁知他又发来了一条——“之前鬼屋的人情就不让你还了，可是我妈手机这事……”

我不得不承认，最近因为工作忙得晕头转向的，早就把这件事忘得一干二净了。

“你说个价吧，我直接把钱转给你！”

“那可不行，这手机有价，但里面的照片、视频是无价的，而且我妈回国前还哭着跟我说，因为通信录没备份，里面好多老朋友、老同学都失联了。她说，在她们这个年纪，失联后说不定这辈子就再也见不到了……”

“碰瓷？”

“哎？说碰瓷可就见外了啊！”

“你到底想怎么样？”

“你现在有空吗？在哪儿？救个场，然后我们从此恩怨一笔勾销。”说完发了个地址过来，附赠“十万火急”字样。

啧，恩怨？还一笔勾销？幼不幼稚？

渐渐入秋的洛杉矶晚上是有些凉意的，再加上因为参加酒会，我穿得本来就比较少，所以一边骂着别人幼稚一边却又在街边等车去救场的我，肯定是脑子里进风了。

“余小姐在等车吗？”这时，一个清冷的男声突然在我耳边响起。

是吴用。

“啊，对！”

“我现在要是说‘你去哪儿啊？我可以送你’，你一定会觉得我很冒失吧？”

我们都尴尬地笑了笑。其实那个时候的我，根本没认出他是谁，那酒会上那么多人，女的都穿裙子，男的都穿西装，所以，他一下子叫出我的名字，我还蛮惊讶的。

“其实，我在全国大学生广告艺术大赛中看到过你的作品《蒙》，是关于保护环境的公益性广告，别具一格，让人耳目一新，至今广告的画面还在我脑海里挥散不去。”

他这话一出，我更震惊了，眼睛瞪得老圆，一时之间竟不知道说什么来回应。倒是他，淡定如斯，显得颇有风度地冲我笑了一下：“我是那个大赛的评委，所以，也不用那么惊奇了吧？应该惊奇的是，我们竟然可以在这里碰到。”

我尴尬地笑着连连点头。我是真没想到，我竟然跟他还有这么一丝联系，那个比赛是我大三的时候参加的，参加的高校有一千五百多所，参赛的作品和学生近百万，而我只不过获得了个小组银奖，被评委记住，那是何等的荣耀？

“不过，您怎么知道是我？参赛的时候，我记得是没有提交个人照片的，而且颁奖的时候，我因为家里有急事，都是让同学帮我去领的。”

他又扬唇一笑：“优秀的人才，总是会让人忍不住想去多了解一下的。”说完他从包里拿出了名片，“这是我在国内的新公司，虽然不是国企，也没有你现在所在的公司强，但我这里的待遇和福利是一般公司比不上的！”见我稍有迟疑，他笑着补充道：“哈哈！你放心，我不是来这里挖人的，只是希望你以后如果想换个工作环境，这张名片会让你多一种选择。”

“谢谢……”我看了眼名片，“吴总……”

此时，他的车停在了跟前，“嗯……真的不让我送？”

我连忙摆手：“不用不用！谢谢！”

“那好，再见，余小姐，希望有幸能再次见到你。”说完，他便上车离开了。

优雅绅士，睿智克己。这是当时吴用给我留下的印象。

车子到了，很快我便到了唐XX说的那个地方，也有可能是我真的太想把这件事解决，以便以后没有任何的后顾之忧，所以才会答应来救这个场。如果，我是说如果，要是我早料到这才是我们的故事的真正开端，我一定不会来的（当然，是站在当时所处情境时的想法）。

见面的地点是一家中国大排档，生意很好的样子，不管是外面还是里面都坐满了人，我扫视了一圈后，很快锁定了目标，朝唐XX那桌走了过去。

他很快也看到了我，连忙起身朝我走了过来，然后又在我没来得及开口的时候，突然抱住了我，一声“妈”叫得我瞬间凌乱了。

“帮帮我！”他在我耳边补了句，然后也不管我同不同意，搭着我的肩膀一个转身，“这，这就是我家老太太！怎么样？我俩长得挺像的吧？”他把脸凑过来跟我摆一块儿。

坐在位子上的，是一个很漂亮的女人，是那种哪怕是坐在这种大排档里，也难掩她气质的漂亮女人。

她满眼都是悲伤，看着唐XX，一个字都没说。

我大概明白是个什么样的情况了。

不过，这一般情况下，不是应该扮演什么正牌女友来驱赶别的追求者吗？“妈”是什么意思？

“我儿子还小，还没到搞对象的时候呢！你那么漂亮，就别影响他的学习了，他要是学不好，以后怎么给我养老？”

我也不知道对不对就噼里啪啦地说出了这句话。唐XX一脸震惊地看着我。我顿时觉得此地不宜久留，于是一个转身：“困了，回家！睡觉！”说完便头也不回地走了。

原以为事情多半被自己搞砸了，谁知道唐XX很快跟了上来：“看不出来啊！姐姐气场如此强大，一句话就给我把问题解决了。”

我气呼呼的，没有说话。直到走了很远，我才停下脚步，本来想质问一句“我看起来有那么老吗？”却因为冷得一激灵，没忍住打了个喷嚏。

他倒是绅士，见我这样，连忙把自己的外套脱下来，准备给我搭上。我多傲娇啊，自然不会领这个情：“既然已经解决了，那还跟着我干吗？”

“这不挺晚了吗，送姐姐回去！”

“不用！”

“咳，别客气！”

看附近有个地铁站，我便朝地铁站走了过去。

“你能不能别跟着我？”

“你要回去，那我也要回去啊！顺路，顺路……”

于是，我们又一起上了地铁。一路上他倒是没怎么说话，其间我偷偷瞟了他两眼，他看起来有些闷的样子，不过也难怪，能拒绝那样一个漂亮女孩，可不是每个人都能做到的。

我们在同一站下了车。出了地铁后，突然迎来一阵寒风，让我又没忍住打了个喷嚏。

他停下了脚步，像是无奈地叹了口气，然后又脱下自己的外套，展开后绕到我身后准备给我穿上：“这一回生二回熟，咱也算见过三次的老熟人了，在这异国他乡的……”

话还没说完，他突然双手往后一缩，因为手里还拿着衣服，最后连带着我一下子被他拉进了怀里。

也不知道是我身子确实被冷风吹得凉了，还是他身体过于火热，碰到他胸膛的那一刻，我顿时便感觉到了一股热流。

还没等我反应过来，身后就突然闪过一个骑踏板车的人，还伴随着一声：“Good job,man!”

原来他是怕我被那个人撞到。

这一瞬间，我的心跳不自觉地就加快了频率，大概是被吓的。

嗯，只能是被吓的。

“你没事吧？”他松开了手，自然退后了一些距离。

尽管我内心汹涌，但好在我善于伪装，表面上瞧不出一丝一毫的慌张，说话的语气却明显缓和了许多：“谢谢。”

“没事，衣服你穿着回去吧！要是感冒了可就不好了。我走啦！今天……谢谢你了！”说完，他朝我一笑一招手后转身便离开了。

而我，站在原地差不多愣了有五秒钟才反应过来，看了看越走越远的身影，又看了看我身上披着的衣服，最后只能长长地叹了一口气。

原以为可以自此井水不犯河水，这下好了，还得再见一次。

回到公寓后，看着镜子中的自己，我忍不住怒贴面膜一张。

“妈？嗬，亏你叫得出口！你要有这么年轻的妈，你做梦不得笑醒？哼！”

啊啊啊！我这一肚子的委屈向谁说去啊？

“咚！”正在这时，放在桌子上的外套口袋里突然掉了个东西下来。

捡起来一看，居然是一条男士手链。可能因为职业毛病，看到有设计感的东西我就忍不住多看两眼，最后一看吊牌标签，不得了，还是个大牌呢！

我拿起手机，给唐XX发了条信息过去——“什么时候还你外套啊？这么贵重的东西放我这儿，要丢了我可不负责。”

我拍了张手链的照片发了过去。

“随时都可以，看姐姐方便。”

想着衣服好歹被自己穿了一下，出于礼貌和素养，也应该洗干净了再还回去吧？刚好明天周末休息，于是我编辑了一条“周一给你拿到学校门口吧！”发送了过去。

“好！”

我从小到大一直都以自己优良的素养而自豪，当然，这得感谢我父母从小对我的教育（主要还是我父亲），让我不管是在学校、在家还是在社会上，都给人留下了非常好的印象（不准质疑）。

然而这一次，我却忍不住想要给我这种素养狠狠地抽几个耳光。

因为，我在洗衣服的时候，把那条贵重的手链给弄丢了！

我想着刚好周末，就把屋子来个大扫除，然后在收拾的过程中，可能不小心把垃圾和手链混在了一起，都丢进了垃圾桶。而等我想起它的时候，垃圾车都来过两趟了，所以，我连去翻垃圾桶的机会都没有了。

哈哈哈哈……笑容逐渐变僵！

老天爷，有完没完啊？“天作孽，犹可违”后面那句是什么来着？

他和他妈这项“让人搞丢东西”的技能是从祖上传下来的吧？

这个牌子的首饰不便宜，随便一条都大几千了。我本想着硬着头皮买个同款还给他得了，毕竟还是新的就给人弄丢了，实在是心有不安，可是不管是网上还是实体店里，别说同款了，连相似款都没有。

所以，我猜测，这可能是高定，就全球都没几条的那一种，顿觉太阳穴突突直跳。

我一开始是拒绝他的好意的，而且后来也是他硬要把衣服给我的，想要把衣服洗干净还回去也是出于我那优良的素养，可是这件事到最后，怎么就变成了事故了呢？还是那种需要付出沉痛代价的事故！

“你说我冤不冤？”

阿祖在电话那头笑得前仰后合：“那你准备怎么办？你这刚上班，工资都还没拿到呢，就得大出血……”

“可要真是高定，我哪儿赔得起啊？”

“以身相许啊！”

“去去去！你就是看热闹不嫌事大！要是这件事真闹大了，人家把我给告了，我还真不知道怎么办才好。”

“以我看啊，你们这是缘分未尽啊！”

我有点泄气：“阿祖，我可是来求助的！”

“好啦好啦，不开你玩笑了。办法呢，不是没有，就是可能会比较复杂一点儿……”

03

后来，我渐渐地明白，所有的孽缘都是从事故发展成故事的……

没错，我也给他来了个纯手工定制，这可比什么高定厉害多了，全球限量仅一条。

好歹是设计专业出身，所以画设计图倒是不难，当时本来也看得仔细，而且还拍了一张照片的，再加上款式也比较简洁，所以手稿画起来还算是比较顺利，不过，在画的过程中，我多多少少看出了设计者的设计理念。所以，我揣测，这大概就是传说中的“定情信物”。

来这边新公司虽然还不到两周的时间，但是因为工位离得近，便和一个叫 Kris 的同事处得还不错。

她是个金发碧眼的美国当地女孩儿，因为刚毕业，所以还是个实习生。在工作上，我可以跟她分享一些工作经验；但是在生活上，她却帮了我不少，比如哪儿的东西好吃，哪儿适合购物，哪儿适合游玩，她告诉了我不少。

所以，这次制作手链，要是没她也不可能成功，因为她刚好有个朋友是做首饰设计的，而且自己还有一间小作坊。在她们的帮助下，很快，XX 高仿手链成品便出来了。

在我挑剔的眼光仔细扫描对比了不下十次后，我恨不得给自己颁个“最佳高仿奖”，以至于我把东西“完璧归赵”的那一瞬间，我没有丝毫的愧疚感，反而因为对方没有瞧出一点儿端倪而感到了自豪。

“看你这么用心，是做来送给自己的男朋友吗？”事后 Kris 问。

“没有！因为政府不包分配，所以我至今还是单身。”

Kris 哈哈大笑。

为了谢谢她们的帮忙，我请她们吃了饭。因为“完美解决”了这件事，这顿饭我们都吃得很开心。说来也可笑，这竟是我来到这里这么些天以来，最轻松、最放松也是最开心的一刻。

所以，忘我的我，哪里会注意，此时此刻在我人生屏幕的右下角还赫然写着四个大字——

未完待续……

第五章

蓦然一回首，不是冤家不碰头

01

人和人之间的关系啊，真的很难用言语说得清楚。有人会说，缘分这个东西，可遇不可求。但他忽略了一点，就是你一边在享受良缘带给你的快乐和悸动，另一边一个叫作“命运”的老大爷也正按着你的头，咬牙切齿地告诉你——孽缘也是缘！

用一句话来概括的话，大概就是表面笑嘻嘻，内心苦唧唧。

在一次谈客户的过程中，我竟然在电梯里碰到了那个女人，就是在大排档时，坐唐XX对面的那个漂亮女人。

我几乎是下意识地就用手里的文件挡住了脸。当时还有同事问我怎么了，等那个女人下了电梯后，我才缓缓地说没事。然后同事开始跟我八卦，问我刚刚有没有看到那个像明星一样的女人。我尴尬地点了点头。

“她好像是XX珠宝商的女儿，我之前在杂志上看到过她。本人竟然比书上还要漂亮，当真是占尽了天时地利人和啊！啧啧啧……羡慕死了。”

当初一看就知道她的身份不一般，没想到她竟然就是XX珠宝家的千金，也难怪我当时找不到那款手链同款了。高定限量？哦不，保不齐全球都只有那么一条！

时间都快过去一个月了，那条手链的事早被我忘得一干二净，她这么一出现，无疑是往我早已平静的心湖中投入了一颗小石子，荡出的那一圈圈涟漪叫作愧疚。

带着这样的心情过了这么一天，在我还在想着如何调节一下的时候，突然从转角蹦出来一个人，差点把我从这个美丽的世界给送走。

“哈哈！你怎么还这么胆小啊？”

“怎么是你？”我大口大口地喘着气平复自己，“你知不知道人吓人是会吓死人的啊？”

“对，对不起！我，我这不是想要给你个惊喜吗！怎么样？这么久没见，姐姐有没有想我啊？”

“嗬，惊喜？你差点要了我的老命知不知道？”我气呼呼地往前走了几步后预感事情不妙，“不是，你怎么知道我住这里？”

“我们本来就住很近的，喏，看到没？我之前就住对面那栋的。”他朝我身后指了指，“有好几次去学校的时候，刚好也看到你从这里面出来，所以……”

“所以什么？保持距离不好吗？我们好像没有熟到可以打招呼的程度吧？”

“瞧你这话说的，咱就算做不了好朋友，但也没到一见面就剑拔弩张的程度吧？你没听过一句话吗，朋友多了路好走。”

他这种一上来就自来熟的行为，十有八九怀有不良居心。冲他皮笑肉不笑了一下后，绕开他继续往前走。

他背着一个大包，手里还拉着一个行李箱，却异常灵活地三两步上前拦住了我的去路。

“让开！”

“不让！”

“让不让？”

他又摇了摇头。

我双手抱胸，深吸了一口气：“你到底想干吗？”

“姐姐，你想一想，为什么我们老是能在茫茫的人海中相遇呢？这不就很好地说明了，我们之间是有缘分的，对吧？”

“所以呢？”

“所以，我想你能不能发挥一下同胞爱，援助一下弱小又无助的我！”

“同胞爱？援助？”

“就，就是……我，我吧……被房东给撵出来了，一时半会儿我也踅摸不着新的住处。你也知道，这国外的学生宿舍老贵了，而且我过来的时间也不长，没有熟到可以借宿的朋友和同学……”

“我们好像也没熟到可以借宿吧？”

他咧开嘴一笑，拉着我的袖子，突然撒起了娇：“哎呀，姐姐，别这么无情嘛！”

我嫌恶地撇开他，扑哧一笑：“唐……什么来着？”

“唐XX……XX的X，XX的X……”

“你该不会以为，你叫了我一声妈，我就真的要把你当儿子；叫我一声姐姐，我就真的要把你当我弟吧？你听清楚了，你的‘抚养权’不在我这儿，我是没有义务管你这些的……再说了，我是女的，你是男的，这啥关系没有，住在一间屋子里，破坏了我黄花大闺女的名誉，谁负责啊？”

“黄，黄花……”

“滚！”

我气呼呼地转身上了楼，走两步又停下来，厉声警告道：“别再跟上来啊，否则我打电话报警说你骚扰我。”

“唉，本是同根生，相煎何太急嘛？看在我这又叫你妈又叫你姐的分上，你就帮帮我嘛！我不会做任何一点儿毁坏你黄花大闺女声誉的事，毕竟在我眼里，你，你就不是个女人……”

我一听这话，更加来气了，停下脚步指着他鼻子喝道：“你说谁不是个女人？”说话的同时我竟然为了证明，还把胸给挺起来了，“你才不是个男人呢！啊，不对，在我眼里，你顶多就是个还玩撒尿和泥的小屁孩儿！”

“那不就得了吗？既然大家都没这个想法，那住在一起就十分安全啊，我也不怕你半夜起来饥不择食地对我……”

讲真的，我长这么大，就没见过嘴巴这么贫的，气得我手指了好几下都蹦不出半个字来。

“就几个晚上……”他突然声音一软，“找到新住所后立马就会滚……”

“No way！”

“我妈的手机不让你赔了……”

“不好意思哦，我要是没记错，上次我去帮你救场，所有恩怨一笔勾销，你说的！”

“那，那……你以后要是遇到任何困难，我都无条件地帮助你，怎么样？”

“我！不！需！要！”

在我打算进屋关门的时候，他突然说了一句：“那你赔我手链！”

空气突然就凝滞了几秒……

他见我似乎有些心虚的神情，眉头轻挑，然后从兜里掏出了当初的那条手链，嘴角一勾：“手工是不错，但就是质量不怎么样，你看，都褪色了！”

站在原地的我，忍不住倒吸了一口冷气。

搞半天，这才是他敢厚着脸皮来求我的底牌！

你们都知道那种明明前一秒还占上风，觉得自己是了不起的甲方大老板，可以随意地大手一挥指点江山，而后却一秒犯夙跟乙方打工人似的，“只要甲方老板高兴，我做什么都可以”的那种听之任之的感觉吧？

虽然形容得稍有些夸张，但的确一下子让我明白了一个道理——搬起石头砸自己的脚到底有多痛。

当初一心就想着把东西做得像一点儿，忘记考虑耗材是否会褪色这个问题了。

“唉，我本想着你若是收留我几天，手链这个事后期咱还可以商量商量。不过，我相信以姐姐的能力，一条手链而已，‘照价全赔’应该也是小菜一碟，大概也就够我在外面睡一个多月的五星级酒店……”

“那，那你既然买得起那种手链，又怎么会这么没脸没皮地……”说到后面我明显没了底气，毕竟错了就是错了，此时也没啥好不承认的。

“别人送的。”他往自己行李箱上一坐，估计是折腾得有些累了，“这几天她来洛杉矶走秀，我本想着把手链还给她的，结果掏出来一看，嘿，居然褪色了……”

“我……”

他突然叹了一口气，然后一副认命似的表情摇了摇头：“行啦，你快回去吧！我一个大男人，就算睡大街也没人把我怎么样的……”说完，他拖着行李准备下楼，“记得把钱转我就行，有钱了干啥不行啊？也用不着厚着脸皮在这求别人，唉……”

“喂！”我突然朝他的背影喊了一句，“你确定就只住几个晚上？”

他突然站住了脚步，立马转身，一副得逞的表情道：“当然，好歹我也是黄花大闺男，我也得为我的名誉着想的……”

我被气红了脸的同时，没忍住哼了一声。

还黄花大闺男？鬼才相信。

我住的那间公寓蛮小的，不过“麻雀虽小，五脏俱全”，一室一厅一厨一卫，还外带一个小阳台，月租金在 2000 多美金，公司补贴一半后，还算比较划算。毕竟跑这么远的地方来上班，工资也比以前在北京的时候高很多了。相比公司宿舍，我还是比较喜欢能保证个人隐私的住所。

这突然来个“不速之客”，本来就小的房间，显得更加拥挤了，更别谈什么隐私了。

我进屋子的第一件事就是去确认我房间的门能不能反锁。

他看到后不屑地切了声：“你放心！我不是没有选择的禽兽。”

不知道为什么，他这句话一出，我脑海里突然闪现了那个女孩儿的脸，多多少少地好像明白了什么。

嗬，穷小子跟千金大小姐之间的狗血爱情故事呗！不过他们怎么狗血是他们的事，干吗要把无辜的我给拖下水？

“这沙发有点小啊……腿都伸不直……”

见我一个“眼刀”甩过去，他立马又哈哈笑道：“没事没事，不怪你沙发小，怪我腿太长！”

哇，瞧瞧这个人有多欠揍。

正在这时，阿祖的电话突然打了过来。我也不知道出于什么心理，条件反射似的就挂掉了。没一会儿她发消息过来了：“我以为这个点你应该下班了。”

“嗯，下班了，就是接电话不太方便。”

“咦？是有情况哦！”

“什么情况？你又在瞎脑补什么？”

“你老实交代，你身边是不是躺了一个金发帅哥？”

“拜托大姐，我才过来多久啊？还金发帅哥！”

“好啦好啦！跟你开个玩笑。怎么样？适应了那边的生活节奏了吗？”

我长长地叹了口气，听着外面客厅里传来的窸窸窣窣的动静，心想着，工作倒还挺顺利的，可自从遇到这颗“老鼠屎”后……

我没跟阿祖说我收留唐XX的事。发着信息聊了一会儿后，我准备去卫生间洗漱，经过客厅的时候，看到他四仰八叉的、毫无顾忌的睡相，莫名一阵头疼。等我转身开门进卫生间的时候，突然“扑通”一声，伴随着摔疼的啊呜声。

哈！活——该！

02

突然被一个陌生男人闯进了私人空间，按理说，我十有八九是会失眠的，但估计是我实在太累了，头一沾着枕头，就沉沉地睡去了，而且一夜无梦，还睡得异常安稳。

我起床的时候，客厅已经没人了，桌子上留了一张小纸条——“你下班的时候记得联系我！我没有钥匙！”后面还画了个楚楚可怜的小表情。

我哼了一声，伸了个懒腰后去拉开了窗帘。今天的天气很不错，阳光透过窗户迎面而来。客厅的桌子上有一个小小的鱼缸，里面是我从中国不远万里带过来的几条金鱼，看着它们悠闲自得地在鱼缸里游着，我的心情也跟着好了起来。

好吧，其实我只带过来了鱼缸，鱼没办法坐飞机，何况还是出境。以前在北京的时候，为了不让屋子里太过没有生气，我总是喜欢养一些活物，猫啊狗啊的不好照顾，工作忙起来的时候估计能把它们给饿死，所以就选择了鱼，方便又不费神。

到了卫生间，看到我的牙杯旁边多了一个杯子。我拿起牙刷，用它的后端把他的杯子往旁边移了点。卫生间里面有点湿，想必是他早上在里面洗澡了。没看到他有沐浴露和洗发水摆出来，难道是……用了我的？

哇！刚刚的一点儿好心情瞬间没了。

“你是不是用了我的沐浴露？”我给他发了一条信息。

他没有及时回我，等我煎好蛋，倒好牛奶的时候，回复了过来：“姐姐的沐浴露太香了，闻着真舒服！”

彼时的我正在喝牛奶，一看到这句，险些给呛着的同时，脸竟然还被逗得一红。

“不经过别人允许乱碰别人的东西，这是小偷！”

“姐姐大方一点儿，才招男孩子喜欢哦！”

哇！血压顿时飙升！

我一口气喝光了牛奶。看着鱼缸上映出的自己，我深吸了一口气，对啊！犯不着因为一个小屁孩而影响了一整天的心情，嗬，我会直接让你体会到惹怒姐姐会是什么样的后果。

想到这里，我的嘴角慢慢地扬起了一丝弧度，邪恶的弧度。

晚上下了班，很少会参与下班活动的我，决定拉个同事一起吃饭。

采取就近原则，就 Kris 了。

经过商量，我们决定去打卡中国城。Kris 想让我去评价一下她说的那家中国菜是否正宗。

于是，我们去了一家川菜馆。

此时，已经是晚上七点半，这家馆子生意很好，等到我们进去的时候，又过去了半小时。

装修很中式，里面的服务员也都是中国人，偶尔还能听到一两句正宗的四川话。我们在靠窗的位置坐下，我点了几个比较出名的川菜后，开始跟 Kris 闲聊。

Kris 说她一直都想去中国，但是因为各种原因没能实现，于是问了我很多关于中国的事情。全程我们都聊得很愉快，直到她被水煮鱼给辣到狂飙眼泪。

“太辣了，不过好好吃！”她辣得整张脸都有些红了。我一边给她递纸巾，一边给她倒水：“川菜就是主打辣菜的，对不起，我应该在点之前问你一下的。”

“没关系没关系，虽然有点辣，但是鱼片特别嫩滑，不行，我还得再尝试一下。”

我笑了笑，这时手机收到了唐 XX 的信息——“姐姐，你下班没有啊？”后面是一个可怜的表情。

我得意地嘴角一扬，拍了个桌上的菜发了过去，没一会儿又收到他一条信息——“姐姐吃好吃的都不带我！”后面又是一个哭的表情。

我没理他，把手机放到一边，继续和 Kris 吃饭。

“你男朋友吗？”Kris 突然问。

“当然不是！你怎么会这么认为？”我有点震惊。

“看你发信息的时候，脸上都是笑着的。”

“就算是笑，也是恶作剧得逞的笑。”

说完，我们两个笑开了。等吃完饭，时间差不多都到晚上九点了。

这个时候，不出意外的，我又收到了唐 XX 的信息——“姐姐我好冷！”

我哼了一声，回了四个字——“关我屁事！”

“姐姐你好无情、好冷血！”

“谢谢夸奖！”

回完信息后，我继续跟 Kris 闲逛闲聊，直到一通警察局的电话打过来。

接完电话后的我，整个蒙了。

十分钟后，我到了公寓附近不远的警察局。

“你认识他吗？”警察指着铁门后被关起来的某人问道。

“姐姐！姐姐救我！”

“Shut up！”某人被警告了一声。

我深吸了一口气，颇有些头疼地点了点头：“我认识，他是我弟弟。”

“你看，你看！我就说是我姐姐吧！你们还不信！”某人嚣张道。

“好的，那你在这里签个字，把人带走吧！”警察递给我一张单子，“管好你弟弟，又不是拍电影，搞什么蜘蛛侠？”

“麻烦警官了。”

某人被放了出来，走到我跟前的时候，一把揽过我的肩，然后把脸跟我摆一块儿：“看看！我们长得像吧？异父异母的亲姐弟呢！”最后一句说的是中文。

这突然就让我想起上次那么一出了，又是“妈”又是“姐”的，那下次是什么？不不不，没有什么下次！

事情的经过不用讲，你们大概也猜个八九不离十了。

“这人有三急，我也是被逼无奈，谁叫你不早点回来！”

“所以还怨我咯？”

“那不怨你怨谁？你应该庆幸的是，你接到的是警察局的电话，而不是医院的电话。我要是爬窗的时候掉下去了，不死也残了，到时候可就不是签个字那么简单了！还好小爷我身手敏捷……”说完还作势比画了几下。

“嘿，我发现你这个人还真不是一般的厚脸皮！”我气不打一处来，“你告诉我，你哪里来的理直气壮？是，你手链是我不小心弄丢的，可要不是你非要把衣服搭我肩上，根本就不会发生这样的事。说到底，错的还是你！”

“姐姐你不能老生气，会长皱纹的！到时候可就找不到男朋友了！”他直接上手把我的脸往上提，知道可能会挨揍，捏完就跑掉了，还不忘转头冲我做鬼脸。

“唐XX，我让你见不着明天的太阳！”

他的手有点凉。

03

第二天，外面下着倾盆大雨，的确是让他见不到太阳……的天气。

今天周末，我想睡个懒觉来着，结果被敲门声给吵醒了。

声音又大又急促，等我穿上拖鞋开门的时候，门已经被唐XX给打开了。

“你们晚上能不能小声点？年轻人了不起是吧？一晚上大战三百个回合！你知不知道我有很严重的失眠症？你们再这么吵，我就打电话报警了。”门一开，站在门口的金发老太太便破口大骂道。

唐XX愣了两秒后，笑道：“好的好的，知道了，太太！我们会注意的。”

说完老太太就气愤地离开了。唐XX门一关，转身看到一脸诧异的我。

“啊，隔壁的！”他说得轻描淡写。

我不可思议地深吸了一口气后问道：“你知不知道你刚刚在说什么啊？”

“她不就是嫌我们太吵了，让我们注意一点儿吗？”

“可是我们根本没有吵啊！而且还，还是……那，那种吵！”

“哪种吵？吵还分种类的哦？”

我特别无语地白了下眼：“所以，你其实也没听懂她在讲什么对不对？”

“我就听到了‘make noise’‘lover’……”讲到此处，他自动噤了声……

我一个抱枕朝他丢了过去，用了我这辈子发出的最大分贝的声音喊道：“所以，这已经是第三天了，你到底想赖在这里多久！”

他笑着连忙做“嘘”的手势：“冷静！别又吵到人家了。”

“这是大白天！”

“人家昨晚没睡好，还不准她白天补个觉啊？”

这世上，唯一一个让我动了杀生念头的人，非他莫属。

因为下雨，哪儿也去不了，我就窝在家里看书。他也没出门，抱着电脑在桌子上敲敲打打的，一副十分专注的样子。

专注到我都不好意思去打扰的那种。

不过我倒是在扫地的时候偷偷地瞄了两眼，整个屏幕都是我看不太懂的代码。

“你之前说你是被房东给撵出来的，为什么？”我随口一问。

“黑了他家的 Wi-Fi 呗，租金本来就贵，Wi-Fi 居然还收我钱。”

“所以，你是黑客？”

“黑客算不上，但一般的防火墙还是很容易攻破的，好歹也是学计算机的。”

“嗬，就你这种，到哪儿都是被人给撵出来。”

他突然转过头，双手握拳放在下巴下，冲我撒娇道：“姐姐不要撵我好不好？我好乖的！喵！”

我一个头皮发麻，往后退了好几步：“你少来！你到底出去找房子了没有？”

“因为要忙着上课嘛，没时间出去找，我就登了个寻租的信息，这几天应该会有消息的。你也知道，在洛杉矶租房可不是有钱就能租到的……”见我半信半疑的样子，他又补充道，“你放心，我肯定会搬出去的，这沙发睡久了我也受不了啊！”

这么一说，我倒是真的放心了不少。

快到午饭时间的时候，他当真接到了房东的电话，被叫过去看房了。外面的雨势虽然小了些，但灰蒙蒙的天气压抑又沉闷，让人的心情也无法开朗起来。

中午给自己做了简单的饭菜，吃完后本想拿着书窝在沙发里看，可一看沙发被某人侵占了好几天，明显感觉已经被压得有些塌了，便油然而生了嫌弃感。

于是，我搬了把椅子到阳台，不看书了，改画画。

画架是在这边买的，其他的都是我从国内搬过来的，也是早上才收拾出来的。

见从阳台看过去的风景不错，我便静下心来准备写个生。

刚拿起笔画线的时候，敲门声突然响起，害得我手一抖，线条也随之歪了。

刚刚平静下来的心一下子凌乱了，怀着有些想泄愤的心，我去开了门。

“姐姐！我回来啦！有没有很想我？”

不出意外的，是那张欠揍的脸。

“哟！姐姐画画呢？这意境，这线条……果然抽象！一看就是出自大师之手啊！”

见他一边说话一边在收拾东西，我忍不住问道：“怎么？房子找到啦？”

“嗯！找到了，租金便宜，离学校也近。”

“现在就搬过去吗？”

他突然停下手里的动作，反问道：“怎么？姐姐舍不得我走啊？”

我哼了一声，双手抱胸靠在墙边："是什么让你产生了这种幻觉？"

他突然凑到了我的跟前，距离的陡然拉近竟然害我的心脏都漏跳了一拍。他借着人高马大的优势，把我整个人都围在了他的气息圈里。

"房东说，他的房子还有些地方需要修理一下，到明天才能修好，所以……"他凑到了我的耳边，"今晚……会是我们同居的最后一晚……姐姐你可要好好珍……"

我抬腿一个提膝让他立马闭了嘴。一米八几的大男孩儿，此时双手护裆，缩成一团，疼得龇牙咧嘴的。

"余青葱，你大爷的！"

没错，记忆中这是他第一次对我说这四个字，表情痛心疾首。

到了晚上，雨终于停了下来。唐XX说为了感谢我这几天的收留之恩，晚上他请我吃饭。我想着不吃白不吃，于是爽快地答应了。我们便去了中国城那边，找了一家小火锅店。

这天气冷了，吃点热乎乎的东西到胃里，整个人都舒服了不少。

虽然认识了这么些日子，但其实我们对彼此都不太了解。小火锅吃得开心了，我们也开始融洽地聊起了天。

原来，他是以交换生的身份来这边上大学的，那这样看来，他在学校的成绩肯定是排在前十的，这倒是让我很意外。然后他又说起了当初我们第一次在鬼屋见面时说的话了。

"所以，你学计算机就是为了完成你当时在鬼屋时说的那个Virtual Reality？"

"没想到你居然还记得？对啊，现在VR技术在这边已经在慢慢地发展了。我相信不久的将来，VR这项技术会普及生活的方方面面。而游戏的开发呢，是我走出第一步的突破口。"

"听起来好像……很厉害的样子。"

"必须啊！我家老太太都说了，把兴趣发展成爱好那才是真的牛。”

我大概能联想到一位网瘾少年被老母亲频繁砸键盘的场景。

“你呢？为什么来洛杉矶？”

我喝了口大麦茶，叹了口气：“还能是什么，工作调动呗。”

他似乎是看出了我面上透露出的一丝无奈，笑着打趣道：“那你得替我感谢一下你的领导，要不然，我上哪儿去借宿啊？是吧？”

我被逗得一乐，“你闭嘴吧你！脸皮厚得跟城墙一样还好意思说。”说到这里，我想起了什么，深吸了一口气后，说道：“你之前说过，只要我收留了你，那条手链的问题……”

“你说这个啊？”他从兜里又掏了出来。

“定情信物吧？”我小心地问了句。

“嗯？说什么呢……不过我一开始没想收的，那天晚上估计喝了点酒，不知道自己在干什么。”

这又让我想起了那天晚上的那个女孩儿。

“挺漂亮的。”

“模特，必须得漂亮！”

“还得意上了。”我再次深吸了一口气，“对不起啊，我把那么贵重又珍贵的东西给弄丢了。”

他一愣，估计是被我突然转变的态度给吓了一跳。正当我以为他被我这真诚的态度给打动从而爽快地给我来一句“没关系”的时候，他突然来一句：“你不是把我那手链眯了（占为己有）吧？”

我气得差点没一杯茶给他泼过去！

好吧，其实人家有那个想法也不为过，毕竟是XX大牌的私人定制，转手卖也是价值可观的。可是我是那种人吗？我要真是那种人，我至于亲手给他打造一条高仿，以至于到现在被他各种纠缠吗？

吃完火锅后，我们回到了公寓，在楼下又碰到了早上来敲门的那个老太太。唐XX特别热情地跟她打了个招呼，还一口一个的“pretty girl”，把人哄得老开心了。

“唉，男人的嘴，骗人的鬼哟！”

“你不是说我在你眼里，不是个男人吗？”

“那不代表在别人眼里不是啊？一看就是个渣男。”

“谢谢夸奖！不过我这也是为你着想啊。你想想看，我把人哄开心了，以后你的邻里关系就好了啊。一个人出门在外，要是遇到点什么麻烦事，这远亲是不如近邻的，对吧？”

我哼了一声：“我还真是谢谢你了！”

“不客气！”

我要是没记错，渣唐的称呼好像就是从这个时候开始的。

插播一条广告——

“XX珠宝，独一无二的爱，献给一见倾心的你！它璀璨，它闪耀，它是相爱之人捧在心里的至宝。”

（画面：一个女人手腕上戴着一条闪闪发光的手链，脸上荡漾着幸福又知足的笑容。）

“钻石恒久远，一颗催人老！”

（画风突变，人还没老，手链却已经褪色了，女人的面部表情发生变化。）

“导演！你这什么破东西？一条都还没录完就褪色了！就这种品质还敢找我代言？”

女演员愤然离场，广告结束。

好吧，这不是一条广告，而是我当晚做的一个梦。

后来，我就这手链的事情问过他，这么贵重的东西，让我直接赔钱，什么住宿问题解决不了啊？他回答我说，这毕竟也是人家为他精心设计制作的东西，真要用钱来衡量，也有点太那个了。而且从严格意义上来讲，其实这算不上什么定情信物，顶多也就是个生日礼物，想到是这么贵重的东西，才想要还回去，但都变色了，自然也不好再拿出手，也算是硬着头皮收下了这么个生日礼物了。

“那你为什么相信手链是真丢了，而不是被我拿走了呢？”

“开玩笑，弟弟我可是一个不谙世事的小朋友，看待世界万物的眼光别提有多单纯了！”

我扑哧一笑，自然是不信。

“好啦！我知道你是好人，不然我妈早就在洛杉矶的机场走丢了。”

这话倒是很有说服力。

“哎！那天你为什么非要让我扮演你妈啊？”

“因为我拒绝别人的理由就是不想耽误学业啊！扮演女朋友什么的自然就不合适了！”

“嗬！只有我一个人认为这个借口很烂吗？”

第六章

怎么老是你？

01

洛杉矶是座处在地震带的城市，大大小小的地震平均一年就有二百多次！那为什么我突然给你们科普这个呢？因为在两分钟前，我在洗澡的时候，屋子有些晃了。

对于从没有经历过地震的我来说，这么稍微一晃动，就把我惊得尖叫连连。

“姐姐，你没事吧？”渣唐在门口敲了敲门。

没错，地震就是发生在他寄宿在我这里的最后一个晚上。

“刚刚是怎么回事？”我还有些惊魂未定。

“没事，是小地震，这边经常会这样。”

“哦！”虽然心情平复了一些，但此时的我根本没有继续洗下去的欲望了。我小心地从浴房出来，谁知屋子又晃动了一下，我一慌，脚底一滑，结结实实地摔在了地板上。

“啊……疼疼……”

“怎么了？”门把传来转动的声音，不过很明显，因为门是锁着的，他是没办法打开的，“出什么事啦？”

“没，没事！”浴房里是有个台阶的，这一摔，腰部至以下的地方顿时传来一阵剧痛，特别是腰，被台阶的边缘给磕碰到了，疼得我都直不起来了。

“摔倒了吗？摔哪儿了啊？”门口还是他急促的敲门声。

我爬了好几次都没能爬起来，疼得我眼泪汪汪的。不知道为什么，这一刻的我，才真正地体会到人在异国他乡的孤立无援，第一次有些想家了。想着想着，我就大哭了起来，完全不顾忌外面还有人。

渣唐在外面听到哭声就更着急了，拧了几次门打不开后，他开始用脚踹门，一副打算破门而入的架势。

接下来你是不是以为像大多数的电视剧情节一样，男主角破门而入，见到对方一丝不挂的时候反射性地往后一躲，然后不知道从哪儿变出一条大浴巾，把躺在地上的人包成一个粽子后抱出去……

好一个英雄救美的故事啊，想想都让人荷尔蒙狂飙。

可事实是，我听到他踹门后，硬是咬着牙从地上爬了起来："你别！我，我没……"话还没说完，门突然嘭的一声被踹开了，门板直接往我脸上招呼了过来，我顿时脑袋一嗡，鼻子里的那股热流顿时喷涌而出……

"姐……姐……"

"@#……&9$*!……"花式国骂，不看也罢。

"疼，疼吗？"此时的他正笨手笨脚地给我上药，"对，对不起哦……我，我这不是怕你在里面出事吗？"

我现在哪儿哪儿都疼，刚被撞的一瞬间，还咬到了自己的舌头，说话都疼。

从小到大，优秀的我，别说被打了，爸妈连个手指头都不曾动过我。

"你看到什么了？"

"我……"他的脸明显泛起了一丝红晕，"我说我啥也没看到，你，你信吗？"

我一个斜眼过去，他的喉结不自觉地上下滚动了一次："当，当时你鼻血的颜色太，太醒目了，我，我注意力全，全被它，给，给吸引了……"

我咬着唇，眼眶里含着泪，拳头捏得紧紧的，想要上前抽人，却无奈有种胳膊都抬不起来的笨重感。

"你放心，我一定不会对外说起这件事的。你，你那黄花大闺女的名誉，还，还在的！"

这话一出，无疑是往我胸口又戳了一刀。我忍着泪，委屈地道："唐 XX，我以后不欠你的了。"

"好好好！你不欠我了，现在是我欠你的！你那门我会赔的。还有你这伤，药费我也会出的。但如果是高额的精神损失费，那恐怕就没办法了，毕竟你也知道我现在身上没几个钱。不过，我可以贴身护理的，直到你好为止。”

“不用，也不需要！过了今晚，我永远不想再见到你！”

“好好好，不见不见！不过……现在你腰后面的伤，要不要我帮忙抹药啊？我刚看见红了好大片，血淋淋的……”

“你不是说你什么都没看到吗？！”

“那，那不也，也是红的吗……”

“啊！”

忍着痛，我一胳膊肘打了过去。他防不胜防，转过头来看我的时候，嘴角破了一大块。看着他敢怒不敢言还委屈巴巴的样子，我这气才稍微消散了一些。

因为在这边去医院什么的实在是太麻烦了，而且还贵得要死，只能去药房买些急救药物了。比起破了的鼻子，更疼的还是我的腰，扭到的同时被蹭掉了一大块的皮，走路都会疼。

因为实在不想再让他占着什么便宜，腰的伤我没让他帮忙涂药，自己躲在房间里，对着镜子费时费力地折腾自己。

第二天，我向公司请了假。原以为等我打开房门，那个讨人厌的东西就会消失，没想到，他竟然穿着我的围裙，给我准备了早餐。

是不是像极了一副故事未完的样子？

“早上好！姐姐！”他笑得一脸灿烂，然后脚底一溜，溜到我跟前，“哎哟，都肿了，是不是很疼啊？”说完还给我呼了呼。

我下意识地往后一躲，这一躲腰又是一闪，疼得我想骂人。

“你怎么还不走？”

“你现在这样，我怎么能无情地抛下你？”

“要不是你，我也不会这样。”

“所以我是有责任把姐姐照顾好的。”

他手里端着一个盘子，盘子里放了颗煎蛋。昨天下了一天的雨，今天格外的晴朗，阳光斜斜地照在他的身上，有那么一刻让我觉得，他真的犹如这阳光一般，干净又明朗。

呸！幻觉吧？

我没再说话，闻着早餐带来的烟火气，我着实是有些饿了，于是去洗手间洗漱。到了洗手间才发现，地上多了一张防滑的地毯，我这才注意到门，发现锁已经换好了。

这才早上八点不到，外面的五金店估计不会这么早开门，所以我猜测，这是昨晚修好的。我睡得那么沉的吗？竟然一点儿动静都没听到？

洗漱后，唐XX主动过来扶我，我现在这个情况也懒得推开他了。他把我扶到座位边的时候，我才发现原本的“硬”座也已经变成了“软”座。

嗬，就算这小子有点良心好了。

早餐算不上好吃，蛋有点咸有点糊，两根肠也是半熟状态，倒是牛奶刚刚好，温温热热的。就着阳光，桌上的鱼缸反射出的绚丽光斑投射在桌面上，倒是也勉强符合我对一天美好开始的定义。

“学校这两天刚好也没什么课，我索性就请了几天假，你放心，我一定把你照顾得好好的。”

“我是受伤了，可我生活自理能力还是有的。”虽然是有些排斥的语气，但明显已经缓和了不少。

“但的确错在我嘛，给不了多少钱，但照顾人我还是可以的。”他吃完开始收拾餐具，“啊，对了，你休息一会儿后，换好衣服跟我出趟门。”

“去哪儿？”

“我带你去我们学校的校医院看一下，虽然比不上设备全套的医院，但也比只去药房买药来得强。”

“我又不是你们学校的学生，你们校医给看吗？而且我也没有保险，就算是校医院，收费也不便宜吧？”

“这个你放心。”他开始洗碗，“我北京有一玩得特好的哥们儿。

我过来这边，从他身上获益最大的就是，他的舅舅就是我们校医院里的医生。所以，有他在，看点小病啥的还是没问题的。”

“那你怎么不麻烦你那朋友给你在这边找个房子？”

“我跟你一样，性子好强，不愿什么事都求别人。”

“嗬，倒是有脸皮求我。”

“谢谢夸奖。”

“您客气！”

上学那会儿就听国外留学的同学说过在国外就医有多难，所以既然能不麻烦地去检查一下，自然得去。万一真搞出一个啥后遗症，那吃亏的还不是自己啊？

很久没有去过学校这种地方了，看着里面一张张充满活力的脸，这一瞬间，我竟然觉得自己真的有些老了。

不知道是渣唐的外貌条件在国外也吃香，还是因为他一贯的油嘴滑舌，这一路走过来，都有跟他打招呼的同学，大部分都还是女同学，有几个，我看着好像对他有那个意思。

“你不是才没过来多久吗？这人气……啧啧啧……”

“这是小爷我与生俱来的气质，到哪儿都是人气选手。”

“招蜂引蝶，花花公子。”

“我这是百花丛中过，片叶不沾身。”

“信你个鬼！呲……”

“啧啧啧……我是真好奇，以后会是个什么样的男人，才能受得了你。”

“哈！同样的问题，我也想问问你。”

一路互怼着，终于到了校医院，渣唐打了个电话确认后，带着我直接去了一楼诊室。

“你就是小志的朋友吧？”

“啊对，我叫唐XX，舅舅好。”说完他看向我，介绍道，“啊，这位就是我那个受伤的朋友。”

听这对话，他也是第一次来这里麻烦别人。

“女朋友吧？”

“啊不是不是！”我也不知道为什么，急忙摆手否认。渣唐倒是啥也没说，看我这样，没忍住扑哧笑了一下。

医生一副心知肚明的表情笑了笑，随后帮我查看了一下伤势。

“没什么大碍，腰的部分呢，可以去做一个 X 光。但我的经验告诉我，应该只是个轻微的急性腰扭伤，近期不要抬重物，配合一定的按摩。症状减轻后，可以做一些轻微的拉伸运动，应该是能很快恢复的。”

“那这些伤会留疤吗？”

“护理得当的话，一般不会留下疤痕，近期禁食辛辣和海鲜，保持伤口干净清洁。”

抹完药后，渣唐又陪我去拍了片，要等到明天才能拿到结果，于是我们开始往回走。

“你刚刚在诊室的时候，那一笑是什么意思？”

“没什么意思啊？想笑就笑咯！”说完他又是一笑。我要不是体力不支，真想再“招呼”他一下。“就是觉得，你极力辩解的那个样子，有点可爱。”

扑通扑通……

我的心跳一下子就加快了频率。

他见我愣神的样子挑了挑眉，嘴角一勾，笑得有些玩味：“是可怜没人爱的可爱……”

哇！

古娜拉黑暗之神——呜呼啦呼——黑魔变身之代表月亮消灭你！

后半程的路，哪怕是上楼梯，我也没让他再碰我一下，话更是一句没说。

我长这么大，从没有讨厌过谁，但他很成功地成了我极度厌恶的人。

到家门口的时候，我把他拦在了门外：“你可以走了。”

“去哪儿？”

“去你找的那个新住所啊！”

“你这样，我怎么放心走？”

“你今天也带我去医院检查了，门锁也换好了，后期如果再出现其他的问题，也不用你负责了，你可以安安心心地走。如果可以，互删永不相见。”

他靠在门框上，嘴角一扯：“就这么讨厌我啊？”

我没说话，但眼神已然说明一切。正僵持不下的时候，我妈竟然在这个时候打了电话过来。

我站到一边接电话，而他用眼神和动作示意去收拾自己的东西，我便也没拦着，缓缓移动到沙发上坐下。

“怎么样？还能坚持几天啊？”

“什么坚持几天？”

“你一个单身女性去到一个那么远的地方，住不惯吃不惯的，身边还没个朋友，被欺负了也是叫天天不应叫地地不灵的。我跟你说啊，我看了好多的国外新闻，都是关于独居的人死在家里都发臭了才被发现，而且前段时间还有那种留学生失踪的……”

我深吸一口气，虽然没有蔡小花同志说的那么惨，但此时的我，鼻子竟有些酸酸的。

我现在可不就被人欺负着呢吗！

“能播出来的都是新闻，你信那些干什么？我是来工作的，又不是赌气才过来的，你老人家就放心吧，我在这边好着呢！”

正在收拾东西的某人转身看了我一眼，而后哼了一声，边摇头边小声嘀咕了一句：“死鸭子嘴最硬咯！”

声音不大不小，就刚好我妈能听见：“这个点你还在上班吧？”

“对啊，上班呢！”

“余青葱！我走了啊！别太想我哦！”

“哎哎哎……这是什么情……”

我连忙挂断了电话，最后白眼目送某人离开。

以前的自己没有料想到的是，他离开时转身冲我那坏坏的一笑，竟然让我记了好多好多年。

02

有一点，他没有说错，那就是，我性子是真的很要强。

新公司才刚开业没多久，请假请久了也不太好。于是，在家休养了两天后，我顶着有些破相的脸去上班了。

一到公司，就成功成了所有人的焦点，但是大多数也就止于“要注意安全啊”的客套关心。Kris 一个椅子滑了过来，查看了我的伤势后说道：“我觉得你受伤的背后一定有个有趣的故事。”

她这么一说，我瞬间想到了那个晚上，脸不自觉地有点烧。

“为什么这么说？”

“就是瞎猜的呗，我上次受这么重的伤的时候，就是被一只流浪狗给追摔倒了。”

我扑哧一笑，脑子里闪过渣唐的脸，笑道：“我这个可比流浪狗凶残多了。”

可不吗？流浪狗再凶残也不会暴力拆门。

“呀……”Kris 意味深长地拉长尾音，“看来是真的有故事哦！”

我笑而不语，还好主管及时把我叫去了办公室。关于这件事情，可真没什么好分享的，毕竟就算是阿祖，我都是有些难以启齿的。

“公司刚开始运作就接到这个大单子，公司很重视这个合作，所以，我看了眼咱们组，就你的能力要稍微强一些，交给你不会有什么问题吧？”

我翻看了一下主管递过来的文件，信心满满道：“没问题，我这就去准备。”

“等等！”主管站起身，绕到我身边站定，然后抬手似乎要触碰我的样子。我条件反射性地往后缩了一下。

“你这伤不要紧吧？”

“主管放心吧，我既然能来上班，就不会因为伤情影响到工作效率的。”

“我不是这个意……”

“主管要是没其他什么事，那我就先去忙了。”

说完，我转身便离开了。

这个主管就是跟我一起从北京总部过来的经理部的主管陈峰。以前在总部的时候，因为不在同一个小组部门，所以没有产生过交集；到了这边，他一下子成了我的顶头上司，交集也就自然而然有了。

在总部的时候，我就听说过这个人经常骚扰女同事，如今百闻不如一见。如果不能任性地随意辞职，那就只能尽量减免单独相处。

这个单子不是我一个人在做，因为有小组竞争，所以A组那边也会委派一个设计师。虽然存在内部竞争，但也是一个公司的同事，为了不对客户造成过多的打扰，我们约好一个时间点一起去见客户。

不过令我没有想到的是，A组那边竟然是设计总监亲自上阵。如果说我们这边的主管是设计能力一般，运营能力一流，那边的设计总监就是设计一流，运营能力一般的了。

我顿时觉得压力山大。

不过我向来遇强则强，这次竞争机会也实属难得。

客户是一家当地的珠宝商，是近两年才出来的新品牌，不过这些年靠宣传也渐渐地让人熟识起来，特别受广大年轻人的喜爱。

给这家做广告的公司，在整个美国都非常有名，能从中截胡让珠宝商选择我们公司，市场部的同事想必也是费了不少功夫。

“听说你是总部派过来的？”一起去见客户的路上，总监问了我。

“对！”

“在国外就职的机会虽然难得，但一个女孩子出这么远的门工作，也是勇气可嘉。”

“总得要试试才知道自己行不行吧？”

“你今年多大了？”

“二十五岁。”

“结婚了吗？”

“还没有！”

“女人啊，事业的黄金时间也就这么几年，等到结婚生子，重心就会慢慢转向家庭了，你怎么想的？”

我微微一笑，其实不太想谈及这个问题：“做自己想做的，做好手上的。”

她冲我微微一笑：“你很聪明，最起码知道自己想要什么。很多人忙碌了一辈子都不知道自己想要什么。小的时候听父母的话，活成他们喜欢的样子；长大后工作了，又得听老板的话，活成他们满意的样子；结婚了生孩子了，又要活成老公眼中的贤妻，孩子眼中的良母。女人啊，这辈子可太难了……”

“不喜欢也不必迎合。做设计的，最反感的不就是按部就班吗？跳出固化思维，为自己而活就好了。”

她估计是对我的言论有些惊讶，看着我一直愣了好几秒，而后长叹了口气，咕哝了一句：“人怎么能只为自己活呢？多少有些自私了……”

我不再反驳什么，因为那个时候的我根本无法真正地体会她的言论。或许现在三十一岁的我，也未必能理解能体会，不然，也不会在这个节骨眼儿上还跟渣唐分手。

我不了解她为什么会突然跟第一次见面的我说这些，也无从得知生活给了她怎么样的体验和心得，不过，在往后的很多年里，我倒是经常想起她说的这番话。

她叫 Ashley，中文名叫什么，我至今都不知道。

XX 珠宝这次主要是想给为万圣节所设计的珠宝做推广广告。我之前也说过，他们公司的珠宝主打人群为年轻人，而万圣节通过日新月异的演化，已经变成好多年轻人为之疯狂、为之狂热的节日，于是他们想让珠宝也披上“万圣节”的外衣，从而能在年轻人群中扩散开。

而我们的任务，就是把“万圣节也可以加一点儿珠宝饰品”的理念以媒体广告的形式植入到消费者的内心。

说简单简单，说难也难。

去客户那里获取了相关资料后，总监说她还有其他的事要处理，于是我便一个人回了公司。

在回去的路上，我收到了阿祖发过来的一张照片，是两只紧握着的手。

“哇，你这速度也太快了吧？”

“有时候感觉对了就会省时省力很多。”

“你确定你是清醒的吗？”

“爱情来的时候，谁不是头脑一热啊？”

“那我是该祝福你？”

“我不是来要祝福的，我就是来刺激一下你，让你多少能有点危机感。”

“好闺蜜啊，你快赶上我妈了！”

“哈哈哈！乖女儿，那你得给你妈争口气啊！哈哈哈！”

“……”

快到公司的时候，我忍不住又发了条信息过去——“你真的忘记小 P 了啊？”

直到我下班回到公寓后才收到她的回信——“真实存在过的人，哪是说忘就能忘的？爱情又不是答案只有一个的填空题。很多时候，我们都是带着这些人和事物，继续埋头前进，不必替换，各自存在，分清孰轻孰重就好了。”

我：“从哪儿抄的？”

03

突来的“入侵者”消失了，生活一下子回归到了平静。虽然他只在我这里住了几天，但现在我却觉得哪儿哪儿都是他的影子，这绝不是什么想念，就是很正常的习惯后遗症。

我当然没有习惯他的存在，只是这屋子太小了，毕竟是个人，多多少少是会留下一些存在感的。

比如这有些凌乱还有些塌陷的沙发。

前两天因为腰不行，没办法做一些家务，今天回家的第一件事就是把沙发套子拆下来洗了。

时间滴滴答答地过去。因为最近的工作强度，我倒是没时间去思考其他的。以前在国内的时候，我对于万圣节知道得很片面，为了更加了解这个节日，Kris 帮了我不少忙，其间，我还因机缘巧合去看了一场个人设计展。

很快，完整的设计稿就出来了，个人觉得还是比较满意的。

接下来就是等周一的大会召开，客户选择方案了。

忙碌了一周，整个人都有些散架了，鼻梁处还有些瘀青，但腰伤好得差不多了。周六天气格外晴朗，看着一切又都在自己的掌握中进行，我又重新找回了踏实和平静。

不过，忙到忘记提前准备姨妈巾了，搞得我晚上还必须出门去一趟超市。

自从来的第一天被抢了后，晚上我还挺害怕出门的。但要是不出去，我肯定是过不了今晚的，于是，我硬着头皮出门了。

超市其实不远，如果走我之前被抢的那个街区的话，穿过去就是，但是晚上我实在不敢一个人去那边，于是，绕了一圈远路走过去。

可是运气不好的时候，真的喝水都塞牙，这圈“远路”又让我遇到了变态。

那种裤子都不穿好的变态。

眼神对视的那一刹那，我便加快了脚步，可还是不及他的速度快，他很快就拦住了我的去路。

一边对我做着下流的动作，一边说着下流的话。

我试着跑，可发现身后不知道什么时候又多了一个人，绝望的感觉顿时吞噬了我。

我把身上的钱拿出来，希望他们可以拿钱走人，却不起作用。眼看那个人就要朝自己扑过来，我尖叫一声的同时听到嘭的一声响，是可乐罐砸向地面发出的声音，接着又是飞来的可乐罐，直直地砸向我面前的变态。

在我还没反应过来的情况下，突然像是刮来了一阵风，然后被一下子拽住手臂狂奔了起来，没跑几分钟，又被拽进一个很窄的楼道缝里，窄到只够两个人侧身插入。

光线很暗，我看不清楚他的脸。

“你，你……”我还没说出口，他便用手捂住了我的嘴，然后冲我做了个噤声的手势。

这时，旁边跑过那两个变态。我很明显地听到他松口气的声音。

“这么晚一个人在外面乱跑什么？”

话一出口，我就知道是谁了。

“怎么是你？”

“我刚好到附近给人家修电脑，这洛杉矶治安是没有咱国内好，但你这运气也太好了……”

“我也不……”

“嘘！”

这时，外面那两个变态又返回来了，见他们走远了，我们才又松了口气，松气的同时，我顿时觉得有股暖流从下身喷涌而出……

“走远了，出，出……”他想走出去，却发现我们卡得有点死，随后他把眼光落在了我的胸前，“你……你能不能收，收一点儿？”

于是我吸了口气……

“欸欸欸！更，更紧了……还，还是我来吧，你别动！”

于是，他开始慢慢地往外挪，在尽量减少跟我的接触下，他成功走出去了，留下了满脸通红的我留在原地一动不动。

“出来啊？”

我紧紧地咬着嘴唇，此时的我都快要哭出来了。

“怎么了？还害怕啊？没事，我送你回去。”

我还是没说话。

他察觉到不对劲，朝我走近。

“站住！”我喝了一声，他顿时立住，“你，你……能不能……”

见我后半句话一直没出口，他有些着急了：“能不能什么啊？”

“帮，帮我买……”

“买什么？”

“卫……卫……”

“啊？卫生巾？”他很是轻松洒脱地就说出了那三个字。说完后又立马明白了什么，连忙脱下了自己的外套递给我，我的脸顿时跟烧起来了一样。

“拿着啊！别不好意思，我，我不会笑你的。”

见我还是不动，他直接把衣服丢进了我怀里：“我就住在超市附近，你要不要先去我那里？”

我把头垂得低低的：“好！”

“那，那你要……什么样儿的？”

“随便。”

“哦，好，我知道了。你，你现在能，能自己走吗？”

“嗯！”

“好，那，那走吧！”

啊啊啊！

天知道我有多想死！

按理说我该感激他的救命之恩的，可是每每遇到他，都是我人生最窘迫不堪的时候。想我余青葱 25 年的人生光景，人前一直都是光鲜亮丽的模范，可怎料，会在这个小屁孩面前，跌得如此面目全非？

他的公寓比我的还小，没有分间，就一个大一室，有点乱。

“那个……卫生间在那里。”他指了指方向，“我，我这就下去给你买东西。”

说完，人就转身走了。

我深吸了一口气，要不是现在不方便，我肯定像整个精神支柱都塌了一样往地上那么一坐，如果此时我面前有一台摄影机，大概能 360 度无死角地记录下我现在面如死灰的表情了。

我其实很难在别人的私人空间里做一些隐私的事，其中洗澡就算一个，但没办法忍受一直脏着，只好硬着头皮去了他屋里的卫生间。

他倒是回来得很快，敲了敲门后，我把门打开了一个缝，伸出去一只手。

原本以为就只有一包卫生巾，结果接到了一大堆东西。

“觉得你可能会需要，就都买了。”门外传来他的声音。

“谢谢！”

隔着半透明的门板，我看见他好像不好意思地摸了摸头，然后离开了。

我也不知道为什么，心跳有些遏制不住地加快，虽然只持续了几秒。

洗完澡后，我换上了他给我买的有些长的裤子走出了卫生间，他在电脑边低着头在捣鼓什么东西。听到我出来，他转头说了一句：“你要是不介意，今晚就睡我这里吧？”

我心一咯噔，愣在了原地。

“怎么这个表情？我们又不是没有一起睡过！”

我的脸更红了，要在平时我肯定吼回去了，可是现在的我感觉没有任何底气。

“啊，我的意思是我们又不是没睡在一个屋里过，现在这么晚了，一会儿回去要是再碰到……”

“好！谢谢。”一想起刚才的情景我就有点犯怵，没等他话说完，我便答应留宿了。

看我答应得这么快，他倒是愣了一下，不过很快就转过头继续忙他手上的事情了。

而此时，我肚子很不争气地咕噜叫了一声。

“你，你这里……有吃的吗？”

“厨房有泡面，顺便帮我也泡一碗，谢谢！”他很自然地回了一句，感觉像我们是认识了很多年的朋友似的，像我跟阿祖那样，一切顺其自然。

我哦了一声后，去了厨房，说是厨房，但是小得可怜，我从橱柜中拿出两碗泡面，然后打开冰箱看还有两个鸡蛋，于是，开火煮起了泡面。

屋子小，没一会儿便整个屋子都飘散着泡面的味道。

“哟！我还是第一次见人把泡面煮得这么精致！”他闻香跑了过来，拿起筷子就开始大快朵颐，我也埋头开始安静地吃着我的面。

几分钟后，他吃完了，一副很满足的表情：“这是我吃过的最好吃的泡面。没想到啊，余青葱，你竟然还有煮饭的天赋。”

我不以为意地哼了一声，暗想肯定比你要强得多：“你刚刚在弄什么东西啊那么认真？”

“是我们团队自己研发的一个 VR 头显，就是头戴式显示器，你要不要试试看？”

“啊？”

“来来来……”他突然把我拽到客厅的位置坐下，“让你切身体验一下什么是 Virtual Reality……”

不得不说，在戴上头显的那一瞬间，我着实震惊了一下，这种360度的虚拟情境，让人仿佛到了另外一个时空。

“我们花了好几个月的时间来完善VR的DOF（自由度），所以你现在看到的视野是不局限于X、Y、Z三个轴向的转动属性的……简单地说，就是让游戏的操作形式多元化了……”

“感觉很神奇啊……”

“哈哈，严格意义上来说，你是我们这个项目的第一个体验用户，你等等啊，我给你开一个小游戏体验一下！”

“啊，我，我不会啊！”

“没事，我教你，很简单的。”说完他往我两只手里各塞了一个手柄，“一会儿游戏开始后，会迎面出现一些小怪物，你手里拿着的操控器就是你的武器，就是那个发光的光柱，看到了吗？一会儿你直接挥舞操控器就可以砍掉小怪物了……”

无疑，这样的游戏体验，我之前是没有的，在这种无处可抓的沉浸式空间里，对于胆小的我来说，多多少少还是有些抵触的，不过，看在他热情邀请和讲解的分上，我也不好再拒绝什么。

游戏很快开始了，一开始的节奏很适合新手操作，所谓的小怪物，也是由Q萌的像素块组成的，不会很恐怖，这就像手机游戏里的切西瓜一样，只不过这种身临其境的体验感会更强。

我跟着他的教学一步一步地走，竟然玩得异常顺畅，然后很快到了打Boss的时候了，界面一下子从Q萌的状态变成了热血的厮杀战场，庞然大物突然出现在我面前的那种压迫感以及酷炫的打斗特效和音效，让我着实被震撼了一把。

一通手忙脚乱的操作后，Boss被打趴下了，天空放出了炫彩的烟花，烟花落地变成了一件装备，按照提示我走过去把它捡了起来，然后盒子里突然伸出一只血淋淋的手外加恐怖笑声，我吓得尖叫了一声，险些一屁股坐在地上的时候，他及时扶住了我。

“这，这什么……鬼东西？”

他哈哈大笑了起来："这才哪儿到哪儿啊？就被吓成这样了？"说话间他已经把我头上的那个东西摘了下来，"现在的这个 VR 技术还不够成熟，你看到的画面和制作都还比较粗糙，不过用来解压是完全没问题的！"

"你说这是你们自己做的？"

他点了点头："嗯，还只是个测试小游戏，很多的技术都还只停留在概念阶段，要想推入市场并受到欢迎，后期我们还得做很多很多的努力！"

这一刻，我竟觉得他十分耀眼，仿佛已经看到了他未来成功时的模样。

就在这时，他突然转过头，眼神对视的一瞬间，我感觉心脏都漏跳了一拍，不知道怎么的，气氛就有些尴尬了。

"你先坐着休息一下，这个玩久了，头会有些晕，我，我去给你换干净的床单，床给你睡！"还是他先打破了这个尴尬。

"唐 XX……"我突然叫住他，他半躬着身转头看我，"今天真的很谢谢你。"

他咧嘴一笑："你这是想把'谢谢'这两个字一天之内对我全说完啊？"

"我是真心的。"

"咳！大家都是朋友，说这些可就见外了啊！"

"朋友？"

"对啊！难不成您真想篡位当我家老太太啊？"

我没忍住，扑哧一笑。

就是从那个时候起，我们的关系明确化了，我不再排斥他的出现，虽然总是避免不了斗嘴，但必须得承认，有了朋友这个身份后，我们的相处变得轻松自在了许多。

我们也在相处的过程中，开始慢慢地了解彼此……

第七章

民谣里的木吉他，
人字拖里的臭脚丫

01

因为下午睡了很长时间，所以到了应该睡觉的时间点，倒是清醒无比。

回想起跟渣唐的种种过往，颇有些感慨万千。

特别是在吃晚饭的时候，接到我妈的那通电话。

渣唐的妈妈想着我已经“怀孕”了，便直接联系了我的父母，说是商量一下我和渣唐的婚事。我妈一听这个，自然是半信半疑的，打电话来向我证实，我一口便否决了这件事，然后我妈把我骂了一顿，说我年纪不小了竟然拿老人家开涮。我妈肯定知道这件事不是我引起的，她会生气会悲愤自然是因为我老大不小了还在这个节骨眼儿上分手。

我这盆水泼不出去，她老人家意难平。

正在这时，我手机里收到渣唐一条信息——“今天的事，对不起。”

“没事！”我很是轻松平静地回复了这两个字。

“还没睡啊？”

“嗯，看会儿书……”

“好看吗？”

“还行！”

“早点睡，晚安……”

“晚安！”

电话恢复了平静，我自嘲地一笑，明明彼此都有很多的话想说，但是来来回回却只能敲打出这么几个无关紧要的字。

从某种程度上来说，在性子倔这方面，我们真的挺像的。

下了一整天的雨，第二天一早，天空便真的跟洗过一样，纯净明朗，空气清新，让人不觉心旷神怡。

我们起了个大早，用完早餐后便继续出发了。

“我听阿祖说，你去问过她有没有什么可以挽回我的办法……”

他一愣，而后扑哧一笑：“啊？有吗？我不记得了。”

我嘴角一扬，也不去点穿他什么：“分手是你自己提的，所以……”

“你放心，像小爷这种面前有大片草原的，是不屑吃回头草的。”

车厢里陷入一阵沉默。

“那就好！”

不知道是不是我的错觉，谈话过后，车速明显加快了很多，我有点后悔，也不知道为什么一大早就说这么让人心烦的话题。

也不知道开了多久，他的电话响了起来，一听他说话的语气，我大概就知道是谁打来的电话。

“你小子真够可以的啊！这半月一换的速度。给我介绍啊？”说到这里他故意看了我一眼，“行啊，哥们儿喜欢胸大腰细的，必须得漂亮啊！你要是踅摸着了啊，给哥们儿留着俩仨的我挑挑……得嘞，回见！”

挂断电话后，某人向我投来了得意的神情，我不以为意地哼了一声：“幼稚。”

“幼稚怎么啦？那证明哥们儿我还年轻，有的是人要，不像某些人，人老珠黄了哟！”

我气得血压一高，这年龄的坎是过不去了是吧？

“谁说我没人要？我要是手指头一勾，有的是男人扑过来。”

“还扑过来？你确定扑过来的不是那种不挑食的色狼？”

“那也是因为我有资本！”

“这会儿倒是硬气了，不知道谁在洛杉矶遇到色狼的时候，害怕得腿都发颤。”

“你别哪壶不开提哪壶啊？我告诉你，姐姐现在可抢手了，之前相亲的那些，都争着抢着地想要跟我继续发展呢……”

“嗬，瞧你那气急败坏的样儿，也好意思说我幼稚？”

“谁气急败坏了？我只是在阐述事实！”

“行行行，姐姐风韵犹存，可抢手了！”

“什么叫风韵犹存？你小心你的用词！”

“好好好！是风华绝代！”他故意加重了后面两个字的语气。

“你才绝代！”

“嗬，开玩笑，只要小爷我愿意，到处都是小爷的子孙后代……”

“呸！渣男！”

“谢谢姐姐夸奖！”

没错，气氛是稍微缓和了，但是我的血压表又爆了。不知情的还以为我在凑字数，但事实上，我跟渣唐的日常互怼，哪是一本书就能囊括的？

张爱玲说过，人生就像高速行驶的列车，初恋正如路边美丽的风景，我们可以坐在车上静静地欣赏它，却不能跳下车流连忘返。毕竟，终点站才是我们最终的目的地。

配图：沿途拍的风景，晨光熹微，树高天远。

没一会儿，收到了阿祖的一条评论——也只有你可以把失恋也说得这么文艺了。

我回复——是张爱玲说的，不是我！

回复完，发现渣唐竟然给我点了个赞。

此时我们在服务区，他去了厕所，而我无聊才在车里发了一条朋友圈。

嗬，这人上厕所都闲不住。

没一会儿，他也发了一条朋友圈——爱情的终点站，路上却老堵车。

我哼了一声，也给他点了个赞，还回复了一句——堵堵更健康。

结果他回复了一句——等等……出来了！

我顿时一阵恶寒，嫌恶地把手机丢在了一边。

没一会儿又拿起手机，准备删除刚才那条动态，却发现吴用给我点了个赞。

我眨巴了两下眼，这个赞是什么意思？

我之所以奇怪是有原因的，毕竟像吴用那种公私分明的人，我跟他除了工作上的往来，生活里基本是零交集。连忙删掉了动态后，我下车绕到了驾驶位，渣唐这个时候也出来了，远远地就能看到他那副嬉皮笑脸的样儿。

“怀孕那事，我跟我妈说了，所以，你也别有压力了啊！”

“也就你会干这种蠢事。”

“那你也得理解我家老太太不是？我爸死得早，我妈就我一个儿子，这年纪大了，想抱个孙子不是很正常吗？”

“那这也不是你撒谎的借口啊？”

“对，我承认我撒谎是我的不对，我当初顺口说出这个不也是觉得我们……”他越说到后面声音越小。

“觉得我们什么？和好？哼……你别忘了，分手是你提出的，所以我们不会，也绝不可能……”

“哎哟，我谢谢您又来提醒我！我告诉你，余青葱，也就小爷脾气好忍了你六年，不信，你换人试试？一般人的身板儿谁受得住？”

“你……”

“我什么我啊？我告诉你，是你不懂得珍惜才失去了小爷，你就继续作吧你，我看你熬到四十岁，除了在那院儿里蹦跶广场舞的老大爷，谁还有勇气敢要你！”

我深吸了一口气，心里一遍遍地默念着：“好女不跟恶狗斗”，抓着方向盘的手骨节都微微泛白了，最后我硬是把这口气给憋了回去，然后一副若无其事的样子，发动了汽车。

他见我不像往常那样“有一说一”，还侧头过来打量了一下我的面部表情：“啧，这憋得……脸都红了！”

嘭的一声，我这个气球顿时就炸了，脚下猛地一刹车，他被安全带勒得一声闷哼。

“我现在才理解板儿砖之前说的那句话，在爱情这场博弈里，不是你死就是我亡！”

我冷眼一个眼刀甩过去："我们的爱情已经死了！"

"所以……你是想拉我陪葬吗？"见我脸色黑得真的可以开着车就撞加油站的样子，他咽了咽口水后，嬉笑道，"葱姐手下留情，小的刚才都是瞎说的，以葱姐的才情和气质，手指头随便一勾，天下男色任其挑选，像我这种的，都排不上号呢！"

我气得是一句话都不想说，拿起手机给他发了个红包，红包上面写着三个字——封口费。

他倒是收得利落："得嘞！"说完还冲我做了个封口的手势。

我头疼得长叹了一个气，我这好好的假期，怎么就被这颗"老鼠屎"给搅浑了呢？

这六年到底是谁受不住谁？嗬！事实上，他也就提前了我两分钟，不然先说分手的那个人一定是我！

不接受反驳！

02

很多人说现代人活得越来越虚伪，越来越趋于表面，哪怕生活一团糟，但他的朋友圈永远都是井井有条，有品位有格调，会享受会生活。其实也不难理解，他们只是想让你们看到他好的一面。

也有人说，现在已经不流行卖惨了，与其让别人可怜同情你，不如让他们羡慕嫉妒恨，自己的伤口自己躲在阴暗的角落里慢慢舔，说这是成长必须要付出的代价。

我倒是很少发朋友圈，偶尔发一次也是一些文青的感慨，关于生活上的，倒是很少显露，所以我身边的朋友，除了个别特别亲近的外，其他的对于我都知之甚少。我就是那种不管别人有什么想法，我喜欢怎么活就怎么活的人，就像是当初 Ashley 说的，像我这种只为自己活的人，多多少少是有些自私了。

但我只是很早就明确了自己想要什么了而已。

到达昆明的时候，天已经完全黑了，本来想跟老爸老妈汇合，结果我给老余打电话的时候，他告诉我说，两个小时前，他们大吵了一架，蔡小花同志一气之下提着行李箱走了，至于去哪儿了，因为电话关机而不知去向。

所以，我们在酒店就只见到了老余。

晚上，我们仨去附近饭馆吃饭，席间渣唐陪老余喝了酒，没一会儿的工夫，老余脸上便红扑扑的了。

“她说我假斯文，嘿，怎么就假斯文了？我把事情做得精细点就假斯文了？啊，像她那样，大大咧咧，丢三落四，乱七八糟，风风火火的才是有辱斯文呢！”

我忍不住拍手叫好：“这四个词儿形容得相当贴切啊！”

渣唐起身又给老余倒了些酒：“叔叔阿姨的性格很互补啊，按理说，日子应该会有趣的啊！”

“这不是互不互补的问题，往严重点说，我们是三观不合，就是两个世界的人强行扭在了一起，你说别不别扭？”老余说完又是一饮而尽。

“那你们不也别扭了几十年了？”我拿过他的杯子，不让他再喝。

“所以，这不就离了？这不合脚的鞋子穿了几十年，到最后发现还是不合脚，这几十年，脚可没少遭罪。”

听到这番话，我突然有些悲从中来，虽然他们的前几年我没有参与，可后面的三十多年，我都在其中。是，我是一直都觉得他们中间存在着一些无法逾越的鸿沟，这么些年下来，大吵小吵不断，当然，听到的大多数声音都是我妈的，老余憋得实在受不了了，才会咕哝几句。

所以，关于他们离婚的理由，作为半个当事人的我，是真的没必要再问。

“所以你们俩在这个时候分手也好，早些看清问题，以后脚才不会遭罪。当然了，两个有情人要终成眷属，也不会一点儿矛盾、一点儿坎坷都没有，要不是什么大的问题，很多时候，我们想想也就算了是不是？你们都不是小孩子了，有你们自己的考虑，但你们都是好孩子，我是真心希望你们两个都可以幸幸福福的，不后悔自己的决定，一路往前……”

老余喝醉了是会有些忍不住碎碎念，但这些话，却又很是触动我们，我们面面相觑，从彼此的眼神里，多多少少能看出各自心里的想法，颇有些感慨万千。

回到酒店后，渣唐说怕我爸半夜需要照顾，所以，搬过去跟他住一个屋了，我除了说一声“谢谢”外，不知道该作何回应。

我不知道这一晚我是怎么睡着的，前半夜翻来覆去的，脑子里一团乱，第二天是被老余的敲门声给叫醒的。

这边的天气就像今天的老余一样，温和明朗，满脸慈祥，精神头十足的样子一点儿不像是醉过酒的。不过这就是老余，不管去哪儿去做什么，永远都井井有条，打扮得精致又服帖。

我突然就想到之前看到的一句话——真正的三观不合，不是我吃牛排，他吃地边摊，而是我吃牛排他觉得我装，他吃地边摊我觉得他上不得台面，三观不一样，真的连吵架都不在一个点上，无论重来多少次，结果都一样。

不过说到这个，我倒还很庆幸，毕竟，我跟渣唐吵的架，永远都在同一个点上。

就是吵着吵着，容易心慌气喘，容易血压飙升。

“既然是假期，就得乐乐呵呵的，你们没到这边的时候，我自己准备了一些旅游攻略，就是不知道你们年轻人的玩法，你看看？”

“那蔡小花同志呢？”

“她没开机前，除了报警，哪是你我能找得到的？放心吧，最多不超过三天，她就会给你打电话的。”

我挑了挑眉，表示赞同。

“那个……”

“嗯？”

“小唐他今天早上在收拾行李，说是把你送到这里就走，所以……他一大早就离开了，让我跟你带一句‘旅途愉快，后会有期！’”

我深吸了一口气，虽然这一路上我都在祈祷可以对他“眼不见为净”，但此时竟也有些控制不住的失落感。

“好！我们准备一下，出发吧！”

旅行的最初计划呢，是想跟蔡小花同志来到这个慢时光的地方，感受柔软感受情怀，来一场疗伤的治愈之旅。结果，最后剩下我跟老余两个去游山玩水。所以，应了那句话——计划赶不上变化，变化赶不上情绪化。

昆明没有特别的景点，但是老余说想去石林看看，于是我们便朝石林的方向出发了。

在路上，老余跟我讲了一些他和蔡小花同志在这里发生的事情。

“你妈离家出走那一年，才十九岁，扎着两个小辫儿，背着一个包，就跑到了这里。”

“跑这里来啦？那她可真够厉害的！不过厉害的还是你，这么远的地方都被你给找到了！而且那个时候通信还只能靠写信的方式吧？”

“我也是去碰碰运气而已。以前给你妈辅导功课的时候，给她讲过阿诗玛的故事，她没被故事吸引，反而对阿诗玛的穿着感兴趣，所以一直想去看看。”

“哈哈哈！这倒是很符合蔡小花同志的性格。”

老余说，原来这边的路没有这么宽，蔡小花同志以前为了去看石林，坐的还是马车呢，十九岁的小姑娘，不畏艰险，抱着一个背包便开始闯世界了。

高中毕业的她，不想听父母的话去当老师，而是一心想要去做理发师，所以，跟家里大吵一架后，便毅然决然地离家出走了。

老余说，这一点，我倒是遗传了我妈。当时选专业的时候，父母希望我以后要么当律师要么当医生，我却坚持选择了设计这个行业，而且任谁都无法动摇，最后他们估计也是怕我来一个离家出走，所以妥协了。

当时，我爷爷家和外公家是交情甚深的两家人。爷爷那辈刚巧赶上知识青年下乡，而下的乡就是我外公那里，爷爷当时就是寄宿在外公家的，交情可想而知。

后来，余木同志去了我外公家所在的那个大县城里上大学，每逢周末，就会被外公邀请到家做客，知道余木同志成绩优异后，便时常拜托他辅导蔡小花同志的功课。

两个人就是这么熟识起来的。

后来蔡小花同志离家出走了，外公外婆无处可寻，遂又拜托了余木同志帮忙去找，外婆当时还把身上所有的家当给了余木同志，希望他无论如何都要找到自己的小女儿。余木同志觉得责任很重大，趁着暑假的时间，跋山涉水地去了石林，阴差阳错地好几次错过后，两人才碰了面。

“在没见到人的时候，我很想看到她后给她一巴掌，一个离家出走把天下都搅乱了，可真正看到人没事的那一刻，一颗心瞬间踏实了，脚软得都会一屁股坐地上，哪里还有力气抬手打人？”

“我差不多能幻想出当时的场景了。”

“她方向感不好，绕了好多冤枉路都找不到地方。你妈说，当时要不是我及时出现，她很有可能会饿死。”

“后来呢？”

“本想带着回去交差了，可她死活不肯走，说是想要穿那个阿诗玛的衣服拍一张照片，我拗不过她，于是便带她去了。那个拍照的以为我们是情侣，非要我们都换上衣服，最后就真的成了一张合照。”

说完老余从钱包里掏出了半张照片，照片已经发黄发旧，只有老余一个人，没有看镜头，而是一脸无奈的样子看向侧面。

“怎么只有你一个人？”

“因为当时那个拍照的说，两个人照也是一个价格，你妈想了想觉得也不能让我白跑一趟，于是，让我也跟着拍。照片洗出来后，她果断地用剪刀把照片剪开了，说是花一个人的钱拍两个单人照很划算。”

我一听乐了，想着当时的场景一定很有趣。

“至于我为什么这个样子就被拍了下来，是因为你妈当时突然说了一句‘没想到出来找我的人是你！’当时拍照用的都是那种胶卷，如果再拍一次，又得多付一次钱。你妈看她自己拍得挺好看的，就没要求再拍一次了。”

因为说什么都不想回家，余木同志只好先把蔡小花同志往自己家带。不过为了报平安，在回去的路上，余木同志写了封信到蔡小花同志的家里。只是令余木同志没有想到的是，蔡小花同志就这么赖上了他，等到终于想通回家的时候，我都已经十岁了。

“当时我们镇上有个理发师傅收学徒，她看到后就不想走了，在我家里待的时间久了，你爷爷担心给她造成不好的影响，问了我们的意见后，便给你外公写了封提亲的信。办了个简单的婚礼后，我们就名正言顺地在一起了。”

“所以，当时爷爷问你们的时候，你们是怎么说的？”

老余扬唇一笑，好像是回想起当时的场景了：“你爷爷问她‘你想不想做我余家的媳妇啊？’你妈脸一红，转头看了我一眼，说：‘你问他！’我当时一蒙，在那之前我其实从没有想过这个问题，但是我们的相处一直以来还算融洽。当时我爷爷病重，也想快点看到我成亲。于是我深吸了一口气后，回道：‘只要她不后悔，我就没什么。’”

听到这里，我还颇有些感慨，特别应张爱玲的那句话，爱情开始于一个女孩儿的害羞，一个男孩儿的勇敢，或许在那一刻，他们之间的心，炙热且怦然。

这么一个故事，简单而又平凡，但是它应该一遍又一遍地在他们彼此的脑海中循环播放吧？然后在往后的很多很多年里，成为累积在人生中的一笔财富，从喜欢慢慢跟人分享到最后只存在于自己的慢时光里，变成一颗颗晶莹闪亮的宝石，点缀着、明媚着自己的余生。

03

有人说，爱情的开始就是智慧的结束。名言之所以是名言，是因为它是被无数的事例给证实了的，你会产生共鸣，那么代表你也是这些事情的经历者或见证者。

我一直觉得，只要我什么都看得透彻，想得明白，那么等到爱情来临的时候，就不会手忙脚乱、茫然无措。可事实上，爱情没有时间给你演习，它来的时候，猝不及防，如洪水猛兽一样，带走了你所有的理智。

就像阿祖以前说的那句话——“爱情来的时候，谁不是头脑一热啊？”

但是我跟渣唐的这一段，我不后悔，希望以后回想起来也不会遗憾。

在石林游玩的时候，老余一直跟我说，这以前什么什么样，现在又什么什么样的。人很多，三五成群的，在我们前面走着的是一个旅游团，导游叽里呱啦地讲着关于各个景点的故事。

天空澄碧，纤云不染，远山含黛，风和日暖。

心里的那一点儿阴霾，很快就被驱散得所剩无几。

我拍了一张蓝天白云配手持落叶，配字——满目治愈，既往不咎。

发完后，我随意浏览了一下朋友圈，发现在三十分钟前，蔡小花同志也发了一条动态，发的是——曾经沧海难为水。

配图就是那张站在石林前拍的“阿诗玛”。

我眼睛一亮，正想跟老余说这事，才发现左下角已经有他的点赞了。

嘿，明明都没看到他掏出过手机，点赞什么的却总是快人一步。

神了！

“你知道啦？”

“啊，刚都看到她人了。”

“啊？在哪儿？”

“喏，那儿呢！就露了个帽子。”

我顺着他指的方向看了过去，那帽子是我的，所以，一眼就锁定了目标：“要不要去叫她？”

老余摇了摇头：“看她一个人玩得挺好的。”

我扑哧一笑，而后是长长的叹息。看着前面到处蹿动的小人儿，脑子里不自觉地开始幻想他们当初来这里时的场景。时间一晃，几十年的光阴如白驹过隙，旧地重游时，他们又会有怎样的感慨？

后面的路程，因为我妈的突然入镜，我们便不知不觉地跟着她的脚步在走了。一路上，我拍了不少她的照片，还有老余看着她时的合照，旅行慢慢地变得更加有意思了。

我爸是会开车的，但是他的脊椎不是很好，没办法长时间保持一个姿势。本来路程也没那么赶的，可因为要追赶报了团的蔡小花同志，这一路给我们累得够呛。

最后，我们成功在大理把我妈跟丢了。更糟糕的是，因为大理的天气一会儿晴一会儿雨的，我成功地被折腾感冒了，当天晚上就发起了烧。

老余出去给我买药的时候，我接到了渣唐妈妈打过来的电话。

她一开始是问询我最近的工作、家庭及身体情况，说着说着后面就有些哽咽了。

“青葱啊，你告诉阿姨，是不是我们家小唐做了什么对不起你的事？为什么一定要到分手的地步啊？你们都在一起那么多年了，我原本还想着你们今年可以定下来，我的心也能踏实了……”

“阿姨，他没有做什么对不起我的事，只是这两年我们之间累积了太多难以调和的矛盾，分手对我们来说是最好的选择。”

听到我这么说，阿姨的情绪更加激动了，从电话听筒里可以听出她在努力平复。

“他爸爸死得早，我一个人拉扯他长大不容易，我现在身体也没以前好了。青葱啊，阿姨能不能求求你，你们能不能……和，和好啊？有什么问题，阿姨也可以帮你们，解，解决的嘛！你是个好孩子，从第一眼见你那一次我就知道。这么些年，我也一直把你当作自家闺女一样对待。你们这突然一分手，我，我……有些接受不了啊！”

我最见不得有人在我面前哭了，更何况还是长辈，她这一情绪失控，我也没控制住，眼泪跟着吧嗒吧嗒地掉，本来因为发烧就挺难受的，这一哭，整个头都嗡嗡响。

“阿姨，对不起……我，做不到！我们之间的问题现在不解决，以后若是结了婚恐怕也是要离的。唐XX是个很好的男人，他以后一定可以找到更好的。”

我就是个内心即使崩溃得一塌糊涂，表面上也会强装镇定的人。这番话从我嘴里说出来，不带一个哽咽的音，通过电话线传到对方耳朵里，估计是冷冰冰的，不通情理的机械声。

那边沉默了几秒后，缓缓地传来声音：“不管怎么样，阿姨希望你们都能幸福。你要照顾好自己，空闲了回北京来看看，阿姨也挺长时间没见着你了，挺惦记你的。”

我嗯了一声后，连忙挂断了电话，这时才发现黑屏的手机上，映着自己满是泪痕的脸。

老余回来了，我怕他见着我现在的样子，连忙关了灯，整个人缩进被窝里。他轻手轻脚地走到我跟前，用手摸了摸我的额头，似乎感觉没那么烫了，便把药放在床头，出去了。

因为住的是两室一厅的民宿，我能清楚地听到老余在隔壁发消息的声音，手机时不时地振动一下。

而在这个时候，渣唐突然给我打来了电话，一接通就是他劈头盖脸的质问：

“余青葱你干吗呢？吃多了撑的啊去刺激我家老太太？我告诉你，我妈要是出点什么事，我跟你没完！”

刚刚的情绪还未平复，这会儿他又来对我大吼大叫，我只觉得血气一下子全部上涌到了脑子，若在平时，我肯定会特别平静地回一句：“我怎么刺激她了？”

但现在的我一触即发，“谁刺激谁啊？是你妈主动给我打的电话，哭着求我们和好，而我很是平静地告诉她说，我们不可能了，这就算刺激了？你别忘了，唐XX，当初是你提的分手，还有那什么怀孕，也是你自己捅的娄子，这到最后，怎么就是我的错了呢？”

“余青葱，你知道你什么地方最让人受不了吗？自私！你知道吗？你不管什么事情都只会考虑你自己！六年了，余青葱，你跟我耍了六年的流氓！”

我的心被狠狠地触痛，眼泪跟断了线的珠子似的吧嗒吧嗒往外涌。我从床上起来，来回走动试图平复自己的情绪。

“哦，不结婚就是耍流氓了？不生孩子就是耍流氓了？唐XX，你是不是也该审视一下自己的问题？你就没想过我为什么不想跟你结婚吗？”

我很少这么歇斯底里，这样的争吵，我们六年来也没过几次。这么一吼，更是加速了我身体的不适。此时的我直觉得浑身冰凉。

“还能是为什么？你事业心重呗，你要奋斗！你要升职！你要财务自由！你的眼里，除了工作还有什么？我唐XX是赚不了钱？养活不了你是吗？还需要你这么拼？”

“我不需要你养活！”

“行啊！你余青葱多牛啊！从小到大，想干什么不行啊？外表光鲜亮丽，性格刚强果毅，好像一切都在你的运筹帷幄之中，不过别人不知道我还不知道吗？你其实就是个胆小鬼，一个连婚姻都没勇气去面对去接受的胆小鬼！”

“我就算不要工作也不会要你！”我用尽我最后一点儿力气吼出这句话。手机一挂断，我整个人就瘫倒在地了。

老余听到里面终于没有声音了后，轻轻敲了敲门，然后打开，什么都没问，走到我跟前，把我打横抱起放回床上，给我盖好被子后，又摸了摸我的额头，然后去给我倒了杯热水。

“把药吃了好好休息一下，明天天气不错！”说完他起身欲走，被我一下子抓住了手臂。我什么都说不出口，就这么抱着他的手臂，像小时候受了莫大委屈后的样子，伤心地哭了起来。

老余什么都没说，轻轻地拍着我的背。

我们分手前都没这么大吵过，就是在一个很平静的午后，他说：“余青葱，要不我们算了吧！”

然后我说：“分手是吧？好！”

“说好啦！好聚好散！”

“当然！好聚好散嘛，我又不是那种会纠缠的女人。”

沉默了几秒后，我一口喝完了面前的咖啡，深吸了一口气才强忍住眼泪，问出了那句——“你爱我吗？”

直到这一刻，我才感觉到，我们，真的结束了。

6 年 4 个月零 8 天，2320 天。

我不知道这个晚上我是怎么睡着的，醒来的时候外面的天依旧还是黑的。或许是哭过了出过汗了，此时的我感觉全身轻盈通透，身上虽然披了条毯子，却依旧感觉不到任何温暖的通透。

我打开了电脑，新建了文档，标题只有三个字——辞职信。

我不知道此时的自己是否理智，也不知道是不是在证明“即便不要工作也不会要你！”这句话，只知道我挺平静地打完了所有的字，在发送邮件时，大概犹豫了一秒，但“发送成功”的提示却没有因此迟到。

就算是感性冲动了，我也觉得跟分手这件事带给我的伤痛相比，失去工作貌似没那么难以接受。人不会理性一辈子，不然也没那么多可以拿来后悔的事了。

发送完我去了阳台，民宿的阳台都做得很大，开着各式的花，摆着各式的摇椅，还有些看着就很赏心悦目的摆件和设施。我坐在摇椅上，正对着洱海，风有些凉，我怀里抱着一个猫头鹰的抱枕。

眼角的泪被风吹得冰凉，每凉一个刻度，心就会剧烈刺痛一下，不似摧枯拉朽般的畅快，而是抽丝剥茧般的凌迟。

上一次这么失落难过，还是在洛杉矶万圣节那天的夜晚，夜风也很凉，天空也像现在一样灰暗无光，只不过那个时候，我的身边有个“白无常”陪着我……

第八章

若不是心跳跳错了音符

01

米兰・昆德拉说过，你所在意的总是那个你最无法掌握、最摸不透的人，无论男人女人。

为了印证这句话，我亲自去经历了一番。

洛杉矶万圣节的前夜挺冷的，街道上到处都是狂欢的鬼怪僵尸和各式或可爱或恐怖的南瓜灯，极具创意的同时看起来也十分热闹。白天还好，一到了晚上，像我这么胆小的人，是不敢出去闲逛的，最主要的还是根本没有心情出去逛。

虽然之前听 Kris 说过这边的万圣节要准备什么，或者会有哪些活动，但是因为工作，我都没来得及准备。再说了，万圣节这个节日本身就没让我产生多大的兴趣，想着没准备就没准备吧，大不了不去凑这个热闹。

关于 XX 珠宝的广告设计，大会中，客户更倾向于我的作品，所以，我赢了 A 组的设计总监 Ashley。这不仅让我在新公司响亮地打赢了第一仗，还惊动了总公司的老总。老总亲自打电话鼓励我，说是让我好好干，以后前途无量。听那语气，我的确获得了莫大的鼓舞，也瞬间燃起了“好像我只要一直保持稳定的发挥，以后公司都有可能是我的”那种雄心壮志。

Ashley 从会议室里出来时，带着特别官方、特别意味深长的笑容拍了拍我的肩头：“好好干！”

我微微一笑作为回应，自然理解她笑里的含义。

其他的不说，我跟 Ashley 有一点是一致的，那就是能力带给我们的自负。从小到大，一路披荆斩棘从未失败过的我们，被人 PK 掉的那种感觉可想而知。

可是职场就是这样，很多时候论的就是输赢，不过这也是职场的魅力所在。

方案敲定后，后续的一切工作便按序进行着。因为是我自己的作品，所以每一个环节我都有亲自参与其中，忙得跟陀螺一样连轴转。终于，在万圣节前一周，作品被搬上了各大荧幕以及大大小小的广告牌。

正当我松口气，看着自己的作品满含成就感的时候，公司突然来电话说，广告被强制性撤下了，因为涉嫌抄袭。

我一听，整个人都蒙了。

这时，Kris 把那个告我的人的作品发到了我的邮箱。

Lynn，圈内颇有名气的广告设计师，她曾经一部名为《灰眼》的作品，还获得了 One Show Design 金铅笔奖。我大学时期，还专门上过一堂关于她的设计理念的选修课。

我颤抖着手点开了邮箱，在看完她的作品后，我双腿一软，一屁股坐在了沙发上。

我没有抄袭，只是设计理念刚好跟她的雷同了，而她的作品是在我之前就已经发行且申请了专利的，所以，我是一下子撞到了侵权的枪口上。

才刚刚拿到可以飞升的热气球，却一下子被一只鹰爪给抓破了，飞得高自然也跌得痛。

几乎是毁灭性的跌落。

不过短短一天的时间，我便经历了这般大起大落，对于从小到大都没怎么经历过失败的我来说，这次打击简直要了我的老命。

所以，处在这种情境下的我，哪里还有心思去过什么万圣节？被“百鬼挠心”倒是真的。

好几个小鬼头来要糖无果后，便没人来敲我的门了。

我直接关了灯，把自己淹没在黑暗里。公司费了九牛二虎之力，才让损失降到了最低。Lynn 撤诉，公司给了赔偿款。而我，自然也不好再待在公司，主动提出了辞职。而现在广告牌上轮播着的就是 Ashley 的作品。

她不仅反败为胜，还把对手毁灭式地击倒了。

我突然就明白当初她出会议室时对我那意味深长的笑是什么意思了。

或许她早就看出来了，甚至在我产生这个灵感之前，就曾“助我一臂之力”了。那个个人设计展，那个过来跟我打招呼的设计师……我不敢去细想其中的曲折，也不想把所有的责任推给一个竞争对手，我现在要面临的就是我的失败，承认自己的能力不足。

Kris 劝我说，这种事情很寻常，因为想法这种东西真的很容易雷同，不然也不会有那么多的共鸣和感知了。她还说，别人不相信你，但我相信你。

也不能说一点儿安慰的作用都没起，但是，我还是无法去面对这次失败，因为一旦被贴上“抄袭”的标签，我在这个行业基本就等同于“报废产品”了。

作品成功播出那天，我拍了很多的照片，发给了我的父母，还炫耀说，要不了多久，美国到哪儿都能看到我的作品了。

父母听后很高兴，转身就把这个好消息传遍了整个家族圈，七大姑八大婶的也纷纷发来贺电。

然而现在的我，却只能一个人坐在黑暗里，喝着苦涩的酒……

突然响起的敲门声，让我的思绪再次被打乱。我起初没有理会，可敲门声一直在响，我就冲着门喊了一句：“没糖，去别家吧！”

可是敲门声还是没停，最后我只好起身去开了门。

打开门的瞬间，我惊声尖叫了一声，然后这几天都强忍住没流过泪的我，眼泪一下子便喷涌而出了。

对方见我这么一哭，连忙走上前：“啊？真，真吓着了啊？哎，你别哭啊！对不起，对不起……”

不用想就知道是谁了吧？渣唐，一身白无常装扮的“鬼”渣唐。

他见越安慰我哭得越凶，手忙脚乱了一阵后，说是去卫生间卸妆。

等他再出来的时候，我又开始坐在阳台边喝酒了。

这个时候我们的感情已经算是很好的朋友关系了。万圣节他们学校有活动，叫我去我没去，谁知道他会在这个时间点来敲我的门，还把我吓个半死？

“哇，不是吧？一个人躲在这里喝酒？”他在我旁边坐下，“怎么了？失恋啦？”

“你不去好好地参加你们学校的活动，跑我这儿来干吗？”

“咳，也没想象中那么好玩，让他们见识一下中国的鬼就行了……”见我不说话，他把头凑到我跟前，“刚刚真吓着你啦？这不一直打你电话你不接，所以才想过来看看嘛！”

我侧过脸吸了吸鼻子，还是不说话，拿起酒杯想继续买醉的时候，他拦住了我。

“嘿，可真稀奇了哈，你说咱也认识这么久了，还真没见着你这么哭过，什么情况啊兄弟？谁欺负你了？”

说完他欲将手往我肩膀上搭，见我眼神凌厉，又悻悻地收回去了，“你说你干吗老是一副拒人于千里之外的样子呢？一个人远在国外他乡，还这么得遗世而独立？我告诉你，要不是小爷我看你可怜，还真不稀罕搭理你……”

见我要抬手把酒杯砸过去，他又连忙转换语气道：“嘿嘿嘿，开玩笑开玩笑，姐姐不要老是这么容易动怒嘛！要不，我陪你喝？”

“小屁孩儿喝什么酒？”

他突然站起身，人高马大的，整个阴影都笼罩了我，“怎么着？叫你两声姐姐，就可以把这俩字当枪使了啊？来！你看看！我哪儿像小屁孩儿了？该发育的地儿都发育得挺好的一优质大男人……”

我没忍住，扑哧一下笑出了声。

“笑什么？我不是男人吗？”

“是是是！可大可大的男人了……”

“嗯？你怎么知道？”

我：“……”

他就是有这个魔力，不管再坏的情绪，都会被他三言两语给驱散掉。他陪了我很久，也没再问我究竟发生了什么，反而说了很多他的故事。

也第一次主动跟我提及了 Linda。

Linda 就是那个大牌手链 XX 珠宝家的千金大小姐，比渣唐小两岁的学妹。

“比起喜欢，可能更多的是欣赏吧！”

他说她没有那些豪门千金的庸俗和生来就高高在上、不可一世的傲气，反而是个万事都喜欢靠自己的独立女性，这也是她为什么好好的家业不继承，偏偏要跑去做自己喜欢的模特事业。

“其实在某些方面你们还挺像的，不过她可没你这么死撑，遇到自己不能解决的问题时，人家会放低姿态向别人寻求帮助。”

“可笑，你干吗拿我跟她对比？”

“我只是想告诉你，一个女人不需要那么强，不然，还要男人做什么？”

我哑然一笑。夜风有些凉，我裹了裹身上的毛毯：“我不是要强，我就是太看得起我自己了，总觉得不管什么样的问题，我都能自己解决。”

“嗬，你这还不叫要强啊？收起你的那些自以为是，我随便说个事情你都解决不了。”

“什么事情？”

“生孩子！”

“你闭嘴！”

“女孩子偶尔的示弱，才会让男人体现出他们的价值。”

“所以，Linda 让你找到了你的价值？”

他突然苦笑：“我跟她其实接触得不多，知道她喜欢我后，我就有点害怕跟她见面了。”

“她好像不是一般的喜欢你！”

“你又知道了？”

“直觉！懂吧？女人的直觉很准的！”

“你是女人吗？”

“我怎么不是女人了？也是哪哪儿都发育完好的大女人！”

“是是是！可大可大的女人了！”

我：“……”

在关于梦想与金钱的话题上，我们倒是有些不谋而合。

“钱固然重要，可自由才是最可贵的。如果一个人都不能决定自己做什么，只为了谋生而赚钱，我觉得是挺可悲的一件事。”

“我大概知道你为什么这么受人欢迎了。”

他拿起酒喝了一口，露出一副特别舒畅的神情，笑道：“那可不？小爷我啊，是人见人爱，车见车载……”

“嗬，还得意上了，不过看你万花丛中过，片叶不沾身的……你该不会是同性恋吧？”

“小爷我喜欢大美女！”他一激动差点朝我扑过来，随后长叹了一口气道，“是我现在全身心都投入在我的游戏开发上。男人嘛，得以事业为重。这江山还没打下呢，就想要美人儿？让人坐在我自行车的后座上笑啊？那多不爷们儿啊？”

他见我眼睛一眨不眨地盯着他，似乎没懂的样子：“好吧！简单点说，就是我家老太太说了，泡妞的成本得自己去挣，她一分钱都不会给我出。”

我实在没忍住，哈哈大笑了起来。可能是因为喝了酒，脑子不是很清醒，不然他刚才说这些话的时候，我怎么会觉得他有点帅？

这没来由的好感，竟然让我一下子就慌了神。

我不知道我们聊了多久，只记得后面我们一起玩了游戏，然后第二天我是从自己的床上醒来的。因为喝了太多酒，此时的脑袋就跟轰炸机炸过一番似的，而且肚子还饿得直叫唤。

开门的瞬间，一股浓烈的早餐味扑面而来，渣唐又穿上了我的围裙，端着一盘煎蛋，笑得十分灿烂。

“姐姐早上好！”

长期听他这么叫我，我都快以为我真有个弟弟了。

“你昨晚又没回去啊？”虽然已经被他看过无数次睡醒后的邋遢样，但我还是会下意识地整理一下。

“拜托，昨晚玩游戏都玩到凌晨三点了，还回去？好歹我也是黄花大闺男，要是像你上次那样碰到了坏人可怎么办？”

我扑哧一笑：“笑死个人。”转身进了厕所。

说来也奇怪，我这么一个注重隐私的人，竟然已经习惯一个男人随意的借宿……

等等……男人？！我，竟然把他当男人了？

“姐姐……有没有觉得我今天，有点帅？”他突然站在我房门边，冲我挑挑眉。

我刚挤好牙膏，一眼看到的竟是他上下滚动的喉结，害得我心都漏跳了一拍。

啊啊啊啊！一定是酒没醒！

他其实没什么变化，就是头发打理过了，脱下围裙后，我发现他竟然穿的是一身西装，颇有点商业精英的味道了。

“你昨天不是白无常的装扮吗，怎么一下子变西装了？”我装作毫不在意的样子。

“一大早去跟同学借的，一会儿要去跟投资人谈合作呢！”

“哟呵，出息了啊！”我继续刷着牙，“你说你都出门去借衣服了，为什么又回到这里来？你拿我钥匙啦？”

“你钥匙不就放在桌子上的……”

他突然走到我身后，又是给我捏肩又是给我捶背的。本来就小的地方，一下子变得挤了，刚刚才缓和一点儿的莫名躁动又被他给掀起来了。

“别碰我！有事说事！”

他嘿嘿笑了两声：“姐姐不是职场达人吗，能不能带带小弟我？

我，我有点紧张，生怕嘴巴一欠把人给得罪了。”

“我哪是什么职场达人？我现在都失业了。”

见戳到了我的痛处，他不开口了，估计也是想明白昨晚我为什么那么消沉了。他站在门口估计一时之间也不知道说些什么，就哦了一声，然后离开了。

我深吸一口气，漱了一下口：“反正我今天没什么事，一会儿陪你去好了。”

客厅里立马传来了他兴奋的声音。

见面地点是一家咖啡厅，我换上平时上班的衣服，还特地化了精致的妆容。照渣唐的话说，我才更像是去谈合作的那个人，而他才是辅助。

在去的路上，我大致了解了一下他这个项目。他们一个团队有六个人，每个人都负责不同的项目，策划、原画、程序、美术、音效等一应俱全，他则是担当制作和程序两项任务的团队老大。

以前只是听他提及过关于 VR 的一点儿皮毛，从未深入地了解，今天听他这么一说，我倒是油然升起一股敬意。果然，认真工作的男人，是真的很有魅力。

“我们这次降低了 GPU 的渲染压力，确保了更多的计算机平台具有支持 VR 的能力，采用分区域差别分辨率方法，降低消耗的同时提升了精确度……”

看我一脸茫然，他不好意思嘿嘿笑了两声：“简单来说，效率比以前提高了 50%，如原来是 90 帧 / 秒，采用我们现在的技术，可以达到 140 帧 / 秒，而且采用眼球追踪的技术，增强了眼前所见场景的分辨率……”

“我是不是可以理解为，这项技术目前就你们做出来了？”

他在我面前干脆利落地打了个响指：“没错！”

“虽然听不太懂，但感觉似乎很厉害……”

他得意地扬了扬下巴，而后凑在我耳边又补充了一句：“一个完整的 VR 设备需要多方的技术支持，比如搭建一个 P2P 的计算机对等联网架构，光靠我们这个小团队，是很难实现的，这就是必须寻求合作的目的……”

我点了点头，表示大致理解了。深吸了一口气后，我们走进了咖啡厅。

投资人是一个华人，这倒是省了很多语言沟通方面的问题，毕竟关于 VR 科技的专属词汇，我知道的仅限于渣唐给我科普的。

经过几轮的谈话，便能轻易看出对方的精明和老练，不仅说了很多无关紧要的话题，对于我们提出的价格也不给出明确的态度。

于是，我借此去了一次洗手间，然后发短信给渣唐，让他也找借口跟过来。

“怎么办啊？我看他想要投资我们项目的欲望不是很强烈啊？”

“你别急，他既然已经愿意跟你们见面，就说明他还是很看好你们的项目的。我们之所以一开始就提比原本报价高三成的价格，也是为了测试他的态度。”

“他很明显犹豫了。”

“他会犹豫，那就证明你们的项目是高过你们之前的估值的。你要记住，谈判这种事情，你首先要做的就是明确自己的目标，不能被对方的节奏给带偏了，而且一定要有自己的底线。他可能会说一些激怒你们的话，但这都是为了他们的最终利益所使用的手段。”

他听完我说的这些，眼睛瞪得溜圆：“姐姐果然是个厉害的角色，学到了！”

“好了，我也只是有一些经验罢了，行不行还不知道呢。你一会儿过去的时候，如果对方提出的某项需求，你不要马上作出答复，以备作讨价还价之用，阻止对方得寸进尺。总之，切勿急躁。”

他点了点头，然后我们一前一后地回到座位。

果然，没聊几分钟，对方便提出了要求，说是可以考虑我们的报价，但是我们必须把这项技术卖给他们。也就是说，项目上市后，会以他们公司的名字命名，且由他们的团队负责后期的制作和改编，相当于技术买断，以后这个项目的任何事项均与我们无关。

“不行！”这两个字我抢在渣唐前面开了口，他吃惊地看了我一眼，“这是我们自己研发的技术，后期的制作和维护甚至改编也只能是我们原班人马，而且在项目开发的首页上，必须得有我们工作室的名字。”

投资人一笑：“那你们的这个价可真就是狮子大开口了。不过几个大学生，能力难道可以和我们公司内部的专业员工相提并论？”

“你们再厉害不也没突破这个技术瓶颈吗？”

投资人沉默一笑，最后只能抬手看一下腕上的表，然后幽幽地冒出一句：“我上午十一点的飞机，现在我们还有不到半小时的时间。”

“那可以等你回来我们再约，我们下午也有其他的投资人要见。”

投资人又是一笑：“小姑娘，你比我想象中的更厉害啊！”

“谈合作嘛，尽量地满足双方的条件，后期的合作才会更愉快。”

“行！咱们下次再约！”他说完起身，看向了渣唐，“这是你女朋友吧？还真是又漂亮又聪明！”

渣唐想要解释什么，我反而拦住了他。

“范总慢走，注意安全！”

他朝我点了点头，转身离开了。

我在此时终于松了口气，表面说什么职场达人，但这种场合说不紧张那是假的，见人一走，便一屁股坐在了沙发上。

“这种场合没必要解释，让他误会也好，对我们的谈判也有利。”

“哦！”他突然凑近，朝我伸了只手过来，“你还好吧？”

在他的手快要碰到我时，我条件反射性地往后一缩：“啊，没事。”

时间静止了两秒后，他突然一把拉住我的手臂：“走，带你去玩玩！”

我还没来得及回应什么，就被他拽着往外走了。

因为要去的地方刚好会路过他借衣服的地方，所以他便先去还了衣服，我在门口等他。今天天气不错，此时的我，心情就犹如路上那些川流不息的汽车，有些空洞，有些疲乏，还有些茫然。

他出来的时候，已经是一身休闲的大男孩儿装扮了，白色连帽卫衣打底，外面一件深蓝加黄色的棒球外套，一条迷彩的裤子配一双白色的球鞋，还戴了一个配套的棒球帽。

挺阳光也挺帅气，是我见过穿卫衣穿得最好看的男人。

“你怎么了？看上去脸色不是很好？”

“没事！”

“那，走吧！”

十分钟后，我们到了环球影城的门口。

之前倒是跟 Kris 来过这里一次，但因为她中途有事，我们也只能半途而废，后面便没再去过。

今天周三，人虽然没周末节假日多，但说实在的，现在的我，其实没什么心情去玩。

可是也不想回去把自己关在屋子里消沉。

渣唐提前预定了 VIP 票，可以去体验不对大众开放的项目，而且任何项目都无须等待。按照导游给的路线，我们很快便进入了状态，于他而言是刺激，而对于胆小的我来说，很多的项目和场景分分钟能把我吓哭。

“你说你在职场这么精明强干的人，怎么会害怕特效？害怕鬼？”

“职场是可控的，鬼是不可控的。”

“可控那还失业了？”

见我斜眼瞪他，他连忙做了个把嘴巴拉链合上的动作。

“你这 VIP 票原本是想跟谁一起来的？”

他略微一停顿，而后笑道：“就是想跟姐姐一起来啊！”

我哼了一声，自然是不信，多少觉得他有些口是心非，但是具体是什么，我却也没兴趣深挖。

管他呢，现在开心不就好了?

从水上世界到哈利·波特，又从辛普森一家到终结者、侏罗纪公园，我一路尖声大叫，他一路笑声连连，其中有很多不可避免的“亲密接触”，啊这个就……你们知道的吧? 人在受到惊讶后的那种正常条件反射。

但是，有一点我必须得承认，就是好几次紧紧抓着他的手臂时，我竟然感受到了他带给我的安全感，不是第一次在鬼屋急得抱他大腿的那种安全感，是……是有种女人被男人给保护了的感觉……

特别是在鬼屋的时候，我直接被里面的“鬼”给吓得扑进了他的怀里。说到这里，你可能会问了，既然害怕为什么还非要进去呢? 还不是因为我这个人受不得刺激，渣唐的三个字——“胆小鬼”，就轻松地把我逼上了绝路。

里面的鬼都是人扮演的，突然就会不知道从哪个角落里跑出来，而且那个鬼还比较调皮，看我躲进了渣唐的怀里，还故意在我耳边不停叫唤。我一害怕，把渣唐抱得更紧了。

“我不要玩了，快带我出去！”

“哈哈哈！好了好了，已经走了。”

面对面的那一刻，突然升起的暧昧气息，竟然一下子就替换了我害怕鬼的慌张。

然后意识到这样不好，我连忙撤开一段距离的时候，脚却不小心崴了一下。对，没错，我还穿着那该死的高跟鞋呢！

为了防止更加尴尬，我硬是咬着牙说没事，然后装作没事似的继续往前走。

其间因为被吓着，脚又反复被扭到了好几次，等到终于走到出口的时候，才发现我的脚踝又红又肿。

我刚想弯身准备脱鞋的时候，突然一股力量让我一下子悬了空，我慌乱中搂住了他的脖子。现在的情境，像是被后期给放慢了动作，阳光和煦，微风不燥，我看着他四分之三的侧脸，心脏险些跳出了嗓子眼。

那一刻，他似乎成了世界上最好看的人。

他把我抱到一处椅子上坐好，然后起身去附近商店买了几个冰棍儿，蹲在我跟前："会有点凉，你坚持一下！"

说完，把冰棍儿敷在了我的脚踝处。

"你生来就这么要强吗？高兴就笑，难过就哭，我说了很多次了吧？女人就是要偶尔服个软，男人才会有机可乘。"

"所以，你现在是在乘人之危吗？"问完这话我就有些后悔了，原以为他会百般辩解，谁知道，他特别简要地回答了两个字："没错！"

眼神对视的一刹那，我心脏又漏跳了一拍。

"我的意思是，大，大家都是朋友，还在这异国他乡，是，是可以互相依靠的嘛！"

他这么一解释，我心里一下子又升起了一丝失落感。

也不知道自己在期待什么。

"今天很感谢你，虽然被吓得够呛，但也玩得很开心。"

"咳，跟我还客气啥！就当是你帮我谈判的报酬呗！"

"后面的谈判需要你们自己去了……"

"哎……别啊……"

"我要回国了！"

空气似乎一下子就凝固了。他死死地看着我。而我不敢跟他对视，把头撇向了一边："工作没了，在这边也没有待下去的意义了……"

他不说话了，专心地埋头帮我冰敷。从脚踝传上来的丝丝凉意倒是慢慢地平复了我刚才的慌张。

我想，哪怕是换个人突然把我那么抱起来，我也是会脸红心跳的吧？

02

之后，我们离开了环球影城，本来是准备坐车回去的，却在门口不远处被一个黑人给拉住。

“我们正在举办一个摸高比赛，一等奖是斯台普斯球馆湖人对快艇场边票两张。”

如果说女生对这个无动于衷还可以理解，那么对于爱打球的男生来说，就完全抵抗不了了，更何况是有钱都不一定能买得到的场边票。渣唐一看就很想去，但是顾及身后还有个路都走不稳的我，稍微犹豫了一下。

“你去吧！我就坐在旁边等你！”

“算了吧！哪敢跟黑人比弹跳啊？”

“不试试怎么知道呢？”

“那……要是我真的得了第一名，你跟我一起去看篮球怎么样？”

“好啊！”我几乎是想都没想就答应了。

比赛一下子就围了很多人，虽然是秋天，但是还是有很多人是穿着球服来参赛的。渣唐身高有 188 厘米，站在这群人里面一点儿都显不出他的优势。

初始高度是 335 厘米，由一个人拿着一根杆，在 335 厘米处又有一小截横杆，小横杆上挂着一个铃铛，跳起来触碰到铃铛就算过关。

渣唐一开始是蹲在我身边查看情况的，等轮到他时，他把头上的帽子顺手就扣在了我的头上。我顿时便感觉到了他帽子带过来的温度。

335 厘米，对于他来说还是比较轻松的。

接下来的高度是 353 厘米。

前面几个黑人，轻轻松松地就摸着了。渣唐在后面活动着手脚，在一群外国人中间，多多少少还是比较抢眼的。

轻松一跃，叮当一响，我竟然忍不住激动地尖叫了一声。他跳完回来后，还跟我来了个击掌。

这一轮已经淘汰掉了大半，接下来就是 366 厘米、378 厘米、381 厘米……

渣唐竟然真的撑到了最后，到 381cm 的时候，参赛的人数只剩下三个。

渣唐直接把外套脱下来丢给了我。

结果很快见分晓，渣唐实在蹦跶不过人家黑人小哥哥，最后以第二名的成绩，拿到了一张场边票。

"第二名已经很不错了，干吗一副不开心的样子？"

"只有一张票……"

不知道为什么，他这句话一出口，我的心还是不受控制地咯噔了一下。

我看了眼票，试图安慰道："日期是后天，就算你能拿到两张，我也不能陪你了啊！"

"为什么？"

"我后天的机票。"

"你答应要陪我一起看的！"一个大男孩儿突然跟我较起了真。

"那是因为我觉得你……"不可能会赢啊！后半句话我没能说出口。

"你后天几点的机票？"

"晚上十一点。"

他一下子沉默了，抑或是在想什么，一直到他送我回公寓，我们都没说几句话。

"哎，晚上有空没？"见他要走，我下意识地叫住了他，见他转身一愣，我随便找了句后话，"都要走了，想请你吃个饭。而且……今天，很谢谢你。"

他什么都没说，直接就进屋了。

"嗯……如果是在家里吃的话，我们现在应该还要去一趟超市。"

他还是什么都不说，又从屋子里出来了。

怎么看都像是个孩子在跟大人赌气的样子，虽然我不知道他为什么突然会这样。

“那你等我一下，我换一下衣服……”

“你还是在家待着吧，别一会儿脚又肿了。我去买……”说完便转身欲走。

“哎，钱包拿上！”

他目光突然一沉：“回来再说吧！”

看着他离开的身影，我有些说不出也道不明的情绪。趁他去超市的时间，我打开了电脑，在搜索一栏里输入——最近老是心慌气短，怎么回事？

页面弹出来，有两百多万条结果，不过都是站在医学的角度分析了我的症状。这明显不是我想要的结果，于是我重新输入——和异性接触时莫名其妙脸红心跳，这是什么症状？

网页弹出后，我找到一条点了进去——

“有些女孩儿很喜欢做白日梦，而白日梦也是性幻想的一种，这种行为时间长了就会引起心跳脸红，通过想象与不同异性之间的恋爱关系，使内心得到某种意义上的满足……”

看到这么一句，我的症状马上就出现了。我一边做着深呼吸，一边自嘲一笑：“嗬，性幻想？我对他？！不可能！就一小屁孩儿，啊啊啊啊！太罪恶了……还不同异性呢，明明只对他才会有……”

我不敢再细想下去，不过虽然口头上各种否认，但还是不自觉地浮想一些……嗯……关于他的……生活细节！嗯，对，是生活细节。

我合上电脑，给自己倒了杯凉水，试图让自己冷静冷静。可是思想这个东西，有时候你越是克制就越是一发不可收拾，最后脑子里的画面……嗯……就有点……

正在这个时候，桌子上的电话响了起来，是阿祖打过来的……这一瞬间，我竟然有做错事被人突然逮到的感觉……

“最近在干吗呢？都不跟我联系？”

“你还好意思说我，我看你是被爱情冲昏了头脑，早就把我这个亲闺蜜给忘了。”

“嘿嘿嘿……不好意思啊，确实有点重色轻友了，你最近怎么样啊？”

我长叹了口气：“不怎么样，我失业了，准备回国了。”

“什么？！”阿祖明显很震惊，“怎么回事啊？你这才到那边没几个月啊？”

“说来话长了，我没有背上官司已经不错了。”

“啊！亲爱的，对不起对不起……这段时间都没来关心你，你也真是的，出这么大事怎么就不跟我说呢？”

“没什么好说的啊，说了也只是让你干着急，你那么远，还指望能帮到我什么啊？”

“那最起码我能陪着你啊！你那么要强的一个人，工作没了对于你来说，得是多大的打击啊？啊！来抱抱……”

“唉，打击是挺大的……”

正说话间，传来了敲门声，想必是渣唐回来了。

“好啦！我有事先挂了啊，这件事等我找个时间再跟你细说。”

“哦好好，那你……”

阿祖话还没说完，我便挂断了电话，也不知道自己在心虚什么。

打开门，他把袋子往桌子上一放。我去打开一看，发现是一些面和小菜。

“出来久了，突然想吃北京的炸酱面。”

“可我不会做啊……”

“我妈已经把做法发到我手机了……”说完把手机递了过来，我正打算接的时候，他又突然收回去了，“算了，我自己做，你笨手笨脚的。”

“啊，那我帮你吧！”

于是，两个人在本就狭小的厨房里，折腾出了两碗热气腾腾的面。

“有酒吗？”

“嗯？吃面还喝酒啊？”

“想喝。”

“哦，那我去拿！”

我是那种平时也会自己存点红酒的人，特别是在创作的时候，喝点酒在微醺的状态下，感觉会相当的棒。但是最近忙于工作，是真没时间搞这种闲情逸致了。失去工作后，酒反而成消耗品了。

酒放在一边醒，他什么话都没说，开始大口大口地吃面，然后不出意外地给呛着了。我顺手抽了张纸巾递过去，小心翼翼地问道：“你怎么了？刚刚回来的路上就一直闷闷不乐的样子。”

“对你来说，我算什么？”他突然抬起头，非常严肃地问道。

我被问得有些蒙：“朋友啊！”

他哼了一声：“你有把我当朋友吗？”

“当然！”

“那你出事为什么都不跟我说？还有，回国也是，说走就走。要不是昨天我突然来找你，你是不是都不打算告诉我？然后等我哪天都找不到人了，你再跟我说你已经走了？”

他这么一说，我确实觉得自己做得不对，但是被踢出公司这么丢脸的事，我怎么好意思跟别人说？连我父母都不知道。

“对不起！我是真没考虑那么多。”

他又冷哼了一声：“朋友？可笑……”

他又吃了两口面，然后把红酒倒进高脚杯，一饮而尽后，站起身，居高临下道：“保重啊，朋友！”后面两个字极具嘲讽。

他走了，摔门离开的。这一瞬间，我难受得胸口发闷，看着眼前热气腾腾的面，竟一点儿胃口也没了。

第九章

古墓女神李莫愁，谁先心动谁是狗

01

我想，世界这么大，不可能只有我一个“余青葱”，一个面对生活和工作都游刃有余，却对感情木讷慢热的女人。这大概就是上帝给我开了一扇窗后，就必定会把我的门给关了。

所以，后来朋友知道我“在心动之初竟然会上网搜索”这件事后，整整笑话了我一整个冬天。

爱情到来之前，我是个零实践的哲学家，张口闭口就能说出关于爱情的至理名言。很多朋友失恋后，我安慰他们的话更是信手拈来。

所以，我觉得爱情一定也是有定律的，不然那些所谓的“情场高手”怎么会在爱情这个战场上游刃有余、挥斥方遒?

有人说，十七八岁时的爱情，是墨菲定律，因为怕什么来什么。青春时期的信誓旦旦，认为牵手就会是一辈子，简单、纯粹、美好，可也容易一转身便是咫尺天涯。

那二十四五岁的感情，则是不确定定律，每个人都是独立的个体，也清楚明白自己的感情动向。他们有思想、情绪、人生以及趋于健全的三观，但这些往往都具有不确定性。

一开始，我们认为爱情的代名词是“永远”，到最后才发现，它的别名叫作“难料”。

就像在洛杉矶大学门口再次见到渣唐时，我脑子蹦出来的就是这两个字。

对啊，如果爱情也能预料的话，就不至于遇到的时候如此慌乱了。

因为工作上的失误，同事们私底下估计没少讨论我。我自尊心那么重，自然是受不了这些冷嘲热讽。所以，到临走这天，我都没去过公司一次，也没再联系过他们中的任何一人。

倒是 Kris 中间有打过几次关怀的电话，我亦没有告诉她我要回国这件事。

一大早起来收拾好了所有东西，看着桌子上的鱼缸，我有些思绪万千。

我拍了张照片发给了渣唐，附字——“愿意帮我收留吗？”

他很快回复了两个字——没空，但又快速地撤回了。

“好啊！不过你得答应我一件事。”

随后他发了两张斯台普斯球馆的篮球比赛的看台票。

“你不是有一张场边票了吗？怎么又花钱去买了两张看台票？”

过了两分钟后，他回道：“就问你去不去？”

我仔细看了下票面上的时间，比赛结束时间为晚上十点，离我登机的时间只相隔一个小时，国际航班相对来说比较麻烦一些，还时常出现晚点的情况，但是为了保证万无一失，提前离开的话……

“好啊！”

“那晚上七点半，球场门口见。”

上午把所有的东西都收拾妥当后，我买了些东西去房东那里，因为是以前北京主管的亲戚嘛，住在这里的时间不长不短的，也多多少少地受到人家的照顾。去完房东家后，我独自一个人逛了逛。

今天的天气不错，跟我来的那一天差不多，阳光明媚，带着点微凉的秋风。我说不上来是什么心情，会难过失落，但也没有前几天那般强烈了，大概是比较茫然吧。毕竟我自己也没想好，回国后要做什么。

在一个转角处，我的脚不小心踢到一个罐子，是别人放在地上的那种喷漆。我连忙道歉，抬头的瞬间，我看到了墙上的涂鸦，画的是朋克风的摇滚人物。

对方是一个梳着脏辫的黑人小伙，一点儿不介意我碰倒了他的东西，反而冲我露出大白牙，热情地跟我打招呼。看着地上一罐一罐的彩漆，我突然也想“大展拳脚”，于是我从身上掏出钱说道：“可以让我玩玩吗？”

黑人小伙一挑眉，可能是没想到我会这个东西，说：“你可以随便使用，钱就不用了。”

我爱画画，但是涂鸦是真没试过。因为之前的两次“事件”，我对这个城市，对这里的人都不得不保持一段距离。今天的脏辫小伙，让我在临走之前，感受到了善意。

我挽起袖管，把围巾拉高，遮挡住口鼻，然后在脑海里想出一个初稿后，便拿着喷漆开始创作。几分钟后，墙面上一下子多出了一条鱼，因为挨着他那个摇滚人物，所以在风格上我自然而然地呼应了他的。

所以，我这条鱼，就是嘴巴大张，露出锋利的牙齿且戴着墨镜的大鲨鱼，鲨鱼的旁边还喷了一个“Rock Shark（摇滚鲨鱼）”字样。

“哇哦！画得真棒！你是做什么工作的？”

我抿嘴一笑，但还是说了我是从事设计行业的，之后又闲聊了几句，以他一句“欢迎来到洛杉矶”结尾。

我没有告诉他今天已经是我最后一天留在这里了。在他的要求下，我们站在涂鸦墙前合了个影，这个小插曲便就这么结束了。

到了晚上约定的时间，我去了球馆门口，渣唐还没到。只是没有想到的是，我竟然在这里碰到了我的上司——陈峰。

就是那个爱对女同事动手动脚的人。

因为工作上的事情，此时碰面其实还蛮尴尬的。

“小余，你也来看球赛啊？”

我笑了笑作为回应，并不想搭理他。

“一个人吗？”

“不是，跟朋友一起的。”

“哦！”他又上下打量了我一下，“哎哟，这几天没见，你都瘦脱相了哟！唉，出了这么大事，也难怪。不过，别的同事不相信你，我是相信你的，你绝不是会抄袭的人，我看得出来。”

一听到这两个字，我心情多少受到一些影响：“不好意思，我朋友在等我了，先走了。”

他三两步又绕到我跟前：“哎你别急嘛，这球赛还有四十分钟才开始呢，我看你没有朋友一起吧？不如跟我一起怎么样？我有两张票，离球场特别近的那种。”

不管我怎么反感排斥，他依旧不依不饶。正当我想要发火的时候，突然一个人影出现，把我拉在了他的身后。

“你谁啊？想干吗？”是渣唐的声音。

“哟，真有朋友啊！”陈峰尴尬地笑了笑，又朝我伸了伸头，“男朋友啊？”

“跟你有关系吗？”渣唐语气冰冷，“你走不走？不走我报警啦！”

“我又不是坏人，你报什么警？再说了，我是她以前的上司，我们是认识的。”

渣唐转身看了我一眼，我什么回应都没给。

“你是谁都不好使！我是她男朋友！”说完，他拉着我便朝球馆的进口处去了。

在排队入场的时候，渣唐问我：“他真是你上司啊？”

我点了点头。

“你不会是在公司被他欺负了才被迫辞职的吧？这人一看就不是什么好东西。”

我又摇了摇头。

见我情绪不对，他没再问我。

球场里陆陆续续地坐满了人，我们的位置在中间一点儿。球员都还没上场，我就已经感受到了球迷们的热情，各式手牌，各式涂鸦，已经能听到双方球迷各种吹口哨的声音。

开幕式开始了，绚丽的灯光亮起，热血沸腾的音乐一响，一群人跑到球场中间，拉开了一张张的布，很快围成了一圈。布变成了可以看到球星的荧幕，场内顿时响起一阵欢呼。

我不想因为我的情绪而影响渣唐，所以也跟着一块欢呼起来。他也很快进入状态，从起初的一句话不说，到后面给我一个个地介绍明星球员，赛季进程等。

比赛在一声哨响后开始了。篮球这项运动，我说不上喜欢，但也说不上讨厌，大学时期因为阿祖，倒是去看过好多场校内篮球赛，因为她那个前男友小 P 就是我们校队的主力。

当然，校篮球赛肯定是不能跟 NBA 相提并论的。

比赛进行得很激烈，每进一个球，场内都会响起一阵欢呼。我跟渣唐站队的是湖人，所以，他们每进一个球，我们也会忍不住激动一番。

上半场很快结束，比分 38 ∶ 41，快艇领先了 3 分。

我看了看屏幕上的时间，现在已经是八点半了，中场休息时间是二十分钟，所以，下半场的二十四分钟，我可能真的没办法看完。

中场休息时，场内有一个活动，被摄像头拍到的男女，要在镜头里亲吻。以前我倒是在电视里看到过这个场景，此时现场感受，感觉还真是有些新鲜。

第一对拍到的好像是对父女，满脸络腮胡子的爸爸亲吻了一下女儿的额头，然后向镜头打了个招呼。全场传来了笑声和掌声。镜头这时开始搜寻下一个目标。

没一会儿，镜头便定格在了某处，然后我发现，我入镜了，嗯……准确地说，我只入镜了一个头，真正被拍到的是我们后排的那一对男女。

我几乎是下意识地就捂住了我的脸，因为它那个屏幕是有一个爱心的形状的，我的头偏向渣唐的方向时，我便不用露脸尴尬了。

身后的情侣在“众目睽睽”下亲吻了，现场的氛围就是不一样，光看着都让人有些忍不住脸红心跳，特别是镜头拉开后我准备撤回的时候，才发现我跟渣唐近乎是零距离了。

对视的那一秒，心脏又漏跳了一拍。

他表现得倒是很平常，很是自然地转过了头，还拿起一旁的可乐喝了一口。

我也赶紧坐好，整理好着装，把头发往前拨弄了一点儿，意图遮住我那微微有些泛红的脸。

然后好死不死的，我脑子里现在竟然在循环播放“有些女孩儿很喜欢做白日梦，而白日梦也是性幻想的一种，这种行为时间长了就会引起心跳脸红……”

我越来越有些坐立不安，于是跟渣唐说了一声后，便去找卫生间了。用冷水扑面后，终于平复了内心的那一点儿慌乱，看着镜子中的自己，我好像意识到了问题所在。

我……十有八九，是喜欢上他了。

那些关于爱情猜测的言论，一一对应着我们之间发生的所有点点滴滴。这种莫名慌乱和脸红还有另一个代名词——心动。

意识到这一点后，回到座位的我，甚至不敢多看他一眼，而且现在完全都不用靠近他，光是想，心跳就会乱了节奏。我连喝了几大口冰可乐下去，这种完全失控到有些不知所措的情况，是二十五年来第一次。

中场休息结束了，下半场比赛也开始了，而我现在的心思全都在我手里的手机上。我很想打电话给阿祖问她怎么办，也想要不硬着头皮告诉他好了，不然我这一走，以后再碰到的机会就极其渺茫了。

可是强烈的自尊心又在警告我，告白这种事怎么能女生先来?不是有句话说，谁先说出口谁就输了吗?对，不能太主动，更何况这还都只是自己的猜测，万一不是呢?那说了不是会更尴尬?

再加上，他都有喜欢的人了，我这个时候横插进去，太不合适了。

经过一番思想斗争后，我抬起手轻轻地戳了戳旁边的人。他看得正入迷，转过头看着我。我深吸了一口气后：“我得走了。”

我要是没看错，他眼里的光芒因为我这句话慢慢变得暗淡了。

可能是我没能陪他看完球赛，他很是失望吧。

因为现在是比赛时段，所以，此时的走廊就只有我一个人。我裹了裹外套，心里开始泛起阵阵的失落，感觉好像马上就要失去什么重要的东西似的。

“喂！余青葱！”正在这个时候，渣唐的声音在走廊中响起。

我心里一惊，连忙转过了身。他双手插兜，站在不远处。

“你这都要走了，我能不能从你身上拿个东西做纪念啊？”

“啊？纪念？”我扫视一下全身，“我没什么能……”

我话还没说完，便感觉迎面突然逼近一个身影。又在我惊惶未定时，他突然双手捧住了我的脸，俯首便贴下来一个吻。

这一刻，我感觉呼吸都被夺走了。

我下意识反抗，嘴唇刚张开一点儿缝隙，他竟趁机长驱直入，在柔软触碰的那一刻，我终于放弃了抵抗。

他的吻，看起来霸道且具侵略性，但是却十分的温柔，好像能感觉到他明明想要的更多，却压抑着自己浅尝辄止。

所以，大概只持续了不到五秒的时间。

他撤开的时候，嘴角挂着得逞的笑意：“你的初吻是我的了！”

没等我回过神反应，他转身便走了：“球赛还没完呢，我就不送你了！注意安全哦！”他背对着我挥了挥手。

直到看不到他人了，我才跟活过来似的长吸了一口气。我抬起手捂住胸口那颗狂跳的心脏，虽然一部分是因为被吓着了，但是有一股愉悦甚至兴奋的情绪似乎要呼之欲出。

刚才的那些失落顿时烟消云散。

在原地愣了差不多有十秒后，我收到了渣唐的一条信息——在北京等我！

最后的一点儿不确定也没了。

02

飞机降落首都机场的那一刻，我的心都还有渣唐带给我的余热，所以不至于让我产生一种悲凉之感。毕竟像我这种抱着鸿鹄之志想要靠自己走向人生巅峰的人，却被人一枪打断了飞翔的翅膀，惨痛和打击可想而知。

在北京找了家酒店住下，之后的两三天里见了几个在北京的朋友和同学，闲聊中难免会问到工作的问题。我没告诉他们我在洛杉矶发生的事，只是笑着说一切都挺好的。

只是阿祖打电话过来问我以后的打算时，我有些一筹莫展。

“拜托，你可是XX大学的优等生，在大学期间就被各个企业争着要的，现在丧个什么气啊？再说了，那件事情纯属巧合，又不是你的错，跟你的能力又没关系。”

“你好意思说我呢，你不也是XX大学出来的，结果跑回家去做什么少儿读物。”

“我是各种外在的因素啦，哪能跟你比？我现在对我的工作还挺满意的，工作时间自由，也能随意地安排一些时间做自己喜欢的事情。”

“千金难买你喜欢咯，有时候我就挺羡慕你的，随遇而安，平平淡淡。”

“我怎么越听这话越觉得你是在骂我没有上进心啊？对了，忘了告诉你，过两天我会到北京去，你准备好接驾吧！”

“你要来北京？”我一下子兴奋了，“什么时候什么时候？来多久？”

“一会儿把详细信息发给你吧，有些话，我们需要当面说。”

挂断电话后，我很快收到阿祖的信息，本来想如果再等不来渣唐，我就打算去台湾找她的，没想到，一切刚刚好，心情瞬间开朗了许多。

不过，唐XX这几天究竟在干什么呢？别说电话了，连个信息都没有给我发一个。要不是“在北京等我！”这几个字还躺在聊天记录里，我都要怀疑这只是自己幻想出的一个美好梦境了。

傲娇如姐姐我，肯定不会主动联系他的。

可是这一点儿消息都没有的，我的心里又开始产生不确定的因子了。他该不会是玩我的吧？现在隔这么远，他是不是料定我没必要再买张机票过去收拾他？

啊啊啊啊！疯了。

在床上来回滚了几圈后，我给阿祖发了条语音过去："你快点过来吧！我都想死你了！"

嗯！我在分散一些无端端的想念。（我才没有想他呢！才没有，没有，没……有。）

两天后，我去机场接阿祖。由于太长时间没有见面，此时的我，激动之情溢于言表。

不过，另一方面，我心里又有些犯堵。那个发了信息让我等他的人，至今没有任何消息，我都快怀疑这人是不是对我耍了个流氓了。

"葱！葱葱！"此时，出站口突然出现了一个熟悉的身影。看着朝我几乎飞奔而来的阿祖，我激动得眼泪都快出来了。

"哎？你的行李呢？"

阿祖朝身后看了眼，我这才反应过来，原来这家伙千里迢迢飞过来就是为了——晒男友。

"阿克，这就是我一直跟你提起的大学同学兼死党的好闺蜜余青葱。葱啊，这就是我那个相亲捡来的男朋友阿克。"

"哇！比照片看着要小很多啊，阿祖你可以啊，这也下得去手？"我玩笑着伸出手，"你好，我是余青葱，很高兴认识你。"

小伙子笑起来有个酒窝，个子虽不高，但人却很精神，眉眼之间能看出一丝羞涩。

"你好，我是阿克，常听阿祖提起你，终于见面了。"他礼貌地回握住了我的手。

"怎么样？我跟你说过，我闺蜜比照片上好看吧？不过我警告你哦，你要是敢劈腿我闺蜜，你会死得很惨哦！"

“不敢不敢！在我眼里你最美。”

“咦惹，这才刚见面呢！是想一下子把我这个单身人士给暴击‘去世’吗？”

“谁说你单身？”正当大家笑作一团的时候，突然一只手搭在了我的肩上，吓得我险些崴了脚，还有那熟悉的声音和说话的语气，害我差点一口气没能上得来。

“你？你！你……”此时的我跟见了鬼似的，半天也说不出一句完整的话，特别是看他取下墨镜扬唇一笑，一副很满意我表情的样子。

“哇哇哇！葱！这！是！什！么！情！况？”飞机场大厅里阿祖的惊呼吸引了不少过路人，她自觉不妥，又放低了声音再次问道，“还不老实交代，这个帅哥他是谁？哎不对，这异常眼熟的感觉又是怎么回事？”

“你们好！我叫唐XX，余青葱名正言顺的男朋友！刚从洛杉矶回国。”说完他转头看向我，“你说我们这么心有灵犀的吗？本想着悄悄回来给你个惊喜，没想到你竟然来接我了？”

“才不是接你呢！纯属巧合。还有啊……我什么时候承认你是我男朋友了？”我很认真地在解释，可是似乎没有人在听我说话，渣唐已经在跟阿克打招呼了，而阿祖全程跟个迷妹似的直呼“妈呀，这男人也太好看了吧？”“我以为这种帅哥只能在电视里才能看到！”“天啦，一件普通的卫衣被他穿得好好看啊！”……

因为是公共场合，大家也没有多留。在去坐车的途中，渣唐突然凑到我耳边说了一句：“初吻都给我了，还不是男朋友？难不成真要把初夜……”

我一个干净利落的抬腿踢，他立马疼得捂脚跳。

“哇！你们的互动好有趣！”闻声转头的阿祖露出羡慕的神情，“阿克，你看你看！他们是不是好般配？”

此时的我，还真说不上是什么心情，可能真的是又惊又喜吧！

喜大于惊，嗯！

“嘿，我不过才迟到五分钟，你丫就撒丫子跟别人跑啦？”在临近马路边的时候，突然走来一个人，墨镜一摘，一副要是没仔细看似乎就此错过的表情。

“哟！砖儿爷，您来得挺早哈，让小的在这儿一阵好等啊！”

“哟！这表它没走字儿了！”那人手一抬，一看那表就价格不菲，笑得更是没心没肺的，“你丫这出一趟国，回家都不识路了！”

渣唐一翻白眼儿，这才顾及身后的我们：“哦，忘介绍了，这是……”

“哟！到哪儿踅摸的美女啊？”说完他朝我走近，手一伸，眼神那个不正经，“你好，我叫高XX，外号板儿砖，很高兴认识你！”

渣唐一个顺手便把我拉到了身后：“你丫给我滚远些，这我的！”

“谁是你的？”我白了一眼，决定不跟这俩人搅和，“车子到了，阿祖我们走！”

说完我们干脆利落地上了车。等渣唐想要挤上来的时候，我拦住了他：“坐不下了！”

“你们才三个人，怎么就坐不下了？”说完他准备把行李往车上塞，这才发现没有多余的地方，“那你们去哪儿？我一会儿怎么找你啊？”

我冲他微微一笑后，关上车门，按上车窗，离开了。

“啊，我想起来了，他不就是当初你的那个鬼屋情缘吗？”阿祖突然一拍大腿，“你们果然不出我所料，真的走在一起了。我得赶紧把这个好消息发到群里……”

“喂喂喂！坐这么久的飞机你还不累吗？消停点行不行？”

阿祖嘿嘿直笑，兴奋地拉住我的手臂，眼睛里顿时泪光点点的，我被她吓一跳：“喂？你干什么啊？”

“我是替你开心啊，葱，你说你都等了多久才等来这个初恋啊？如今看来，还真是应了那句话——好的都是留在后面的。”

“你可马上收起你这突然一副嫁女儿的姿态啊！我跟他……八字还没一撇呢！”话虽这么说，但是他刚才的那句“这我的！”还是让我的心不自觉地就咯噔了一下。

“哎，阿克，你猜猜我葱姐以前在学校的外号是什么？”阿祖突然拍了拍坐在副驾的阿克，“给你点提示，古墓派的……”

“啊！是小龙女！”

“不是，是李莫愁！在学校是出了名的女魔头，人美却气质高冷、能力出众却不近男色。所以，你知道我为什么知道她谈恋爱比我自己谈恋爱还要开心了吧？因为在这之前，我一直以为她暗恋的是我！”

最后一句话出来，阿克扑哧一下笑了出来。

“哪有你说得那么夸张啊？你不去写小说真是浪费了。”

一路上我们聊了很多，谈笑间很快到了酒店。办理好了入住后，阿克因为工作的事去忙了，我跟阿祖便去逛街、吃饭、看电影。

经过交谈，我才知道他们来北京的原因。原来阿克是一个插画师，最近接到了一份北京的差事，一说到北京来，阿祖自然是不愿错过跟我相聚的机会。

她的到来，把我失去工作这件事带来的失落和难过一扫而空了。

又或许，不全是她的功劳。

晚上，我们看完电影后回到酒店。阿祖因为要帮阿克整理脚本什么的，便直接回房了。我洗完澡后，门口响起了敲门声。我以为是阿祖忙完了过来找我，谁知道一打开门，竟然是渣唐立在门口。

他噘着嘴一副闷闷不乐的样子走了进来，然后坐在我床边，拿起遥控器打开了电视，又一会儿一会儿地换台。

“你是过来看电视的？”我一边擦着头发一边问道。

他依旧不作声，我也懒得理他，去洗手间开始做面部护理。刚拿出面霜往脸上点了几下，他突然出现在我身后，一副怨气十足的表情。

“你到底想干什么？”我转过身，双手抱胸看着他。

他朝我走近一步，突然抬手想触碰我的脸，我下意识地往后一缩。

“别动！”他这么一说，我倒真的不动了。他用指腹轻轻地帮我把面霜抹匀了，手指所到之处，灼热了我整张脸，甚至连呼吸都有些不顺畅了。

我连忙绕过他往外走。

“你不喜欢我吗？”

他突然问道，我一下子就愣在了原地，一时之间不知道如何回答。我承认，我对他肯定是有感觉的，可是现在的我，连未来的路在哪里都不知道，我不知道我是不是能够心无旁骛地接受一段感情。

还没等我回答，他突然从身后抱住了我：“你如果不喜欢我，那就推开我！”

见我没动，他笑了：“看来你是喜欢我的。”随后他撤开了拥抱，似乎一下子心满意足了，坐回床边看电视的时候也很开心的样子。

“我可能明天就回老家了。”

“我跟你一起！”

“你跟我一起干什么？你不是在洛杉矶谈了个大项目？”

“你走了后，谈判失败了，对方坚决不让步，团队里的那些人觉得有钱不拿是傻子，所以，卖掉了技术，各自分了钱散伙了。”

“所以，你这是不打算回去了？”

“不回去了。一个团队不是一个核心，以后合作起来也不会顺利。”

“看来你也有新的打算了！”

“当然。不过，国内 VR 这方面技术现在还不够成熟，想要做出成绩，还需要一个漫长的成长过程。但是，我回国之前，已经投递了不少简历，应该很快就会有消息的。”

“不打算自己组队搞了？”

“有过一次失败经验还不够啊？要想做强做大，就得找更靠谱的团队，不用考虑其他问题，专心做好自己的程序，那离成功还会远吗？”

“你那哪叫失败啊，不都分了钱了？”

“分钱就是成功了啊？我一开始可是奔着更高更远的路去的……不是，余青葱，你怎么就跟我扯远了呢？要不要在一起，能不能给个痛快话？”

“那我问你，你是从什么时候开始喜欢我的？”

他一眨巴眼，想了想说：“你是说心理上的还是生理上的？”

“有区别吗？”

“当然有区别！如果是心理上的，那是最近一段时间才察觉到的；但如果是生理上的，应该是那次你对我‘坦诚相见’的时候……”

“我哪次……”后半句话自然是没说出口，“臭流氓！”

我们大概就是这么在一起的，虽然心中还有一万个不确定，但是，只要确定了他在抱着我时我并没有想要推开他这一件事，就够我拿感情来赌一把了。

那一刻，所有关于爱情的定义都抵不过只要一想起他，就会紧张，会心慌，会热忱，会期待……

跟渣唐确认关系后，我不是没在北京找过工作，可是洛杉矶那件事闹得太大，整个行业里关于我抄袭的事件吵得沸沸扬扬。在几家大公司面试过几次都失败后，突然有个同行业的同学给我打来了电话，说是我老家有一家广告公司目前正在招人，虽然是私企，但待遇各方面都很不错，便让我去试试。

然后我跟渣唐商量了这件事，他虽然不舍得我离开北京，但也理解我失去工作急于找新工作填补的渴求，于是让我回去试试。后来，我就带着所有的准备去这家广告公司面试了，也做好了被一眼认出然后被拒之门外的心理准备，谁知道我很顺利地就通过了面试，虽然是从实习开始做，但无疑给了我新的努力方向，并让我重拾了对工作的热情。

不过，我在工作了大半年后才知道这个公司是吴用的，当时瞬间感觉有些机缘巧合，但工作已经慢慢稳定了，便也没去想个究竟。

渣唐很快在北京找到了新的工作，出于各种考虑，我们都决定先各自发展事业，当然，是在保留恋爱关系的情况下。

我跟渣唐在一起差不多一个月的时候，我闲下来没事突然问他："洛杉矶那场 NBA 比赛，最后到底是谁赢了？"

他告诉我说："不知道！好像是湖人吧！"

"你也没看完吗？"

"看完了啊，而且我差不多还是最后一个离场的。"

"那你不知道结果？"

"还不是因为你！"

"我怎么了？"

"影响了我看比赛！"说完他突然凑近我，耳语道，"当时我满脑子想的都是你那柔软的唇，整整喝了两大罐冰可乐才让自己冷静下来……"

我："……"

再后来，我们一起讨论了关于这段感情中"谁先心动"的话题。

"我到现在都没有对你心动过。"

他突然凑过来，靠着沙发的那只手撑住了脑袋："来猜个谜语怎么样？"

我不知道他为什么突然之间就转换了话题，便点了点头。

"你知道你身上什么器官又软又硬吗？"

我眨巴了两下眼，顿时有种想歪了却又觉得不对劲的感觉，脱口而出了一句："我倒是知道你身上有个器官又软又硬……"

他突然把头垂下，刚好搭在我肩头，笑得浑身直抖："余青葱，我怀疑你在调戏我！"

我一下子红了脸，连忙撇开他，从桌上拿了颗糖塞嘴里以显得不那么尴尬。

而这时，他突然抬头，深情地看着我，抓着我的下巴便吻了过来。

吻完后，他用手指碰了碰我的唇："喏，你身上又软又硬的器官……"

我的脸更红了，嘴里的糖被抢走了，可是甜甜的味道还在口腔里弥漫……

这一年，我二十五岁，遇到了二十二岁的他，慢慢地敞开心扉，让他住进了我的心里，然后我往后生活的每一天，所有有关美好的代名词，都跟他有关……

第十章

渣唐牌“狗粮”，好吃又营养

01

因为各自的工作需求，我跟渣唐有过将近一年的异地恋。

为了让自己在工作上更加有斗志，回到老家后，我用我身上所有的积蓄（还向父母借了一些），买了一个两居室的房子，当然，只是付了首付。

父母一看，我一有了男朋友，二还在他们附近买了房，心里顿时就踏实了。当然，我买房搬出来住，很大一部分原因还是想要自己的私人空间。

进到“智多星”公司实习后，每天的工作内容又多又繁杂，上班最早的是我，下班最晚的还是我，这种对工作的热情直接便影响到了正处在“热恋期”的我们。

渣唐那个时候，因为研发新型的游戏（国内 VR 游戏初期），所以不得不待在北京，我们每天就只能靠电话联络感情。而我为了不让手机影响到我在实习期的表现，将手机从响铃调整到振动，最后竟然还从振动调成了静音。

换句话说就是，能找到我，或者能得到我的回应，就真的只能靠缘分。

某个午间休息的时候，渣唐开始跟我抱怨了。

“你再这样下去，真的会失去我的！”

“好啊！旧的不去新的不来！”我说得轻描淡写。

“余青葱，你丫要气死我是吧？”他气得上蹿下跳，而后很快又冷静了下来，“葱，我好想你！”

我心下一软，可嘴巴死硬：“我一点儿也不想你。”

“啊？你怎么这样？你是不是不喜欢我了？还是你又在单位跟谁看对眼儿了啊？我告诉你啊，余青葱，小爷我要面子的啊，你要是敢在外面绿我……”

“好啦！宝贝！我要去忙了哦……”说完我便挂断了电话，我不知道我说完那句过后他在那边是如何的凌乱，我只知道，这天晚上下班回去的时候，唐XX站在我家门口，冷得直吸鼻子地质问我："你之前在电话里叫我什么？"

02

有了情侣的身份后，我们的亲密就变得自然而然了，但是，可能是我这个人有点那个吧，就是……嗯……怎么说呢？

嗯……看我这本书的，多多少少也会有男生的吧？那我悄悄地问一问你们，就是……你们在跟女朋友接吻的时候，手会不会，嗯……都不老实？

我们前两次接吻的时候，差不多都是点到为止。然后在第三次的时候，渣唐起初是搂着我的腰，然后亲着亲着吧，他的手就往上移动了……

"你……"

"哈？怎，怎么了？"

"手，手……"

"啊？手……它错了吗？"

"嗯……会，会害羞……"

"啊……哦……"

于是他便乖乖地收了手，虽然其间有好几次控制不住的现象，但怕我不开心，他一直在努力地克制。

然后，一直按照这样的方式持续了几次后，他开始闹情绪了。

"怎么了？"

"没怎么！"

"没怎么是怎么了？"

"没有怎么，就是不想怎么了。"

在沉默了一阵后，我深吸了一口气："对不起！"

他一听这话，倒是一下子不气了，把我揽进怀里，亲了一下我的额头："不用说对不起，我了解你，我不会强迫你的。"

"可你刚刚的确是不开心了！"

他咂了两下嘴，喉结还上下滚动了一次："就……你知道吧！男人还年轻气盛的时候，就……嗯……啊……没事。"

"下次吧！"

"嗯？"

"我说下次，我……好好准备一下……"

他突然拿起桌子边的水喝了一口："咳嗯嗯……倒，倒也不用这么急……"

"好！你说的，那就几年以后再说！"

渣唐："……"

我觉得上面的标点是"余青葱你大爷的"的缩写。

03

看到这里，你们大概也了解我五六分了，就是那种典型的"死鸭子嘴硬"的类型。

所以，你要问我"热恋期"有没有特别想渣唐的时候，我会特别嘴硬地告诉你——"我才不想他呢！"然后转身就在为自己没有及时买到机票独自抹眼泪。

而且这些事情，渣唐他也不知道（现在各位读者都知道了）。

我记得刚在一起的那一年的情人节，别人都手拉着手，各种腻歪，连阿祖这个亲闺蜜也向我秀恩爱。

"我跟阿克去游乐园了，你知道台湾有个过山车叫作抢救地心吗？它是中国第一台断轨过山车，垂直落下的那一秒，阿克他跟我求婚了……"

我："……"

"其实当时我因为太害怕，根本没听清楚他在说什么，就听得隐隐约约的。过山车结束后，他跟我说，戒指找不到了……"

我："……"

"然后我们求工作人员求了好久，他们才让我们进去内场找戒指，一直找到太阳落山……"

我："……"

我不知道他们最后是不是找到了，我只知道，一直到晚上快十一点了，我都没有收到渣唐任何的情人节表示，连一句简单的祝福语都没有！

我其实不是那种矫情的女人，以前看别人过这些节日，基本上也是无动于衷的，但如果已经拥有了还保持原状的话，就真的会莫名委屈。

最后还是我自己没忍住，给渣唐发了个消息："阿祖都要结婚了……"

他倒是很快就回复了："对啊，人家都要结婚了，你却连胸都不给我摸！"

"你不知道今天是什么节日吗？"

"什么节？"

在我的委屈都快要爆棚的时候，门外突然响起了敲门声，这么晚了被敲门，我心里不慌是假的。

"谁啊？"

门外没响应。

我刚一转身，手机响了："开门！"

我喜出望外，连忙把门打开，渣唐抱着一大束玫瑰站在门口。

那一瞬间，我脑子一片空白，鼻子一酸，眼泪哗啦哗啦地往外涌。

他一看我这样，瞬间急了："怎么了？吓着你啦？"

我不管不顾地扑进了他的怀里，委屈又感动地捶着他的胸口："你怎么现在才来？"

他有些意外我会这样吧，平复了好一会儿才放下花紧紧地回抱住我："对不起啊，今天忙了一整天，我没忘呢！好歹是我们过的第一个情人节。"

那天，他送来了夜间最便宜的玫瑰花，那天，我们一起窝在沙发上紧紧地抱在一起。虽然他只陪伴了我不到二十分钟的时间（因为工作不得不坐最后的航班返回北京），但这一天，我收获的感动和幸福，一点儿也不亚于被求婚的阿祖。

04

阿祖那边的婚俗是结婚前会有个订婚，两家人一起吃个饭，举行一个简单的订婚仪式，然后各自戴上一个订婚戒指，便正式成为对方的未婚妻或者未婚夫了。

阿祖眉飞色舞地给我说了好长一段后，我竟然觉得有些莫名的悲伤，颇有些"嫁女儿"的不舍，总觉得她好像不完完全全属于我了。

阿祖见状，开玩笑道："所以，其实你真的在暗恋我对不对？"

"对啊，你看看你，一转眼就嫁人了，我现在还依稀记得大学在宿舍里第一次见你时的青涩模样。"

"哈哈哈！那怎么办啊？人都是会长大的嘛！你说不定哪天和渣唐也一样。说起这个，我倒是蛮好奇，你家大帅哥会怎么跟你求婚？会不会像偶像剧里一样，又浪漫又养眼？"

"行了行了啊，我们才哪儿到哪儿啊，别说结婚了，能不能熬过今年都还是个问题……"

"所以，你们到底到哪一步了啊？"

秒懂女孩儿表示羞羞脸。

“还没有……”

“哇！不是吧？这都快小半年了吧？你们进展这么慢的吗？”

“咳嗯……可能问题在我吧！”

“啊？你什么问题？”阿祖忍不住倒吸一口冷气，“你不会是有什么隐疾吧？”

“我，我没有！”唉，遇到这种事你说我要怎么跟阿祖解释呢？难道要说，其实可能是我最后的一点儿倔强？

说真的，我也会偶尔脑补自己跟渣唐亲热的画面，说不期待和他有进一步的发展肯定是假的。但是我过不了自己这一关，总会有很多顾忌和担忧。

“我要是你啊，有这样一个年轻帅气的男朋友，才没有时间胡思乱想呢！你再这么拒绝下去，小心渣唐被外面的小狐狸精给勾走了哟！”

“能被人轻易勾走的会是什么好东西？”我一边说着嘴硬的话，一边还是多多少少被阿祖的话给影响了。

对啊，两个人在一起后，要是一直保持距离，确实是有些危险哦。

怎么办？这一下子就多了一件让自己苦恼的事情了。

“你要是不知道怎么办，可以看看相关的科普文章，先学习学习。知识就是力量！”没一会儿，阿祖又给我发了条消息。

“咚咚咚！”正在这时，门外响起了敲门声，我吓得手一抖，连忙把手机关闭，迅速藏起来，走到门边：“谁，谁啊？”

“抄水表的！”

“哦！”我想也没想便打开了门，心下刚踏实一点儿，但一看门口站着的是渣唐，心口顿时一紧：“怎，怎么是你？”

渣唐扬唇一笑，而后敏锐地一皱眉：“你怎么这个表情？是不是做什么对不起我的事情了？”说完他推门进了屋，一看屋里黑漆漆的，又转身看向我，“余青葱，你搞什么呢？大白天把窗帘拉这么死？”

我连忙摆手："没，没搞什么！刚在睡觉呢！"

渣唐半信半疑，去房间里转了一圈，发现我的被子叠得整整齐齐的，他转身把我逼退到墙根："余青葱，你是不是在衣柜藏人了？"

"想什么呢？"不存在的事情我当然反驳得理直气壮，"我余青葱从不搞那些鸡鸣狗盗的事！"

他突然凑近了我："你脸怎么这么红？"

"热，热的……"

"哦？"他拖长了尾音，也没继续逗我，去窗户边把窗帘拉开了，"最近加班加太久，公司给我放了两天假，想给你个惊喜，所以没打招呼就过来了！"

"哦！"我整理了一下我的着装，"那你吃东西了没？我去给你煮点吃的。"

"还真有点饿了。"他突然从身后抱住了我，"能不能先吃个饭前甜点？"说完他便准备吻过来，我连忙推开他："还是先吃饭吧！"

他倒是也不恼，放开了我，去客厅开电视了。

我去冰箱拿了牛排，又拿出一些意面，开始倒腾起来。等我把牛排放进煎锅的时候，他突然又从后面抱住我了，头还放在我的肩上。

"干吗啦，别捣乱！"

"我看到你藏在沙发垫子下的手机了。"

我手顿时一僵，刚平复下来的脸再次红透，心跳也遏制不住地狂跳。

"是刚刚阿祖发了条信息，说是'科学知识武装好，保管渣唐跑不了'，这不牵涉到我当事人了吗，就好奇打开看了看……"

我觉得口干舌燥的同时想挖个坑把自己埋了。

我转过身想解释，谁知他立马便吻了过来，一只手托着我的头，另一只手去关了火。

我被吻得有些喘不过气，把他推开了些，他此时的眼神温柔旖旎得有些迷人。

“怎么了？”他的嗓音低沉又带着些性感。

“唐XX，我真的很喜欢你！”鬼知道我为什么突然要说这个。

“嗯？”他又是低沉一声闷哼。

“喜欢你的眼睛，喜欢你的鼻子，喜欢你的耳朵，喜欢你的唇……”我每说一个部位，都会用唇轻轻地扫过，“你喜欢我什么？”

他眼光突然往下，往我胸口看了一眼。

眼睛再次抬起看向我时，那眼神似乎是在寻求我的允许。我咽了咽口水，微微地点了点头。

他像是得到特赦令一样，一把把我抱坐到一边的灶台上：“姐姐，我会很温柔的……”

这一瞬间，我整个人都酥了。

05

在没见着渣唐本人前，我妈对于我谈恋爱这件事都还半信半疑。而她越是这样，我越是不屑解释。可这时间一久吧，我就觉得有些烦。这天晚饭后，我妈又过来叨叨个不停，我便当着她的面，给渣唐打了个电话过去。

“你跟我妈说说，你是不是我男朋友？”没等那边开口，我便直奔主题。

那边沉默了两秒后，道：“余青葱，你想男朋友想疯了吧？拿我开涮？”

他这话一出，我和我妈都惊了。

“唐XX，你作死呢！我给你两分钟，重新组织一下你的语言。”

“咳嗯嗯……那个阿姨啊，我知道您特别着急让余青葱找男朋友，这毕竟也老大不了了是吧，但是阿姨，您可千万别急，这心急哪儿能找到好女婿呢？不过您放心，我这儿有很多优质的资源，到时候给她介绍几个，我保准儿她在三十岁前，成功把自己给销出去。”

“唐 XX，那既然如此的话，咱们缘尽于此吧！”我气得直接挂断了电话。

蔡小花同志一脸痛心疾首地看着我，手指指了我几下都不知道说什么，最后来了一句：“我不逼你了，你以后想怎么样就怎么样。”说完，转身离开了。

我以为她真的会说到做到，后来才知道这只是她的口头禅。

而这个时候，渣唐的电话打过来了。我会接吗？明显不会。

打了好几个电话，见我没接，他又发信息过来了：“对不起嘛！我就跟阿姨开个玩笑嘛！”

我哼了一声，还是不理会。

接下来的一整天，他的电话、短信不断，我倒不是还生着气，只是想给他一个小小的惩罚。结果，我下班回到家后，他竟然出现在我家了。

“你回来啦？”某人恬不知耻地冲我笑了笑。

爸妈明显已经被他成功收买了，一看到我也是兴奋得不得了。特别是蔡小花同志，俨然一副对待准女婿的架势。

“你要是早点把小唐带回来，那我不就不为难你了吗！”

“我的错咯？”我是真的说不清我现在是个什么感受，虽然有些突然，也没有什么心理准备，但眼前的场景，我并不反感，好像有种“家里突然多出一个新成员”的热闹和新奇。

在吃饭的时候，爸妈对他有了一个简单的了解。但是关于异地恋这件事，我妈表示有些担心，在她看来，好不容易有人看上我了，万一最后因为外在原因没成，她就是空欢喜一场。

“这个阿姨不用担心，等我北京的工作稍稳定一些了，我就会过来的。”

我妈一听这个自然是乐坏了，连忙夹了块肉放渣唐碗里。

“阿姨真是越看你越觉得喜欢，就是我家葱啊，她性格倔、脾气臭，你得多担待一点儿啊！要是她欺负你，你就告诉阿姨，阿姨来收拾她！”

还没等我反驳什么呢，渣唐就笑嘻嘻地回了句：“好的阿姨！”随后他欢快地吃了那块肉，转头看见我在瞪他，“阿姨，她现在就在欺负我！”

我妈特别温柔地问了他句怎么回事，转身用凛冽的眼光冲我吼道：“你给我收敛点！”

这一下，我是气得想摔筷子了：“我怎么欺负你了啊？我俩到底谁欺负谁啊？”

我站起身，一点儿进食的欲望都没有了，转身便准备进屋。在关门的那一刻，他又蹿了进来，最后是他关的门。

“怎么又生气了？”

“我没气！我犯不着！”

“那抱一下！”说完，他就朝我摊开双手。

“滚！”我躲开他，转身坐在床边。

他在我跟前蹲下，拉着我的手，一副小奶狗的样子盯着我：“姐姐不要生气了嘛！我知道错了，我这不都担心你真的不理我了，放下工作就飞过来了吗？”说完，他还在我手背上蹭了蹭脸。

我可能是老了，对于这种奶狗式的撒娇道歉没有抵抗力了，气瞬间就消了大半。其实我也知道他就是皮，想恶作剧整我，那我要是再生气下去，岂不就显得我很小气了？

我抬起手摸了摸他的头，本想说“我不生气了”，可到嘴边却变成了一个字“乖……”

说出来的瞬间，我自己都被自己吓了一跳，毕竟什么“宝贝”“乖”这些词汇，真不是我能好意思说出口的，感觉眼前这个男人在潜移默化地改变着我。

他估计也是有点意外的。微微一愣后，他扬开嘴角笑了，深情的眼眸里，我能看到自己。这一刻，所有的气都没有了，心里被一股蠢蠢欲动的暖流、悸动给占得满满当当。

“我们这么关着门在里面，你猜叔叔阿姨会不会以为我们在做坏事？”

他这么一说倒真是提醒我了，平时我们两个在家的时候这样还没什么，可这是在我爸妈家啊，于是我连忙起身准备出去。

谁知道他一把拽住了我：“既然都这样了，不如就顺水推舟，要不然他们会失望的……”

“推你个……”我话还没说完，他就凑过来亲了我一口，这一瞬间，我还真的有做了坏事的慌张和心悸。

因为是临时翘班，所以他不敢久留，晚饭后，我便送他去了机场。

“讲真的，见我父母时你紧不紧张？”

“有一点儿，不过我更紧张的是，怕你真的不理我了。”

我哼了一声：“我可没那么小气，不过，我父母好像还蛮喜欢你的！”

“有多喜欢？”

“比我还是差一点儿的！”

“那你也肯定没有我喜欢你的多！”

这一刻，我的心又软得一塌糊涂了。

06

照阿祖的说法，我很可能是因为没有恋爱经验，才会被渣唐这种“老手”给治得服服帖帖，这方面我也不否定，但最重要的一点，我觉得还是因为那个人是他，所以，自己会很容易被带动情绪。

“不过换作是我，我也很吃这一套，真的很羡慕你啊！像阿克啊，他就比较闷，除了那次求婚，基本上没给过我什么惊喜。”

“那千金也难买你喜欢吗！我看阿克是那种特别适合过日子的

人，给人一种特别踏实的感觉。”

“可能是吧，所以我才答应跟他结婚的嘛！”

“那相比之下，你更喜欢谁？”

“如果从心动和喜欢的程度上来说，是小 P，说是爱也不过分。但人生就是这样啊，那个深爱过的，往往不是陪伴到最后的，就找一个不那么爱的，适合过日子的，也就结婚了。”

听到这番话，当时的我表示十分的不理解，就觉得，既然没那么爱，为什么要结婚呢？或许，直到现在，我还是不太能理解。

关于爱情的是非观，我可能是真的有点黑白分明了，爱就是爱，不爱就是不爱，爱就在一起，不爱就分开，像一道道的计算题似的，答案就只有一个。

但是说到这个，我跟他之间，是因为不爱才分开的吗？

答案似乎又没那么确定。

有一段时间我特别地想他，想到什么程度？就是等我下班后都没有飞往北京的航班了，我居然会去坐将近八个多小时的高铁过去，一想到下车就能见着他，这漫长的八个小时我竟然一点儿没觉得累，满心的期待和憧憬。

我没有提前告诉他，到北京已经是早上六点钟了，我连早餐都来不及吃，就跑到了他的住处，他打开门看到是我的时候，吃惊不已。

“你……怎么？”

我直接扑进了他的怀里，早上的冷风在碰触到他的那一刻，全被他的温暖给驱散了：“我好想你！”

他扑哧一笑，也紧紧地抱住我，最后直接把我整个人抱了起来。屋里的光线很暗，他因为加班加了一晚，也是刚睡下没多久。他把我放到床上，在我额头轻轻落下一吻，然后拉过被子盖上：“既然来了，就陪我睡会儿……”

那一天，我们就一起窝在被窝里。他紧紧地抱着我，看起来很累的样子。我用手轻轻地摸了摸他下巴长出的胡须：“是不是很辛苦啊？”

他嗓音低沉，把我又往前搂了搂：“还好！”

我又去摸了摸他的喉结：“我能不能帮你分担一点儿啊？”

他抓住我不安分的手，眼睛微微张开一条缝儿：“你现在不就是在为我分担了吗？你都不知道我有多想就这么抱着你睡……”

“那我回北京来好不好？”

“不好！”他看着我，用手拨弄着我耳边的头发，“你现在那边的工作也才刚刚稳定，我不想你再从头开始。你啊，再等等我，我这边很快也能稳定下来了，到时候我过去……”

这一刻我的心里，满满当当的都是感动。他虽然比我小三岁，有时候幼稚得还不像话，但是又总能给我想不到的安全感。我往前一凑，在他唇上啄了一下。

“好啦！别闹我，我现在很累，恐怕没办法……”

我被逗得不好意思，直往他怀里拱：“我才没想那些呢……”

“葱，我爱你！”

“我也爱你。”我是在心里回复的。

这一天，我们睡得很安稳，醒来的时候已经是下午两点了，活活饿醒的。

“原来电视里都是骗人的……”

“什么？”

“我手臂被你的大头给枕麻了……啊，要截肢了……”

“你才大头，你全家都大头……”

“你不就是我唐家余氏？”

“切！”

07

就是这一次，渣唐带我去见了他妈妈，虽然以前见过一次，但再见，已经是另一种身份，就感觉有些奇妙。

“要不下次吧！你看我来得这么匆忙，什么都没有准备……”站在门口的时候，我有些尿了。

“怎么？怕了？还怕我家老太太让你赔手机吗？”

“才不是……”

渣唐搂着我的肩把我往门里推：“我妈早就想见你了，你说我都去你家帮你解决危机了，你是不是也帮帮我啊？”

“你才多大啊……你妈怎么会……阿，阿姨好！”

“好好好！你说这……”老太太的热情一点儿也不亚于当时见渣唐的蔡小花同志，“我就说我们之间有缘分，是吧？快快快，进来，阿姨已经把饭菜准备好了！”

渣唐家在一个胡同巷里，是那种典型的北京老门老院儿。四合院里住着好几户人家，见渣唐带了女朋友回来，大家都很热情，特别是院里的小孩，凑在门边跟看猴似的。我起初不太自在，到后面倒是慢慢习惯了。

晚饭后，渣唐给我讲了很多他小时候的事，院子里的角角落落都有他小时候的影子，什么小时候在院子的砖墙下面藏零花钱、藏玩具、藏游戏机；隔壁院儿里的杏树一到成熟季节就会被他蹲点；因为怕被偷吃，花生都放房顶晒，结果还是被他给偷吃完；考试不及格，改分数被一眼看穿，然后罚站墙角，长此以往，墙角都被抠出一个洞什么的……

我听得哈哈大笑，比起从小就安安分分的我，他的这些“传奇壮举”让我是又服气又羡慕又惊叹。

“你妈把你养大可真不容易！”

“是啊！我要是早一点儿懂事，我妈的白头发估计也会少一些了……”

说完，他转头看着我，眼睛眨都不眨一下。

“怎么了？我脸上有东西？”

“余青葱，你真好看！”

我被他逗得脸一红：“现在才知道会不会太晚了。”

“那你觉得我帅不帅？”他突然摆了个姿势，一副自恋到不行的样子。

“丑死了！”

“嘿！小爷我是给你脸了是不？你这口是心非的毛病能不能改一改？来，我给你一个重新组织语言的机会，好好地夸夸我，不然一会儿后果自负！”

我被逗得一笑。清了清嗓子后，我勾手让他把耳朵靠近些：“唐XX，我给过你的，再也给不了别人了，情深不悔，独一无二。”

他听后舔了舔唇，而后忍俊不禁，最后他又不好意思地挠了挠头。

晚风残月，树影婆娑，十指紧扣，此时星辰是你，欢喜是你，心动也是你。

第十一章

阿斯巴甜式爱情

01

我们在一起的前两年，是真的各种蜜糖、各种腻歪，那些关于恋爱的所有幻想，基本上都得到了满足。有时候一件很小很小的事情，但因为是我们在做，就会变得十分有意义。

我不是那种爱秀恩爱的人（可能很多时候撒了狗粮也不自知），因为我觉得只有不够喜欢不够爱的才会整天把爱挂在嘴边、挂在朋友圈，恨不得全天下的人都知道，当然，只是性格使然，不代表大多数。

渣唐虽然也不屑于秀恩爱吧，但是细节上他却很固执。如果说换情侣头像多少有些幼稚，那签名栏里就必须写上——名花（草）有主。后来随着时间的推移，他的签名就变成了——有狗，勿撩。

啧，还真是紧跟时代的潮流。

但是像渣唐这种人气选手吧，你说我要不担心他被其他小姑娘给勾走那是假的。有一次我去北京看他的时候，他单位就有个女同事屁颠屁颠地跟着他。我站在不远处，想看他怎么处理。

“下班后有空吗？一起吃个饭怎么样？最近上映的电影特别好看，吃完饭后我们还能一起……”

“这得去找你男朋友，找我不合适。”

“我没有男朋友啊……”

“但我有！”

“啊？”

“我说我有女朋友……”

“一直听其他同事说你有女朋友，但也没人看见过啊，你是不是为了拒绝我才……”

女同事有些不依不饶，渣唐索性拿出了手机：“要证明还不容易啊！”说完，拨打了电话。

站在不远处的我，心里多少还有些忐忑，想着万一这打过去的人不是我呢?

可事实是，没几秒，我兜里的手机就响了。我倒也不急着出现，转身走到一个角落里才接起电话。

“喂？”

“老婆，申请劈个腿出个轨……”

这是他第一次叫我老婆，搞得我心不自觉地就咯噔了一下。我清了清嗓子，试着把我这辈子最温柔的声音给放出来：“哎呀老公……别闹，我等你回来哦！”

就那种……你懂吧，自己说出来自己都想掐死自己的那种嗲。我都能想象渣唐在听到这句话后鸡皮疙瘩掉满地的样子。

“那，那个……你，听到了吧？”虽然隔得远，只能听到个大概，但是那扭捏不好意思的样子看上去是真可爱。

女同事估计也是被这突如其来的秀恩爱给恶心到了，尴尬地笑了笑后离开了。

渣唐见人走远，又拿起了手机，十有八九是再打给我的。

“不是，余青葱，你咋回事啊？”

“怎么？这不是你想要的吗？”

隔着一扇玻璃，我看见他又不好意思地摸了摸头。

“你是不是欺负我现在在北京，不能把你怎么着啊？”

“是啊！”

“那你……再叫声老公来听听。”后面那句话明显放低了音量。

此时的他坐在电脑桌前，我放轻了脚步一步步地靠近他，然后在他毫无预警的情况下，在他耳边轻声地叫了句：“老公……”

他吓得险些从椅子上摔下来，惊惶未定间，一副“余青葱你完蛋了”的表情看着我……

我不是个会撒娇的女人，但是如果撒个娇就能让他那么开心，偶尔来一次也未尝不可。

02

这种宣示主权的事情，我干过一次，他也干过……无数次。

不过每一次都是那四个字——“这是我的！”

其实吧，我的魅力远不及他。之前我也说过，因为我的性格，其实我是不怎么招桃花的，除非是遇到像他那种难缠户，非要跟我牵扯些什么关系的那一种。

所以，我身边存在着的男性（不包括我爸），都被他或多或少地宣誓过主权，不管别人有没有对我有意思，誓要把一切都先扼杀在摇篮里。

特别是他那好哥儿们板儿砖，只要我们仨在一个场合里，他就跟护崽的老母鸡似的，把板儿砖气得好几次都差点用“自宫”来表忠心。

现在回想起来，还真是说有多幼稚就有多幼稚。

然而我们的幸福就像是一块橡皮泥，在时间的“揉捏”下，渐渐改变了当初的模样。

这就得从我们同居后开始说起了。

他是真的兑现了承诺，北京的工作一稳定后就搬过来跟我住了，但是因为工作的事情，他也没少来回跑。对于他牺牲自我的精神，我还是比较感动的。

“咱先说好啊，现在让我过来可以，这以后结婚了还得跟我回北京的啊，我们家千顷地里就我这一根苗，还指着我传香续火呢，这倒插门的事咱可不能干。”

我哼了一声：“你想得可真远，咱俩能不能结婚还不知道呢！”

“也对，从你身上流露出的一股流氓气息我就能感觉到。”

“你说谁流氓气息呢？”

“我我我！”说完他一下子扑过来，当时我是站在沙发后面的，他这一扑，我重心后移，他也没站稳，然后我们两个人从沙发上翻了半圈，直接往地上滑去。虽然到最后他眼疾手快，避免了我撞到头，但我还是扭到了腰和脖子，疼的同时还把我吓了个半死。

如果给我一支笔，我大概能画出我们现在是个什么造型，太一言难尽了。

“唐XX，你……”

“我，我这不是想展现一下我的流氓气息吗……失，失误了……”

我有些绝望地闭了闭眼：“你以后说话就说话，别闲不住瞎乱动……”

真的，我很淑女的，在认识他之前，我从来就不会出现言语上的过激，全都是他手把手给我逼出来的。

唉，遇到他以后，我这老腰也是越来越不好了。

03

有时候晚上我们会一起工作，他敲他的代码，我做我的设计图。

你别说，有时候两个人安安静静地坐在一起认真工作的氛围很是不错，起码没有一个人时那么枯燥无聊。有时候需要熬夜的时候，我会煮两杯咖啡，他一杯，我一杯。饿了我也会做一些小点心，你喂我一口，我喂你一口。

有一次，他给我发了一条信息（明明坐在旁边，却要发信息），是条链接，链接名字叫作——这些年我爱过的女人。

我歪头看了眼坐在对面的人，他躲在笔记本后面，出于好奇我点开了链接，然后我的电脑就黑屏了。

屏幕中间出现一行字——“想知道我这些年爱过哪些女人吗？”

我按照提示点击了“不想”按钮，然后立马弹出了一句：“不！你想！”

无奈之下我只好又点击了“好吧，我想！”的按钮。

然后又弹出一句话：“你先亲我一下，我就告诉你！”屏幕中出现一个嘴唇一嘟一嘟的动图。

我用手敲了敲桌面：“喂，你幼不幼稚啊？赶紧把病毒给我弄走，我还工作呢！”

他从电脑边露出头：“按照提示做就可以清除。”

我太了解他这个人了，有时候幼稚起来跟孩子似的，你要不跟着他的意思走吧，不依不饶下来反而更加耽误事。于是，我起身，到他身边，强行转过他的脸，勾起他的下巴，就快速给他盖了个“章”。

“行了吧？”

“不是亲这里，是亲屏幕里的那个红唇！”

我双手抱胸，眼神凌厉，居高临下地看着他。他立马咂巴了下嘴，站起身：“好好好！我去亲！”然后到我电脑屏幕前，当真撅着嘴巴去亲屏幕。那一幕之滑稽，我没忍住扑哧笑了一下。

“你看，我亲的不管用啊！非得你本人才可以。”

我倒吸一口冷气。我没学过编程，但也不至于被这种伎俩给骗啊，可看他那表情又不像是在说谎的样子……

我举起了我沙包大的拳头……

“解是可以解，但是可能要花上一个多小时的时间，而且也不知道你刚才文件有没有保存，我不敢保证东西还在……”

“所以你为什么要搞我呢？”我气得不行。

“瞧你这话说的……搞多难听啊……所以，你看你是来亲一下解决，还是让我慢慢给你解？”

我深吸了一口气，手一挥：“你给我让开！”

“好嘞！”

坐在电脑前，看着屏幕上那个一嘟一嘟的红唇，我两眼一闭，真的就朝它亲了过去，然后神奇的事情发生了，电脑界面真的恢复正常了，那个病毒一点儿影子都没留下。

直到睡觉前，我都以为他很厉害，竟然能够做出这样一个需要定点触控才能解决的病毒，直到我看到朋友圈他发的那条动态——

“我的错，明明我就在她身边，却没能满足到她，害她连电视里的男人都不放过……”

配图就是我在亲电脑屏幕。这人还很用心，给我屏幕上 P 了一个男人……

我一个 XX 大学的高材生，居然遭受了这种智商上的侮辱？！哈哈哈！漂亮……

04

说好的“你若安好便是晴天”呢？

说好的“做彼此的守护天使”呢？

好吧，还是光良唱得好——“童话里都是骗人的！”

起初我俩也算是甜蜜的吧？各种心动，各种腻歪，各种惊喜。我还一度认为，我们做了恋人后，他就不会像以前那样折腾我。可事实就是，我现在是给了他一个名正言顺的名义来加倍折磨我。

当然，大大小小的“报复”之下，他也没少被我折腾。

因为老是被欺负，我向阿祖倒了不少苦水。阿祖又是乐又是羡慕地跟我说：“你们的生活好有趣。”

“有趣什么啊？本来一天上班就够累的了，他还要来折磨我！”

“这也算是放松的一种方式嘛，不过你老是这样处于被动一方，确实很吃亏哟！”

“是啊，我永远都猜不透他脑子里在想什么，有时候总是莫名其妙地就着了他的道了。”

“你得装柔弱，装可怜，才能激发那些强者的怜悯之心。遇强则强，只能让他们更加肆无忌惮。”

我茫然地眨巴了两下眼，笑道：“你到底是从哪里看来的武功秘籍？”

于是，在阿祖手把手的调教下，我开始反击了。

我知道大多数女生可能都会被生理期所困扰，一来就痛，还有人形容说痛起来差不多有八级痛。我估计和广大男同胞有一样的想法，就是“真有这么痛？”或者“不是吧？这也太矫情了”之类的。

颇有点站着说话不腰疼的感觉。毕竟我，作为女人二十多年以来，从没有体会过姨妈痛。

但是，我现在要装柔弱、装可怜啊，所以我也来体验一把姨妈痛时男友所带来的温暖和体贴。

演戏演全套，我大姨妈来的当天早上，我就表现出了病恹恹的状态。渣唐见我不对劲，也确实问了我怎么了。我强装没事地挥了挥手，随便吃了点早餐后便去上班了。

然后到了下班时间的时候，我等所有的同事都离开了后，给渣唐打了个电话过去。

“你能不能来接我一下，我肚子疼……”

他一下子慌了：“怎么了？为什么突然肚子疼啊？那你等我一下，我马上过来。”

见他这么担心我，我瞬间有点内疚了，想着这样是不是有点不太好。但一想起他对我的那些恶作剧，我又把这么点内疚给憋回去了。

差不多十来分钟，他出现在了我跟前。

“怎么啦？”他大口喘着气。

我指了指肚子，佯装痛苦的样子趴在桌子上。

“吃坏肚子了？”

我摇了摇头。

“那是磕着碰着了？”

我又摇了摇头。

“不会是急性阑尾炎吧？”

“不是，我想可能是……”

我没说完，他大概是明白了，过来扶我："怎么回事啊？以前没见着你痛啊！能走吗？要不要我背你？"

我摇了摇头："大概是昨晚喝了凉水吧！"

到家后，他也没闲着，先让我躺床上休息，又去网上搜索了一通后，给我煮了红糖姜茶，还不知道从哪儿找了个瓶子，装上热水让我捂肚子。

其实到这儿我已经很感动了，这些看起来微不足道的事情，好歹也饱含着他对我的关心。然后躺在床上刷朋友圈的时候，我又看到了他的一条动态——"哎哟，瞧瞧，再叱咤风云的女人也有软弱的时候，啧啧啧……要是没有我，你该怎么办哦！"

配图就是我在床上缩成一团的样子。

更可恶的是，我爸妈竟然先后给他点了赞。

不行，光是装可怜不足以制服他，我得来点姨妈气才行。

"唐XX，我想吃百香园的小笼包！"

"别闹！大晚上哪儿还有包子卖！"

"不行！我就要吃！我有预感，吃了那家小笼包，我肚子可能就不会痛了。"

"不是，余青葱，你是真肚子痛还是逗我玩呢？"某人察觉到了不对劲。

"你觉得我是那种人吗？"还好现在盖着被子，他看不到我抠手指，而且以我现在的柔弱语气，他应该很吃这一套的。

他眼神一扫："谅你也不敢！"

他深吸了一口气后，拿上一旁的外套："我出去给你买，但是我不保证一定有啊，别抱太多希望。"说完他就往外走，没走两步又转身说道，"记得把红糖姜茶喝完。"

我不知道他是几点回来的，我起床洗漱了，还简单地把家里收拾了一遍，整整四十分钟都没有见他回来，我便躺下睡了。第二天醒来的时候，他比我起得早，满屋子都是小笼包的味道。

“昨晚跑了好几家都没买到，所以，今天一早去排队给你买的。你好些了没啊？”

看着他一脸疲惫却满怀关心的脸，我没忍住扑进了他的怀里：“你真好！”

他也紧紧地回抱住我：“下次可不要喝凉水了啊！”

阿祖你看到了吗？作战成功！

不过这样的事情不会有下一次了，因为只要一想到他满大街跑来跑去给我买小笼包的场景，我就感动且心疼得不行。

05

看到这里，有人就会问了，既然彼此都深爱着对方，按照常规的套路，这样一直下去，不就是完美的一屋两人三餐四季，牵手纤风共斜阳了吗？

我曾经也是那么幻想我们的以后的。可是一段关系的正常发展，怎么可能会没有一点儿矛盾呢？

有些是因为玩笑过了头，有些是因为生活中的细节，还有些是因为三观不同所产生的一些轻微冲突。

起初，我们还会冷静下来分析谁对谁错，到底谁去给谁台阶下，很多时候为了缓和气氛，想办法哄对方开心，却忽略了事情的本质，问题没有得到及时解决，等到下一次矛盾爆发的时候，才意识到累积了上一次的不痛快。

印象中我们第一次大吵，是在我们同居第二年的圣诞节前夜。我跟他都没有过洋节的习惯，所以那天也只能算是个平凡的一天。

好像也不是特别平凡的一天，因为这一天，阿祖怀孕六个月的孩子被引产了，因为母体自身的内源性激素不够，胎儿死在腹中了。

阿祖伤心难过了两天后才跟我打电话说起这个事。

我不知道该怎么安慰她，隔着电话陪她哭了好一会儿。她结婚我因为忙到抽不开身都没去参加婚礼，现在这个时候，我依旧没办法飞过去陪着她，就特别无奈和无能为力。

渣唐知道这件事后，安慰了我好一会儿，我都没办法从那种情绪中走出来。

“这个人生本来就处处存在着意外，这种事情，大家都不想的，也只能怪那个孩子跟他们两个的缘分还没到。我们以后要是要孩子，我们就多注意点……”

我一听后面那句不淡定了：“你说什么呢？谁要跟你生孩子？”

“那以后咱俩结了婚，肯定是得要孩子的啊！”

“我也没说要跟你结婚！”

他一滞：“行行行，不结不结，不生不生。”

语气虽然软了下来，但看表情明显是不高兴了，闷在一边玩起了游戏。本来是约好一起出去看电影的，现在这么一看，似乎是没那个心情了。

“我的意思是还没想那么远……”

“我知道！你不做没有计划的事嘛！我唐XX，不在你以后的计划里，对吧？”

“我不是这个意思！我的意思是……”其实这个问题我们不是第一次争论了，我应该怎么解释？解释我现在由于婚姻所带来的不确定而对婚姻产生了恐惧？还是说，我现在想更多忙于事业，婚姻确实还没被列入我的人生规划里？

在我看来，在未达到之前的所有承诺都是不现实的。我可以现在承诺你以后怎么怎么样，可要是以后产生了变数，那起初的承诺又有何意义呢？事情就不能顺其自然？

好吧，这听起来很像是我临时想的一个借口。

“你还要不要去看电影？”

“你要去就去咯！”

“所以，你要带着情绪去看？”

“我没有！”

“你有！”

“对！我有，怎么着？不可以吗？那我不去，你自己去呗，你也不用看着我烦！”他转过身继续玩他的游戏。

“咱就不能好好说话吗？”

他不吭声。

“你知不知道你很幼稚啊？”

他依旧不吭声。

“我只是说还没考虑到那么远，又没说一定不要，谁能预料到以后的事情啊？”

这下子他火了，手机啪地扔在了一边：“那你告诉我，什么是远什么是近？我们在一起也快三年了吧？请问，我还要多长时间才能结束考验修成正果？你具体给个时间，我看我能不能撑到那个时候。或者你直接告诉我，你是不婚主义者，或者就算以后结婚也是丁克家庭，我都能接受。我就是听不得‘没考虑到那么远’！你甚至可以骗我说‘好好，到时候我们再好好计划一下’，哪怕我们真的不能走到最后，但起码我能抱有一丝希望吧？我就是受不了你这种，一切尽在你掌握之中的样子。啊，你说结就结，你说不结就不结，那我是什么？你随便拿来玩玩的玩具吗？”

他起身走了，没走两步又回来拿了手机，摔门的声音吓得我肩膀一抖。

其实，所有的矛盾都是累积下来的。他这一次发火，看起来好像是很小的事情，但其实都是好几次未能得到及时解决留下的祸根在一瞬间爆发了。

不知道从什么时候起，他觉得我斤斤计较，觉得我太自我，觉得我掌控欲太强，我也开始觉得他幼稚、不成熟、任性、邋遢、乱七八糟。一旦争吵变多了，我们就开始对彼此越来越没有耐心了。

最后，我一个人去看了电影。一个挺普通的文艺电影，看得我泪流满面的。电影看完，我不想回家，就去每一个他可能会去的地方看一看，虽然很有可能他会坐飞机直接回北京，再也不回来了，我还是在外面溜达了很久。

后来我们肯定和好了啊。他消失了三天后，突然来公司楼下接我下班。我们什么都没说，就一路回了家。我像往常那样，做了饭我们一起吃，饭后他依旧会主动去刷碗。

睡觉前，我去书房，他正在敲着他的代码，看我过去，便合上了电脑，坐着看着我，似乎在等着我要说什么。

“对不起！”

他起身走过来，把我抱进了怀里：“余青葱，我是真的很爱你！”

我把头往他怀里埋了些，声音忍不住有些哽咽：“我以为你不要我了……”

06

有人说，势均力敌的进步速度才是维持恋人之间新鲜感的最好方式，只有不断相互促进，让彼此在对方身上找到更多吸引的点，才不会因为从始至终只喜欢一个点而腻甚至烦。

我觉得很有道理，只是我明白这个道理明白得太晚了。

起初的时候，我跟渣唐的工作都属于刚起步，但因为我们异地，最艰难的时候，其实都没陪在彼此身边。而且我本身也不是那种喜欢带给别人消极情绪的人，跟渣唐在一起后，我更是觉得那些不开心不顺利的事情自己独自承担就好了，本来以前也一直都是这样。

在一起的第一年，我们平安无事，每天在一起也各种腻歪。

在一起的第二年，我们更加了解彼此，虽然有时难免会有口角，但是我们都会试着给对方台阶下，彼此珍惜着这一段缘分。

在一起的第三年，大家的事业开始趋于平稳，各自也有继续往上冲的干劲。于是，我们互相鼓励，让现有的生活越来越丰富，也渐渐地养成了只属于我们的相处模式，融洽且默契。

第四年、第五年、第六年……因为处在同一种相处模式太久了，我们开始有些疲倦了，连曾经本是吸引自己的优点，也变成了脱口就能说出嫌弃的缺点。

比如：以前我觉得他玩游戏的时候挺帅的，各种神操作厉害得不得了，可现在我却觉得他无所事事，幼稚，长不大。

而他呢，以前一直觉得我是个职场达人，各种崇拜和欣赏，现在却觉得我事业心过重，对他不够关心。

以前觉得只要自己够勤快，他懒惰一点儿也没关系。可到最后，我还是受不了他四处可见的臭袜子，和只要我不在，桌子上就会有冷掉的泡面桶和各种外卖垃圾。

他会因为我越来越晚回家对我发火，我也会嫌弃他没洗澡就碰我；他会抱怨我做事一板一眼，不知道变通，我也会因为家里的鱼缸没换水导致鱼死了而埋怨他；他开始厌烦我繁琐的生活细节，我也开始絮叨他做事冲动、没计划。

关系越变越僵，到最后我们连“对不起”都懒得再说。关系稍微缓和时，我们依旧会抱在一起看电视，逢年过节也会象征性地送彼此一个礼物。直到有一次，我们准备恩爱的时候，因为没有做好保护措施，所以我拒绝了他。

“为什么不行？”

“万一怀了呢”

“怀了就生呗，我娶你……”

“我，我没准备好……”

他停了两秒，起身说：“余青葱，你都三十了，下个月一过，就三十一了！没准备，还没准备……好！你慢慢准备，小爷我不奉陪了！”

我不记得这是他第几次离家了，但这一次，我知道，可能是最后一次了。

曾经爱得有多甜，此时就虐得有多痛吧……

就像阿斯巴甜，它比蔗糖的甜度甜 180 倍，平时吃一点儿没事，可过多食用后便会危及生命健康。

他没有提分手。出去了差不多一个星期后，他又回来了，像没事人那样继续又生活了几天。在我以为我们没事了，觉得难得周末休息，想约他出去看看电影什么的时候，他突然换上一身干净的衣服，笑容明朗地对我说："余青葱，今儿天气不错，我们出去喝个咖啡吧！"

07

我不是没有幻想过我们会有分手的这一天，只是真的到了这一天，还是多少有些不能接受。庆幸的是，我们是心平气和地解决了这件事。

我给了他一巴掌，虽然是在半开玩笑的状态下。其实，相较之下，我更想给自己一巴掌，毕竟总体来说，我才是造成这段感情破裂的最大因素。

失恋当天，我不敢回家，害怕回去看到他收拾行李离开的场景。我一句话没吭地回了爸妈家。家里的气氛也相当凝重，当时我并不知道我父母也在这天领了离婚证，只当他们可能又是因为一些鸡毛蒜皮的事情争吵了。

我给自己煮了碗面，刚坐下准备吃的时候，收到了渣唐的信息——"走了！钥匙放门口地毯下了。"

这一瞬间，我绷不住了，拿起筷子大口大口地吃着面，嘴里弥漫的却全是眼泪的味道。

脑海里不自觉地就开始闪现这六年里发生过的点点滴滴……

有一次，被一些搞直播的在街头拉着做采访。

“你喜欢她什么呢？”

“她聪明、善良、有主见啊！”

我在一旁笑着打岔道：“说肤浅一点儿！”

“那就是胸大、腰细、人好看……”

“哇！你们这……简直了！”

当时的我们笑作一团。结束采访后，他又来问我：“那你喜欢我什么？”

“腰好！”

他抬手捂眼，在大街上红了脸：“余青葱你渣起来的时候，真的很撩人。”

还有一次，我陪他去球馆打球，然后有个男生过来跟我搭讪。渣唐吃醋，跟那个男生“单挑”，结果却以一分的差距落败了，他像个被人拔了毛的公鸡似的丧气。我为了安慰他，给他讲了个笑话——

“你知道，为什么一只蝴蝶的翅膀断了还能飞吗？”

他摇了摇头。

“因为它很坚强！”

他扑哧一笑：“你这笑话也太冷了吧？”

“所以，输一次有什么了不起的，坚强一点儿！”我摸了摸他的头。

“这关乎男人的尊严，你懂不懂？”

我一笑：“什么尊严啊？你就算输了，我不也还在你身边吗？”

“那我要亲亲！”

“好，那你教我投篮，我什么进去了，什么时候亲……”

我话还没说完，他就已经凑过来亲了我一下：“开玩笑，我自己的女人，想什么时候亲就什么时候亲……”说完，他拿起篮球走进了场地，“叫声哥哥，我教你啊！”

…………

“余青葱，准备好了吗？”

“不不不……不要……啊啊啊！”

那天天气很好，我的尖叫声响彻整个青龙峡峡谷。认识渣唐后，我尝试了很多我之前不敢，估计以后也不会的东西，就比如蹦极。

蹦极结束后，渣唐笑着搂着我的肩：“余青葱，你看，咱现在可是过命的交情了。”

我腿软得都没办法直立。是不是过命的交情我不知道，但在跳的过程里，他是我唯一能紧紧抱住的人。那一瞬间我想着，就算绳子突然断掉，我们这么抱着一起死掉，也没什么好遗憾的了……

…………

“喂！余青葱！你这都要走了，我能不能从你身上拿个东西做纪念啊？”

“姐姐大方一点儿，才招男孩子喜欢哦！”

“人生哪有那么多的为什么啊？喜欢不就喜欢了？举个例子啊，我说我喜欢你胸大，那要是你哪一天胸变小了，我就不喜欢了吗？媳妇儿，你说是不是这个理？”

“对不起啊，今天忙了一整天，我没忘呢！好歹是我们过的第一个情人节。”

“姐姐不要生气了嘛！我知道错了……”

“葱，我爱你！”

…………

我应该是要庆幸的吧，起码此时此刻回想起的，都是美好的过往……

天亮了，清晨的阳光洒在洱海清澈的水面上，脸上的泪痕已经被风干，整张脸感觉像是被胶水糊住了一般又绷又紧，眼睛也是又酸又涩。在这里静坐了这么长时间后，心倒是平静了不少，似乎现在才开始慢慢接受已经失去了他的事实……

老余从里屋出来，给我的肩头披上了一件外套，还倒了杯热水放进我早已冰凉的手里。手心传来的暖流，顿时又让我的鼻子一阵发酸。随后他用手探了探我的额头，发出一声沉重的叹息。

“爸，我辞职了！”

老余一愣，随后拍了拍我的肩头，语重心长地说道：“你一直以来都很清楚自己想要的是什么，所以，老爸永远支持你做的任何决定。”

“爸，我想了很多，在这份感情里，我过于理想化，总是要求最多的那个人，很少顾及他的感受，就像他说的，我太自私了……”

老余又长叹了一口气：“这也是你所必须经历的成长啊……从小到大，你一直都顺风顺水，只要是你想要的，你总是有办法靠自己的努力去得到。我一直担心这样的你，以后会受不了挫折和打击，工作如此，感情亦如此，很多时候啊，活得明白反而会更累……”

此时，太阳已经冉冉升起，阳光倾泻到身上，我却感觉不到任何的暖意，想要再哭，却好像也流不出什么眼泪了……

吹了几个小时的凉风，我的病情无疑加重了，早餐吃不下任何东西，回到房间后整个人昏昏沉沉，难受得厉害。我爸联系上了我妈，蔡小花同志跑到我床边伤心地哭了一场，搞得我好像已经作古了一样。我迷迷糊糊中听到她说了一句：“我找他算账去！居然敢欺负我家千金大宝贝……”

我在梦里睡得很甜，好像一下子回到了小时候，爸爸妈妈拉着我的小手，一家人开开心心地去游乐场玩耍……镜头一转，我又梦见了未来，我牵着一只小手，有个小家伙软软糯糯地叫着我“妈妈”，而旁边站着的人，却不知道是谁……

第十二章

那些在感情中存在着的
另一个你不了解的TA

01

因为病重到不得不去医院，在挂水的时候，我接到了吴用的电话。他一开始没有提我辞职的事情，只是关心地问询了一句："我听说你最近在感情上好像有些不顺利……"

"对，跟相恋了六年的男朋友分手了。"

"你感冒了？"

"嗯，有些发烧……"

"你在哪里？"

"大理……"

"发个定位给我，关于你辞职的事情，我想我们应该面对面地好好谈谈。"

我刚想说不用这么大老远的跑过来，他便挂断了电话。我深吸了一口气后，真的把定位发了过去，因为头发昏得厉害，我便躺下先睡了。

而等我睡饱了醒来，吴用已经在我床边了。

他的办事效率我从来就没有怀疑过，但是这么突然地出现，还是让我吓了一大跳。

"啊……吴，吴总……来了怎么都不叫醒我？"

"没关系，我也刚到！"他一如既往的绅士，还起身帮我掖了掖被角，"你看你，才几天没见，就把自己折腾得这么憔悴。"

我不好意思地整理了一下自己："不好意思，还让您亲自跑一趟。"

"都快要失去得力的优秀员工了，再不亲自来看看，就是我这个老板的失职了。"

我尴尬地笑了笑，爬起来坐好。他贴心地把枕头放在我身后。突然如此的热情和周到，让我更加不好意思了，本来觉得离职是理智考虑后的选择，现在看来却像是我在任性和胡闹。

"是有更好的发展前景了吗？"

我连忙摇头："不是的，是……有些累了吧。"

"是我给你的工作量太多了吗？我可以给你调节一下……"

"不是不是的……吴总，是我个人的原因……"

"感情问题吗？"他问得很小心。

"可能有一点儿吧！"

"如果你需要时间调整，我可以给你足够的时间和空间。所以……辞职的事你能不能再多考虑考虑？当然，如果你执意如此呢，我也尊重你。我只是想让你知道，我很珍惜你这个员工，公司需要你，你的那些下属也需要你的指导和带领。"

"谢谢吴总，我心意已决，恐怕没办法留下。但您放心，我会工作到有合适的人员接替我的位置后再离开，不会影响到公司现在正在进行的项目和工作。"

他深吸了一口气后道："好，我尊重你！不过，小余啊，如果你是因为碰到了什么困难无法解决，需要我帮忙的话，尽管开口，我一定尽力而为。"

"谢谢吴总……"

"虽然出于私心会舍不得，但是如果你需要的话，我可以为你推荐更好的工作去处。"

"谢谢……"

"好啦！今天说的谢谢已经够多了，你好好保重身体，我不便多留，需要任何帮助，随时打给我，我……等你回来！"

说完他站起身，指了指床头摆放好的花束："听闻你特别喜欢香水百合，在我心中，你跟它一样，圣洁高雅、傲立不屈，希望能给你带来好心情，祝……早日康复。"

"谢……"我不好意思地笑了笑，"吴总的心意，我收到了。"

他微微颔首，转身离开了病房。

02

在云南把病养好后，因为实在不想再开十几个小时的车，我和父母一起坐了飞机回去，车子就办了托运。

回想起这段旅程，还真是有些啼笑皆非，前半段一路跟渣唐嬉笑怒骂，后半段追着母亲大人的脚步，累得上气不接下气。但总体来说，都不失为一段“治愈”之旅。最起码，有些该断的关系欲断不断，而有些关系，似乎真的没有关系了。

爸妈也不在我面前争论吵闹。回家后，老妈也不再在我面前提渣唐，提相亲的事。我调整好状态后，便去公司上班了。

依旧一丝不苟，公私分明。

为了不让自己下班后又胡思乱想，我开始积极地参与公司内外的活动，什么公司团建啊，项目成功庆功会啊，甚至连同事的生日聚会也不放过。一来二往的，同事们都愿意接近我了，可能是觉得我变得很好相处了吧？

“有好长一段时间没看到楼下体验馆的店长了，他该不会被分配到总部了吧？”一个下午茶的时光，同事A突然提起话茬。

“说是有事要忙，所以近期可能不会来。”说这话的是小叶。大家看她这么说，都一副吃惊的样子。她得意地晃了晃手机，“嘿嘿，加了微信的，今天早上还聊过呢！”

听到这些，要是一点儿没感觉那是假的，但是我也不会像以前那样去逃避了，就多多少少地感叹一下“年轻真好”吧！

“对了，老大，我今天经过吴总办公室的时候，听说你要离职了，是真的吗？”不知道聊了多久，方圆突然把话头转向了我。刚刚还活络的气氛一下子安静了下来，大家都齐刷刷地看向了我。

“啊……不是吧，总监，怪不得你最近跟我们走得这么近，原来是……”

“是工作调动吗？这不是才升职没多久吗？”

“难道是回归家庭吗？总监是不是准备结婚生娃了？”

大家叽叽嘎嘎地开始讨论。我微微扬起嘴角，很是平静地说道：“可能想要重新审视一下我自己的人生吧？好好地想一想，三十岁以后的我，更想要的是什么……”

“老大你也太有魄力了！我要是做到你这一步，肯定不会轻易放弃的。谁都知道，我们公司的升降制度有多严格、多变态……”

“是啊！你这一走，我们大家都好舍不得你……”

“好啦，我是离职，又不是殉职，大家不要难过了。我这一时半会儿也走不了，而且就算离开了，我也会经常回来看你们的……”

说真的，入职这么多年以来，我很少在工作中感受到什么温情，也有可能是我一向把关系归置得很分明，同事就是同事，朋友就是朋友，家人就是家人，各行其道，互不干扰，三种关系，就有三个余青葱。

而经历过分手后的我，好像不怎么在意这些分界线了。

还真是奇妙的转变，悄无声息间又后知后觉。

之前一直没有提及公司的另一部分同事。我是A组的，那自然也就有个B组。而B组的老大老K知道我要离职了后，那看我的表情别提有多滑稽了。你说不舍吧，他又有掩不住的高兴；你说遗憾吧，他又一副终于赢了的姿态。一个将近四十岁的老男人，扭扭捏捏还翘着兰花指在下班时间和我打了个招呼：“余总今天的状态真好，一点儿也不像是忙碌了一天工作的人，要我说啊，这人就是人逢喜事精神爽……”

“喜事？”

“不是吗？现在整个公司都在传你要……”

他话还没说完，我便接到了吴用的电话。这个时间点接到他的电话，我还是多多少少会有些惊讶。

“喂？吴总……”

“你下来没？我车在门口，嗯……这么长时间也没请你吃过饭，所以，我是否有这个机会可以弥补一下呢？不好意思，也没提前问你有没有时间……”

我从没有看到过“智多星”说话像这样不分主次，可话都说到这个份儿上了，我也不好说出拒绝的话：“好！我马上出来。”

说完我就朝门口走去，也没给老K把话说完的机会。

黑色迈巴赫，跟他人一样，精致又大气。

我从没有上过他的车，所以，这突然之间闯入别人的私人空间，多少还是有些别扭的。

“没想到吴总也喜欢古典，不过，海顿的古典乐派倒是很符合吴总。”

他被勾起了兴趣：“哦？怎么说？”

“18世纪下半叶才开始的古典乐派，以器乐为主，声乐反而退居其次，这一时代的作品多富有哲理性，在感情的表达上也更趋于理性精神，比较克制、沉着，而不是狂热地倾诉，这不就跟吴总一样……”

吴用爽朗一笑：“原来，我在你心里是这么古板的一个人啊？”

“你看，吴总，你又曲解我的意思了。”

我们相视一笑，车里的尴尬氛围多少缓和了些。看来，只要工作时间够长，多少还是能悟出一些跟领导的相处之道的。

车子很快到了一家高档的西餐厅。吴用一如既往的礼貌绅士，帮我开车门，看我穿高跟鞋，还怕我下车的时候站不稳，让我扶着他的手臂。进餐厅的时候，他也是女士优先。餐厅是他早预约好的，落座的时候，他也会帮我拉开椅背……

就多少有些手足无措，毕竟在公司里我们是照面的时候都只是笑着点点头的上下级关系。

服务生过来，他礼貌地让我先点。

“其实吴总不用这么破费的……”

“精致的餐食是对美丽女士的最起码尊重……”脱掉外套的他，

里面是深灰色的深 V 领马甲配白色的衬衣，剪裁合体，一丝不苟。

以前倒是跟渣唐一起来这家餐厅吃过，只是不同的人，用餐时的心情也自然不同了。席间，吴用说了很多跟工作无关的事情，大多都是关于他的隐私喜好，也聊一些关于设计理念之类的。交谈之间，气氛倒也融洽。

昏黄浪漫的灯光色调，悠扬婉转的古典背景音乐，精致摆盘的前菜甜汤，高脚杯里摇曳的波尔多红酒……

要不是对面坐着的是我的领导，我是真的很容易沉醉于这样的场景。

“啊，对了，吴总，我有个大学同学，当初她跟我一起参加了大学生广告设计大赛，比我厉害多了，是当时主题小组赛的金奖，一直都在国外工作，但近期想要回国发展。所以，如果公司需要的话，我可以帮忙引荐一下。”

“既然是优秀的人才，我自然是特别欢迎的，你来安排就行。”

“好！”

“对了，说起工作，明天你帮我去一趟北京，见一个客户，争取把她手里的订单给谈下来……”他或许看我的眼神不对，遂又补充道，“你放心，只是让你谈业务，不会又给你新工作不让你走的……北京你比我熟，所以拜托你，不会拒绝我吧？”

“吴总客气了，分内工作，我会做好的，就是通知得有点突然，我还没做什么准备。”

“相关资料呢，我一会儿发你邮箱，辛苦你了，青葱！”

“啊不会……”

印象中，这是他第一次叫我的名字……

03

我好歹在北京也工作过几年，跟渣唐在一起后，还经常地来回跑，也算是个让人产生各种回忆的城市了。说真的，分手后，我还真不太想去北京。

太多过去，太多回忆……当然，也没脆弱到一个触景生情就不可自拔的程度。

见面的地点是开在北京一个胡同里的咖啡馆。我带着连夜准备好的方案过去的时候，没想到在门口碰到了 Ashley，这着实让我吃惊不小。

毕竟回国后就再没见过这个人。

她依旧跟以前一样，精明干练，气场凛冽，说她是女版的吴用，一点儿也不夸张。

估计她也没想到会在这里碰到我吧，眼神一闪，但最后也止于官方的微笑点头。

我看了一眼里面靠窗位置的人，服务员正把她对面的咖啡杯给收走，不出意外的话，Ashley 应该刚刚从那个位置起身。

我整理了一下自己的着装，然后带上惯有的微笑，朝客户走了过去。

客户是一家国际家居品牌公司，是我们广告行业争先抢夺的香饽饽，我以前的那个公司会来竞争并不让人意外，Ashley 被调到公司总部高层也不稀奇，巧就巧在，命运竟然会让我们再次以竞争对手的关系相遇。

一个让我在职业生涯惨遭滑铁卢的女人……

其实，我输得很不服气。你知道吧？我不是败给了对方的实力，当然，如果你要说运气也是实力的一种的话，我也无法反驳什么。不过现在回想起来，我也挺感谢那次失败的经历的，不管是不是被人有意陷害。

跟客户面谈的时间不超过半小时，对方说话模棱两可，大概还处在观望的态度。我还没来得及起身，对面便重新落座了一个人。

是 Ashley。

“想来想去，还是想过来跟你喝一杯咖啡。”

“没想到总监还记得我。”

“能把我 PK 下去的设计师没几个，你是个可敬的对手。”

我不觉苦笑：“好像最后赢的人是你哦……”

她端起咖啡喝了一口：“赢得并不开心，这不是我想要的结果。”

姑且不说她这话有几分真几分假吧，毕竟是过去那么久的事情了，也无从追究。

沉默了几秒后，她视线微微下垂，“还没结婚？”

突然被问及隐私，我多少有些抵触，只回以微微一笑。

“挺佩服你的。我记得几年前我们刚见面时，你就是个特立独行的女孩儿，为自己而活这件事上，你做得比我好。”

“看总监的感情生活好像也不是特别顺利……”我注意到了她无名指上的戒痕。

“没错，离婚快大半年了，现在来体验你当初的话，我觉得很有道理。女人只有做到足够强大，才能真正做到身心自由，婚姻真的不是女人的必经之路。不管男人还是女人，人生都只有一次，起码我现在的幸福指数，是自己能够决定的，而不是被身边的人影响。”

听完她这番话，我颇有些感触。这要换作之前，我可能还会举双手赞成。可如今的我，心态却明显发生了一些变化。等我意识到这一点的瞬间，我竟觉得这样的自己有些陌生。

见我一直不说话，她端起咖啡轻呷了一口，转换了话题。

“看你现在发展得也挺好的，吴用看人的眼光一向准。”

“你认识他？”

“当然！他是我大学时期的学长，只是我们之间的接触不是很多。”

我是真没料到他们之间有这层关系。不过，她接下来说的话让我更加意外，哦不，是震惊。

“当时要不是他跟 Lynn 多次交涉，你那件事恐怕也没这么快解决。不过，这让他得到了一名得力干将，从利益得失上来看，他倒是一点儿也不亏。”

她这句话让我久久不能平静下来，脑子更是像缺氧了般嗡嗡直响：“你，你是说，当初为我摆平这件事的……是，是他……”

她看起来好像也很惊讶的样子：“我以为你是知道这件事的，不然怎么会在他的公司里工作卖命这么多年……”

现在回想起来，当时觉得过于巧合的想法是对的，说不定真的是吴用在暗地里悄悄地帮助我……

此时此刻的我，还真是不知道如何表达自己的心情，感动、震惊、意外、不解……

他一方面默默地帮助我，另一方面还怕伤到我的自尊，只给我工作机会，却不敢给我“直飞的机票”，让我自己努力地一步一步往上爬……

瞬间让我觉得放弃了这份工作的我有多不知好歹……

也难怪，辞职信发出去后，他会专门坐一趟飞机过来挽留我。

跟 Ashley 分开后，我回到了酒店。听了客户的基本需求后，我准备修改一下方案，可此时此刻满脑子都在回想这其间的点点滴滴。我甚至在考虑我是不是要撤回辞职信这件事。而正在这时，手机突然响了一下。

是工作群里突然有人 @ 了我。我平时不怎么注意工作群的，但此时此刻我好像也没办法静下心来工作，便点进去看了看。

“不好意思啊，余总，@ 错了，本想 @ 小叶的……”

这是最初的消息了。他后面发出几张照片后，群里已经闹开了，一下子就有 99+ 的信息量。

不过，图片也足够醒目，因为许久没见的渣唐入镜了。不止他，还有他身边站着的女人——Linda。

群里之所以炸锅的原因也很简单，因为渣唐的身边终于出现了一个女人，还是肤白貌美的那种女人。

看到他们俩和谐地站在一起，我说不出我是个什么滋味，跟当初小叶跟渣唐告白的感觉完全不同。如果说六年前的渣唐不配跟白富美谈情说爱，那现在的他，完完全全可以。所以，可能有点那种把很喜欢的东西“物归原主”了的失落感。

说起来也真是可笑啊！不过我也不会回避我的真实感情，我要是真的放下了，心也不会这么痛了。或许，时间会是治愈一切的良药吧！

希望他好，又希望他不要太好……

唉……

04

单位上的同事大多都知道我“名花有主”，却从没有在公开的场合下见过渣唐。这六年的时间，能做到如此公私分明的人，大概除了“智多星”，就是我了吧？

其实也很好理解，渣唐因为工作性质，很多时候跟我的作息是相反的，我睡觉的时候，他在写代码；我起床的时候，他才刚睡下。忙于工作稳定和升迁的那两年，我们一周大概也就只能“活着”见面几次。

这对很多人来说，其实挺匪夷所思的吧？一般两个人在一起那么多年了，双方的工作和生活或多或少都会介入一点儿。像我这种把界限划得这么清楚的人，是真没几个。

因为接二连三的烦心事，我也无心修改什么方案，于是我独身去了酒吧。许久没有喝过酒的我，第一杯鸡尾酒下肚后就有些微醺了。

我不是个多愁善感的女人。在遇到渣唐前，我自认为我不是个轻易就能被情绪左右的人，因为在乎别人的眼光，因为被贴上了“优秀”的标签，所以，我做任何事情前，都会做好充分的准备，这样才会临危不惧、游刃有余。

可自打他出现后，很多没有预料的事情便接踵而来，打乱我固有生活节奏的同时也给我带来了很多的惊喜和意外。然后我发现，跟他在一起的我，才是最最真实的自己。

脑子里回想了很多我们的过往，鼻子也忍不住地一阵一阵发酸。而就在这个时候，突然有个人拿着酒杯出现在我跟前。

“嘿！我就说哪位美女一进门就能引起广大男同胞们的注意呢！原来是葱姐啊……”除了渣唐的那碎嘴，说话永远没正经的还有一个，就是他的好哥们儿板儿砖。

“怎么了这是？一个人在这儿买醉呢？”他见我又点了一杯，给我拦了下来。

“一起喝啊！我请客！”我晃了晃酒杯。这次他没拦我，不过敲了敲桌面，跟调酒师说了句：“来点不那么烈的酒……”给我换了一杯。

“在京城，还没谁能跟我抢着买单呢！更何况是像葱姐这样的大美女。”

我扑哧一笑：“这么多年，你倒是一点儿都没变。”

“那可不？形象鲜明，屹立不倒！”

我一饮而尽，看着眼前的男孩子，忍不住问了一句：“你以前是不是受过伤啊？所以现在的你才这么的……不相信爱情？”

他微微一愣，而后笑得爽朗：“没有啊！男子汉大丈夫，拿得起放得下，才能万花丛中过，片叶不沾身啊……”

“嘀！第一次见人把渣说得如此理直气壮的……”

“哎，姐姐可不能这么说，感情这种事情，本身就是两个人在一起各取所需，心甘情愿，可怨不了谁……”

“挺孤独的吧？”

他拿起酒杯仰头喝了一口，表情有些意味不明：“那个……姐，别喝了呗，我打电话叫唐XX过来接你……”

我扑哧一笑：“别打了，他不在北京。还有啊……我们已经分手了，叫他过来，人家新女朋友是要吃醋的……”我喝完最后半杯酒，把钱压在了杯底后，便起身准备离开了。

“新女友？真的假的？这小子前几天不是还跟我说以后吃素了吗……”

见我表情不对，板儿砖没再说下去，把我送到了门口，坚持要送我，被我拒绝了。我上了一辆回酒店的出租车。

第二天……

我是被电话铃声给惊醒的。可能是昨晚喝得有点多了，醒过来的时候头还有些痛，不过一看是领导打过来的电话，整个困意立马消散了一半。

“喂？”

“醒了吗？”

“嗯！我一会儿就把方案改好再去见见客户……”

“先不急，昨晚喝那么多酒，早上起来头很痛吧？我让前台给你送了药，一会儿吃了后好好休息一下，工作的事情不着急。”

“没关系的，吴总，我不会影响到工作的……”说到这里，我突然意识到什么，顿时倒吸了一口冷气。不是，他怎么知道我喝酒了？

“我不是个只会压榨员工的老板，这么久以来，你一直在我面前都表现得足够理性。当然，这也是我欣赏你的一点。不过，我也很谢谢你昨晚对我表现出的感性，让我看到了不同的你……”

我不自觉地咽了咽口水：“啊？我，我……对不起啊吴总，我可能是真的喝多了，说了些有的没的……”

“没事，不必多想！好好休息。”说完，吴用便挂断了电话。

打完这通电话后，我仅存的困意也消散了，我真的是恨不得往我脸上扇上两耳光。我翻看了昨晚的通话记录，才发现跟领导的这通电话，竟然有半个小时的通话时间……

半小时……

我到底都说了什么啊?

啊！想死的心都有了啊……

05

如果我跟渣唐打了电话，我还能去问问我到底都说了些什么，可偏偏是领导，这让我怎么问?

北京的客户最后选择了第三家竞争的广告公司。听内幕说，是因为这家公司动用了一些个人的关系才拿下的。他赢得不光彩，我跟 Ashley 便也没觉得输得多难看。

我离开北京的那天，收到了 Ashley 的一条消息，是近期国内举办的一个名为“创意元素”的大型广告设计创意大赛。不同于我之前参加的那种大学生比赛，这个比赛更为正规，更为专业，因为参赛的基本都是工作许久的有经验的职业群体，商业性也更重一些。

我知道她是想让我参加，和她进行一场公平的角逐。我最近因为感情的问题，工作上多多少少产生了一些懈怠的情绪，所以看到这个大赛的我，并没有被激起多少热情和胜负欲。

不过，在看到大赛评委的时候，我不由得提起了精神。

Lynn！她会是这次比赛的评委！

所以，如果我赢得了这次比赛，不仅可以让Ashley输得心服口服，还会让 Lynn 见识到我的真正实力，从而洗刷以前 “抄袭”她作品的那个事件……

报名时间截止到这个周末，而初审的时间是在月末，所以，我要是现在报名，就只有不到两周的时间准备参赛作品……

Ashley 又发来了一条语音："之前没想到会在北京碰到你，虽然这么多年没见，但我依稀记得那年你在洛杉矶的大会上神采奕奕地讲述自己的创意和想法时的场景。这是一个很好的证明你自己的机会，我知道你不会错过，所以我很期待，也希望能再次跟你擦出火花。"

我没有回她的信息，不过在下飞机后，我脑海里便已经有了拿去比赛的初稿。Ashley 说得没错，这种机会，我肯定不会错过。

回到公司，经过"幻时空 VR 体验馆"的时候，我忍不住朝里面多看了两眼。站在接待处的小慧看到了，跟我八卦道："余总不在的这几天，唐帅都交女朋友了，还是特别好看的那种，跟明星一样……你看你看，我还偷偷拍了几张照片呢！"

我看都没看一眼，以一副领导的姿态，眼神凌厉地看了她一眼。她便乖乖地收起了手机，专心上班。大概只有我自己清楚，我之所以这样，只是为了掩饰我的尴尬和不适吧？

回到公司后，我慢慢地察觉到气氛有些不太对。才离开短短几天，大家看我的眼神都不对了，还总是能听到一些零零碎碎关于我的讨论。

中午用餐的时候，一向喜欢一个人坐独桌的我，拿起餐盘坐到方圆他们那一桌。几个人见状，吓得个个都往里一缩。想我平时也就是在工作上对他们严格要求了些，但也不至于这样一副见了鬼的表情看我吧？

"怎么？我不能坐这里？"

众人纷纷摇头，刚还讨论得激烈呢，我这一过来，都安静地扒饭了。

"继续啊！把刚刚没说完的话都说出来……"

大家你看看我，我看看你，谁都不敢吭声。

我也实在没有耐心了，放下筷子："方圆，你说！"

"老，老大……我，我们没，没聊什么啊……就，就瞎聊……"

方圆见我眼神凌厉，咽了咽口水后小声嘀咕道，“就……就大家都在传，说老大很快要……要变成老板娘了……”他见我眼神明显瞪圆了，又连忙补充道，“当然啦，不管以后老大变成什么，我们，我们都是支持老大的……”

说完，众人连忙附和着点了点头。

“不是，这谣言到底是从谁嘴里传出来的啊？”我整个人都震惊了好吗？

现在他们倒是一个一个地开始说了。

“其实老早就有这个传闻了……”

“对啊……上次你生病，吴总专门为你飞一趟云南后，大家就在说这个了……”

“嗯！还有人说亲眼看到你下班后上了吴总的车……”

“所以大家都在猜测，你辞职是不是为了跟吴总在一起，好，好避免办公室恋情……”

“老，老大之前不是还跟吴总相，相亲了吗……所以大家……”

听到这些，这其间我不知道倒吸了多少口冷气。这上次谈及我离职的时候，大家的反应都还挺正常的啊，怎么几天就……但一想到是在办公室这种八卦炉里，什么样的谣言传不出啊？心里倒是一下子释怀了许多。毕竟，办公室里的生物从来就不缺乏想象力。

只是我奇怪的是，吴用怎么可能放任这种谣言在公司里流传？这可关乎他自己的声誉。

“听着，这件事情我只澄清一次，我！跟吴总……不是你们想象的那种关系！别的组我管不着，但是我的组里关于我和他的话题就此终止，明白？”

“明白明白！”众人一起点头。方圆估计是为了缓和气氛，又重新找了个话题说道：“你们知道吗？唐 XX 的那个女朋友是个知名模特，之前看着就挺眼熟，所以我上网查了一下。不得了！除去模特这个身份外，她还是 XX 珠宝大牌家的千金大小姐……”

"也难怪之前看不上你了！"其中一人看向小叶。

"你就别往我心窝子里捅刀了好吗？人家现在可是有新的暧昧对象的……"小叶一副沮丧的样子拿筷子戳着碗里的饭，"不过我听说唐哥也是刚分手不久，以前那个女朋友跟他在一起好多年了……"

我本不想再理会他们这些八卦的，但听到这里，我的手还是忍不住一僵。

"你又是从哪里得到的八卦啊？"

"哎，就是没事翻了下他半年的朋友圈……"

我一下子被米饭呛进了喉咙，忍不住咳嗽了起来。看来今天这顿饭是注定吃不好了。

这群人，是没有八卦这道菜就吃不下饭是不是？

问题累积到一定程度，我就一定要想办法解决。就像以前我跟吴用相亲这事，他当时也是处理得很好，既不伤和气，又平息了风言风语。

所以，这个时候，应该轮到我主动了。

想到上次喝醉酒跟领导乱打电话，给别人造成了不好的影响和困扰，于是，我晚上主动邀请吴用吃饭，想借着用餐的气氛把最近所有的事情一并解决了。

这次他没有拒绝邀请，不过在下班前还要处理一些事情，所以我便先一个人在楼下等。这一等不要紧，等来了不想见的人。

Linda。

她的豪车停在门口太晃眼了，我想避开都避不了，不过下车的就她一个人。看到站在门口的我时，她礼貌性地对我扬了扬嘴角。

我也回以一笑，虽然这么多年下来，我跟她的交集少之又少，但一晃眼再怎么也是六年的光阴。她比渣唐还要小两岁，所以，在年龄上，她的优势貌似更明显一些。

她走向我，朝我伸出手："你好！一直也没机会跟你打招呼，我叫 Linda。"

“你好！余青葱！”我伸出手握了握她的，这才注意到她手腕上的手链，看款式好像跟当初她送渣唐的那一款属于情侣款。

这么多年还戴着这条手链，那她还真是比我想象中的还要痴情。

“XX（渣唐名字的后两个字）让我来给他拿电脑，说是晚上加班……啊对了，姐姐知道附近哪里有药房吗？他有点感冒了，我想给他带点药回去……”

“啊！附近就有，出门左转……”

“好，谢谢！”

我不知道她是不是来跟我宣示主权的，如果是想要让我难受，那么她成功了，我的确是有些不舒服。但我也明白，这些情绪在和他分手后是必然会出现的。

所以，我选择接受。

在这时，吴用也下来了。他朝 Linda 点头打了个招呼后，笑着跟我说：“不好意思，久等了。”

“不会！我们走吧！”

这一刻，我挺感谢吴用的出现，有种被人及时救走的感觉。

“你还好吗？”上车后，吴用突然问了我一句。我一愣，回以一笑，“我很好啊！”

他微微一笑，不再多说，启动车子离开了。

第十三章

我承认都是月亮惹的祸……

（月亮：这个锅我不背）

01

以前看到过一个心灵鸡汤——“只需要一点点勇气，你就可以把你的生活转个身，重新开始。”

我不知道他是不是就是这样，但于我而言，可不是一点点的勇气就可以做到的。

吃饭的地方，我选了一家日式料理店，餐食精致，而且各方面的气氛看起来也不会太正式、太严肃。喝下两杯清酒后，我开始步入话题。

“那个……吴总，今天请您吃饭呢，主要是有件事要谢谢您！”

他放下筷子，眉毛一挑：“哦？”

“这次去北京我碰到了Ashley，然后跟她聊了聊，没想到的是，你们竟然是一个学校的校友。”

“啊？你说的是文静吧？”

“原来她中文名叫这个……”

“没错，我们是一个学校的校友，有过几次交集，怎么了？”

“通过她，我才知道当时洛杉矶的那件事是您帮忙解决的……”

吴用可能也没想到我会突然提起这个吧，表情上看着有些尴尬的样子。

“这……都过去这么久了。嗯……既然知道了，我希望不会给你造成什么……负担吧！”

“吴总客气了，要不是您当初帮忙，我估计现在也不会出现在这里跟您说话了。”

他拿起清酒喝了一杯：“我，我当初只是刚好人在洛杉矶，然后又认识Lynn，所以只能算一个举手之劳吧……我，我不希望你觉得这是我处心积虑地让你到我公司上班什么的……就是……”

“谢谢你愿意相信我！”见他这么急于解释，我打断了他。其实，就算他是真的处心积虑，我也该感谢他，因为要不是他，我可能也不会有现在的底气和成就。

"你不怪我我就很开心了。"

"你是个很好的老板！"

"其实……我想跟你有其他的关系……"

他这话一出口，我不由得心口一提。

"我的意思是，你很快就离职不在公司了，那我们也就没有老板和员工的关系了，所以能不能成为朋友……"

我爽朗一笑，松了口气："那是当然！"

他端起酒杯："那我们提前为我们的新关系碰个杯！"

我没忍住笑了起来。

"啊？你笑什么？"

"没，可能觉得吴总有点可爱吧！"我举起杯子，"好，那为友谊干杯！"

关于其他的，我没再多提及，想着我们都已经明确了朋友关系，公司里的那些谣言估计很快也能消停下来。

今天的用餐整体来说十分愉快。

吃完饭后，我们因为都喝了点酒，所以便请了个代驾。然后，吴用跟我一起坐在了车后排……

可能因为他还是我的领导吧，这么待在一个小小的空间里，多多少少还是会有些尴尬。

于是我开始跟他聊一些这次谈客户的事情。

"青葱啊，我们都已经是朋友了，除了工作，应该还有其他可以谈的事吧？"

他突然这么一说，我反而不知道该说些什么了。

"你平时都有些什么爱好呢？"

"啊，我……喜欢看书和画画吧……"

"喜欢什么类型的书呢？"

"说出来我怕你笑话，其实大多数的时候，我喜欢看漫画之类的书……”

“漫画？哈！这倒是真的让我很意外……”

“哈哈，是吧……因为我觉得漫画这个东西可以很好地拓展思维，而且漫画的情绪表达更为直接生动……”

“这个我倒是赞成！那你有没有什么好的推荐？我空闲的时候也去看看……”

“啊？哈哈……领导你不是开玩笑吧？我看的大多都是些少女漫画呢……”

“少女……哈哈！好吧好吧！”吴用爽朗地笑出了声，“没想到你也有这么可爱的时候……”

突然被领导夸可爱，还真是有些说不出的难为情呢！

好在路程不远，车子很快就到了我家楼下。

“谢谢吴总送我回家！啊对了，忘记说了，我国外的那个同学已经通过人事部的考核了，吴总，你看要不要空个时间亲自再面试一下？”

“不用！你介绍的人我放心。再说公司的人事部考核制度那么严格她都顺利通过了，让她直接到公司上班就行！”

“那好！明天我就带她到公司熟悉环境，然后……正式交接工作后，我就不去公司了……”

吴用无奈地叹了口气：“所以，其实我们今天吃的是散伙饭对不对？”

“吴总这是哪里话？我们现在不是已经是朋友了吗？”

“你的意思是，我还可以约你出来吃饭什么的……”

我微微一愣，而后一笑：“那当然！”

“好！那你上楼吧！晚安！”

“晚安，吴总……”

“以后没有上下级关系了，叫我名字吧！朋友？”他在后面两个字上加重了语气。

"啊，好！再见！"

下车后的凉空气扑面而来，看着他的车慢慢消失在拐角处，我终于松了一口气。按理说，交朋友这种事情是再自然不过的人际关系，可是跟吴用套上了这层关系后，我始终觉得哪里有些别扭，很可能是我一下子没从上下级的关系中适应过来吧！

讲真的，他下次真要约我出去吃饭什么的，我肯定是不怎么想去，但又不敢拒绝他的那一种。

唉！不是让人可以放轻松的关系呢！

准备上楼时，转身一瞥，才发现 Linda 的豪车居然停在我家小区的停车位里。所以，如果不是图我们这里的停车费便宜，那就只有一个可能——

渣唐还住在这个小区。

不过说也奇怪，都搬出去那么长时间了，如果在一个小区，我怎么一次也没碰到过他？

刚刚才舒坦一些的心情又有些犯堵了。

嗬，大小姐还真是一点儿不嫌弃地留宿了呢！

回到家后，蔡小花同志立马迎了上来，然后像狗一样嗅了嗅我身上的味道。

"喝酒了？"

"鼻子挺灵啊，喝这么点清酒都能闻出来……"

"嗬，我不仅能嗅出酒味，还能嗅出一些其他的味道……"我妈殷勤地过来帮我挂外套，"高品质的古龙香水味……是跟你领导出去吃饭了吧？"

"你哪知道什么高品质的古龙？我看你是在窗户边看到我从人家车上下来了吧？"

"不管是闻到还是看到，这事总没跑了吧？"我妈绕到我跟前，眼睛发亮道，"你是不是终于想通，想要发展新的感情了？"

"什么新的感情？我可不像某些人那样急不可耐……"

“某些人？你说小唐啊？那个开豪车看起来像明星的女孩子是他的新女友啊？”

“你见过？”

“见过啊……都在一个小区，刚下楼倒垃圾的时候，还打了个招呼呢！”

“所以……你早就知道渣唐没搬出我们小区？”

“难道你是刚知道的？”

我点了点头。

“我以为你早知道的，就在我们楼下一层来着……唉，以前还能去送点吃的或者帮着照顾一下；现在有新女友了，我这个丈母娘也不好再上门服务了……”

“洗洗睡吧啊！别再自作多情了……”

“不是，你说你感情不顺利也就算了，还任性地把工作也辞了。你以后到底是什么打算啊？准备出家吗？”

“对……施主，别打扰我修行了啊……”

我关上了门，往床上一倒，胸口始终堵着一口闷气。在床上滚了两圈后，我拿过一旁的手机，确定某人没有把我删除拉黑后，我发了一条朋友圈——“在公司工作了这么多年，第一次发现领导其实蛮可爱的，今天的用餐相当愉快！”

仅渣唐可见。

我承认我是有些赌气的成分在，而且发完过后心里也并没有好受多少。见许久也没什么回应，我开始翻起了他的朋友圈，最近的一条动态就是我们之前在服务区时，他发的那条——“爱情的终点站，路上却老堵车。”

一下子想起当时的场景，我没忍住扑哧一笑。

正在这时，我收到了一条阿祖的信息——

“葱，你睡了吗？”

“没呢！怎么了？”

“我觉得我有点坚持不下去了，想离婚……”

这是我第一次从阿祖那里听到这两个字，察觉到事情可能有些严重。

“吵架了？”

“倒真能吵一架也好啊！阿克那个人你也知道，永远也不会冲我大喊大叫，每次我冲他发火，他都避而远之。这次出门后，到现在都没有回来……”

“联系不上吗？”

“嗯！但我猜也猜得到他在哪里，就是不想去找他。凭什么每次都是我给他台阶下啊？啊，他一气之下就可以离家，什么都不管，我就得顾及孩子，怕她吃不好睡不好的……

“你知道吗？结婚后我都不敢回娘家，怕我爸妈觉得我过得不幸福，瞎操心。他们年纪大了，身体也不好……

“以前跟小P在一起的时候，吵架闹不愉快我还可以找你陪我，喝酒发泄什么都行。可现在你看看我……再难过、再不堪，小孩子哇哇哭着喊饿的时候，我首先要做的就是隐忍情绪，先把孩子给照顾好……”

她发了很长的语音，边说边哭，听得我心里也很难受，一时之间也想不出什么可以安慰她的话来。

“我现在觉得你是对的，在结婚之前，想清楚自己想要的更重要。在伴侣的选择上，也不仅要选合适的，彼此深爱也很重要。

“你说，他也是个成年男性了吧？这孩子也流着他一半的血吧？他是怎么可以做到这么无情的？

“葱啊，结婚后我才明白，‘贫贱夫妻百事哀’这句话说得有多对，那些能用钱解决的矛盾，我们都是在用争吵和冷战解决……我当初要是听你的在北京发展，你说现在是不是结局会不一样……”

“阿祖，我不知道怎么来安慰你，婚姻当中太多的学问，我至今也没研习好。不过，相比之下，你比我勇敢多了。

“我……就像渣唐说的那样，是个连婚姻都不敢去面对的人。我害怕婚姻带给我的不确定性，也害怕我不能扮演好妻子、母亲这些角色，甚至听到同事生孩子时有多痛苦，生完后又有哪些后遗症时，都觉得害怕。

“我不想给你灌鸡汤，也不想左右你的想法。要是以前的我，我肯定会怂恿你为自己而活，可现在我不会了。我在努力地调节，也在努力地改变自己……

“或许在不久的将来，我也会是那个勇敢的人……”

后面，我们还聊了很多，聊着聊着就聊到了大学时候的事情。见她心情舒缓了许多，我才放心地发送了“晚安”字样。退出聊天界面后，我看到渣唐更新了一条动态——

“想念北京的炸酱面了……”

下面已经有板儿砖的评论了：“你回来，哥们儿管饱！”

然后他回复：“忙完最近分店的事情就回来了。”

板儿砖：“行！哥们儿随时提供接机服务。”

所以，他也要回去了对吗？

我删除了我刚才发的那条动态，起身坐到梳妆镜前，开始卸妆，卸着卸着着实有些意难平，我又拿起手机给渣唐发了条语音过去——“唐XX，你这都要回去了，我能不能从你身上拿个东西做纪念啊？”

发完后没多久我就后悔了，只是，已经撤不了了。

两杯清酒的后劲儿都这么大了吗？

我以后是不是只能喝饮料了？

02

这天晚上我做了个梦，梦见了在洛杉矶的那段日子，我在梦里一直警告渣唐，说千万别爱上姐啊，没结果的，我已经预感到了将来的某一天我们分手时的画面了。渣唐说，那既然这样，我就去找Linda吧！反正跟她在一起说不定也是分手，但人家家里有钱，说不定分手的时候还能有笔遣散费。我一边说着你去吧，一边死死地拽着他的衣角。

唉，还真是做个梦都不让我舒坦。

今早起来，我做的第一件事情就是站在窗户边看楼下那车是不是还在，其后才想起手机的事，跑过去确认有没有渣唐的回复。

答案是，没有！

心里那叫一个憋屈！你说我都趁着“酒劲儿”主动联系他了，他竟然还跟我傲娇上了？等等，该不会信息是被 Linda 看到的，然后她不想渣唐知道这件事，所以就悄悄地删掉了记录？

哇！年纪轻轻的不学好！

因为今天要带同学去单位交接工作，所以也算我最后一天待在公司了。到了此时此刻，我才真正感觉到一丝怅然。我是奋斗了多久才爬到现在总监这个位置啊！不过，虽然有那么一丝丝的后悔，但想走的心还是更加强烈一些的。

我化了个美美的妆。出门前，蔡小花同志一副痛心疾首的模样拉住了我的手：“这真的是最后一天了？”

我点了点头：“妈，我是成年人了，能为自己做出的决定负责。”

“我就是替你有些不甘心啊，六年了啊，你既没有留住爱情，又主动放弃了工作……妈是真为你着急。”

“妈，其实你的秘密我已经发现了……”

“啊？什么秘密？”

“不过，你放心，我不会告诉老余的……”

“啊？你啥意思？”

“走啦！上班快迟到了！”

成功转移话题后，我背上包包出门了。这一大早的，还是别让我妈也跟着伤春悲秋了，毕竟人家一会儿还得去跟“小鲜肉”约会呢！

在楼下的时候，好巧不巧地就碰到了渣唐和Linda。嘿，还真是奇了怪了，这平时面都碰不上的，这两天居然说遇到就遇到了。

“姐姐去上班吗？刚好顺路，可以坐我车一起过去哦。”Linda先跟我打了招呼。

我晃了晃手里的车钥匙：“不用，我自己有车。”

“那姐姐吃早餐了吗？我刚多带……”

本来想转身就走的我听到这话便直接走到了她的跟前，气势上绝对压她一条街：“妹妹，姐姐不是十几二十岁的小姑娘，你如果想要跟我炫耀或者显摆什么，我觉得大可不必。第一，论财力，我可能不如你；第二，论姿色，我可能也不如你；第三，论身材、论年纪、论资源，你都比我厉害。但是有一点，我比你强多了，那就是骨气，起码我不会去吃回头草。小姑娘这么痴情，小心到最后落得人——财——两——空！”

渣唐站在一旁没忍住扑哧一笑：“余青葱，我真该给你录下来，让你好好看看你刚才那样儿，跟个炸了毛的老母……啊！你，你……啊……”

没错，我最厉害的地方就是先发制人，不给他发表完意见的机会的同时，再来一记强有力的肢体反击。

不是都感冒了吗？嘴咋还那么欠呢？

回到公司后，同学已经到岗等着我了。虽许久未见，但也不是有特别多话来寒暄的朋友，随便交流几句后，我开始带她熟悉环境。

“这里是工作区，我们这里总监主管没有单独的办公室，统一的桌子，统一的办公条件，工作氛围还是很好的……来，给大家介绍一下，这是新来的总监，Lisa吴，之前一直在国外发展。大家欢迎她来到我们公司！”

话音一落，同事们便都站起来迎接。

“大家好，我是Lisa吴，也可以直接叫我Lisa，以后请多多关照！”

熟悉完环境后，我把手里需要交接的工作交接完，便去领导办公室正式告别。

“哎，你这一走，我还真是有点舍不得。”

我扬唇一笑：“吴总什么时候也变得感性了？因为我个人的原因让吴总失望了，我很是抱歉，不过我由衷地感谢吴总在事业上给予我的帮助。”

“道歉和道谢的话呢，都不必再说。公司准备给你开一个欢送会，就在今晚，全公司同事都去。当然，最重要的一点是，老板买单！”

“这……”

“这也是同事们要求的，所以不必有负担。如果一会儿你交接完工作后要离开公司，到时候你告诉我地方，我下班后来接你。”

“我……”自己去就好了吧？“嗯好，那就麻烦吴总了……”见他眼神不对，“吴，吴哥……”

吴用扑哧一笑：“叫‘智多星’吧！我知道这个名字对你们来说，比较亲切……”

“呵呵，领导真会说笑……”

因为时间紧迫，工作交接完后我就直接回家准备比赛要用的作品了。其间收到阿祖的一条信息，说是两人已经和好，阿克送了她玫瑰花，然后还带着一家去吃了自助餐。照片中有一家三口的合照，脸上洋溢着幸福的笑脸。

阿祖说，她悟出了一个婚姻新哲理——“幸福不是得到的多，而是计较的少。”

短短一夜，就豁然开朗了吗？我想，不管她说的这个究竟是不是关于幸福的定义，我都能看出她在婚姻中所表现出的隐忍和退让。当然，或许阿克也在为一个家庭做出同样的选择，这何尝不是始于爱，而尽力终于爱的表现呢？

以前的我，总是把婚前婚后分得太清楚。这一刻，我忽然明白，关于两个人的关系的维持，是需要双方都付出努力的，只有经历过磨合，两个人才会以更好的方式让彼此都相处愉快。

INVITATION

执子之手 与子偕老

原来，我跟渣唐的问题不是出在三观不合，而是随着我们的成长，渐渐地发现现在的相处方式不怎么适合我们了。

当然，恐婚也是我存在的一个巨大问题。

“妈，你后悔结婚吗？”休息的间隙，我去客厅靠在了还在玩游戏的蔡小花的肩头。

“哎呀，不知道尊重老年人吗？一上来招呼都不打一个就直接问？”蔡小花同志气得把手机往一旁甩，“你要说一点儿不后悔那是假的，但是时光一晃就过去了三十几年，你说，这随便跟个人保持三十多年的情谊也不容易吧？那些相濡以沫的点点滴滴，成了我这一生中能回忆最多的一个时间段了……”

“所以，其实，你不是真的讨厌老余对不对？”

我妈叹了口气：“你爸其实没啥大毛病，就是我这更年期火气大，老是一言不合就着了。每次大喊大叫后，我又一个劲儿地后悔，但又拉不下脸去求和。久而久之吧，他受不了我，我也受不了我自己了。”

“还记得我跟你说过的吗？在你之前，我还怀过一个孩子……”

“啊，对……怎么突然说起这个了？”

“你爷爷奶奶家因为封建思想，还因为只有你爸爸一根独苗，所以，一直逼着我生个儿子可以续香火。我怀第一个孩子的时候，他们就找各种人来帮我看啊算啊。到五个月显怀的时候，很多人都说肚子圆的是女孩儿，然后你奶奶就很不高兴，每天当着背着地说我各种风凉话。有一次，我去河边洗衣服，因为刚被你奶奶骂，心情很糟糕，端着盆子上岸的时候，没注意脚下的东西，结果这一摔，那个孩子就给摔没了……”

“摔没的啊？”我很是震惊。

老妈子点了点头：“自那以后，我的身体也变得很不好了。你爸爸怕我再受委屈，就带着我离开你爷爷奶奶家了。后来，在他的悉心照顾下，我的身体变好了很多，第二年的时候，就怀上了你。你爸本来不想要你的，因为害怕给我的身体又造成负担。可是我坚持把你留下了，我也很害怕如果再流产，以后要是不能怀了怎么办?而且我已经失去过一个孩子了，不能再失去了……”

我紧紧地抱住妈妈：“那我得谢谢老母亲的不杀之恩。”

“你出生的时候，你爸爸都激动得哭了，抱着小小的你，一直说着‘丫头好，丫头好！我最喜欢丫头了’……生完你的时候，我因为大出血，险些命都没了。你爸心疼我，所以，不管家里再怎么逼我生儿子，他都第一个站出来反对……

“所以，你问我后不后悔，或许现在会有一点儿，但在当时，我是抱着一定要跟他白头偕老的心……”

不知道为什么，这一刻，我觉得非常的触动，我害怕结婚的这件事似乎一下子就变得无足轻重了，就好像打仗的时候，在我前面的那些战友都无惧生死冲锋陷阵了，而我却还连枪杆子都不敢拿，别说被子弹给直击胸膛了，就连几公里外的爆炸，我都害怕被误伤到。

“余青葱！你其实就是个胆小鬼，一个连婚姻都没勇气去面对去接受的胆小鬼！”脑子里突然就响起渣唐当时气急地骂我的这句话。

“妈！我是不是很没用啊？”

这世界上，大概你什么都不用说就一下子能懂你的人就是父母了吧？我妈又拿起了她的手机，把我往旁边一推：“你是挺没用的，一个人跑去国外都不怕，居然害怕结婚。该干吗干吗去，别影响我玩游戏……”

设计稿刚出来一个雏形，一旁的电话便响起来了，是吴用。

转身看了眼窗外，才知道天已经黑了。这天儿越来越冷，黑得也是越来越早了。

“这么晚了还出门？”

“同事们非要给我开个欢送会，不去也不好。”

“那你少喝点酒啊，要是喝醉了，找个身强力壮的单身男士送你回家，别给我打电话，我今晚网吧通宵！”

“您可真是亲妈！一大把年纪了还通宵，您老人家还是悠着点吧……”

见到吴用的时候，我吓了一跳，因为真的是第一次看他穿着休闲装的样子。

里面是蓝白相间的V领衬衣，随意却又不失格调；裤子是简单的黑色，但是却把他的腿型修饰得修长且得体；外套则搭配了一件黑色的长款风衣，设计款式都是现下最流行的款。

“穿得太正式，我怕你们会顾忌到我领导的身份而玩不开。”

“嗯……”我上下打量了一番后，“品味不错！很适合你！”

“你喜欢就好！”

“啊？什么？”

“没什么，上车吧！大家应该都快到了……”

“好！”

吃饭的地方是一家韩国烤肉店，我们到的时候，大家基本上都就位了。老K看到我后招呼道：“也就余总魅力最大了，临走还能蹭到老板请客，我们大家能吃到这顿饭，也都是托老板娘……”他最后几个字被吴用威严的眼神给逼退了。

“哎呀，瞧我这嘴……”他作势打了两下自己的嘴，“快坐快坐，那儿位置给你们留着的……”

意外的不是给我们留的是两个挨着的位置，而是，谁吃饱了撑的，把渣唐也叫过来了？还携带着超模Linda大小姐？

“余总……啊不，这失业了也不是什么总了。余小姐，晚上好呀！”某人嬉皮笑脸地跟我打起了招呼。

“啊，老大是这样的，老板觉得大家都是邻居，然后本身也有生意上的往来，加上出门又刚好碰上，再加上他们一听是你的欢送会，也很想参加，所以……”方圆就坐在我右手边，话没说完又凑到我耳边，“托老大的福，可以这么近距离地看到唐哥的女朋友……真的太好看了……”

我眼神扫了他一眼后，他立马噤声坐直了身体，但后来一想，我都不是他上司了，他还能这么怕我，果然，习惯真的是个可怕的东西。

因为人多，我们要的是一间大包厢。两张长形的桌子，A 组的同事坐一桌，B 组的同事坐一桌。我跟吴用坐在第一张长桌子的一边，渣唐和 Linda 则坐在了我们对面。Lisa 吴因为刚来，又一副看着生来就很严肃的脸，所以，没人敢跟她套近乎，她一个人坐在窄的那一面，而老 K 坐她的正对面。这以后的竞争对手见面，是多少有些分外眼红的啊！

“对了，之前一直没问你，你离职后有什么打算啊？”Lisa 问了我一句后，大家都向我投来了求知的眼神，渣唐也放下酒杯看向了我。

“还没想好，不过，在这之前，趁着清闲，想把之前那些因为没时间去做的事情做了。”

Lisa 点了点头：“听说你参加这次国内举办的广告创意大赛了？”

“嗯！”

Lisa 举起酒杯：“以你的实力，我觉得冲进决赛肯定没问题，所以，我先敬你一杯！”她这么一说，全场都纷纷放下筷子，向我举杯。我道了声谢谢后，把杯子里的酒一饮而尽，低头的瞬间，不自觉地瞟了一眼对面的人。

好像没什么表情。

不过也对，跟他也没什么关系了。

“XX，我想吃那个，你帮我夹一下。”在这么嘈杂的环境里，我还是能听到对面两个人之间的任何一丝交流。

渣唐哦了一声后，帮她夹了一块辣炒年糕，嘴里还不忘关心道：“你又吃不了辣，少吃点这个吧……胃还不好。”

Linda 突然笑得腼腆起来，转而把年糕喂进渣唐嘴里：“那哥哥吃……”

哇！这一瞬间，我血压一下子就上来了，顿时觉得刚刚喝进胃里的酒烧灼得慌，于是我推开椅背站起身："不好意思，我去上个洗手间。"

我不知道是不是真的给气着了，到了洗手间，我一下子就吐了，看着镜子中的自己，一边告诫自己不要再这样了，一边却又难受得不行。

我余青葱向来是个干脆果断的人，怎么在这件事上，却剪不断理还乱了？

"胃不好还喝那么多？"

出洗手间的时候，门口突然传来渣唐的声音，吓得我险些崴了脚。

"你好像很喜欢关心人胃好不好哦？"

他扬唇一笑，双手揣裤兜里，看我的神情有些欠揍："你吃醋啦？"

"嗬！"我哼了一声，"吃醋？吃谁的？你？想太多……"

"所以，其实你老板才是你的理想型？"

我眉头一皱，忽然有些气不打一处来："对啊，他比你成熟稳重，也会事事先考虑我的感受，比你有品位有格调多了……"

"所以，要是和他结婚，你就不害怕了？"

"结不结婚那是我的私事，跟你没关系。"

"也对！"他突然朝我走近了两步，嘴角一勾，"那祝你幸福！"

"谢谢！"说出这句话的我，大致也是被气糊涂了，"也祝你……"后面两个字我有些说不出口，"身体健康！"

他一下子没忍住，扑哧笑了一声："余青葱，你有时候是真的蛮可爱的。"

说完便走开了，留我一个人站在原地凌乱。

烤肉吃完后，大家又建议去唱K。席间我少说也喝了两三瓶啤酒了，"不胜酒力"的我都有些晕乎乎的了，也有可能是酒精促使，所以，我居然双手赞成去续摊。

“那你们去吧，我就不去了，Linda 有些喝醉了，我先送她回酒店。”

渣唐第一个打了退堂鼓。

“你是不是怕了啊？”我突然上前用手指戳了戳他的胸口。

“我怕什么？”

“怕喝不过我啊？”我嘿嘿傻笑，“你看看，我这身后全是援军，所以，你怕了对不对？胆——小——鬼！”

“你还是少喝一点儿吧！”

“我又没醉！”

“是，你没醉！”说话间，他已经把 Linda 送进了车里。

“对，你得先送人嘛！没事，你送你的，我等你！咱 1V1，不来的话就是小，小狗！”

“小狗还是快点回家吧啊！走了！”说完他便上了车，扬长而去。

第二天醒来的我，不仅脑子糊成了一块，手脚酸软得仿佛身体被重组了一样。

坐在床上蒙了几分钟后，我脑子里突然闪现出了一些“少儿不宜”的画面……

“咳咳……”怎么还感冒了？

第十四章

但凡剧情推不走，闷头小酒喝几口

01

对于昨晚的事情，我不是一点儿都想不起来，就是断断续续的，不知道哪些是真的哪些是假的，就很让人着急。你说要是我醒来的时候，旁边躺着一个人，我多少还能辨别一下，但没有啊！我那3.6平方米的床上，就只有我孤家寡人一个……

拿着手机捣鼓了半天，觉得这种事情还是有些不好意思张口问，万一只是自己一不小心做的一个春梦，那不得尴尬得用脚指头抠出个三室一厅啊？

这喝酒误事的时机我还真是一次都没浪费过啊！

正在这时，吴用的电话打了过来："醒了吗？怎么样？头会不会疼？"

我不由得虎躯一震，这才惊觉昨晚上送我回来的人是他，那昨晚那些朦朦胧胧的断片……

不！绝对不可能！

"谢谢关心，我很好！昨天麻烦你送我回来了……"

"不麻烦，就是昨天我进个洗手间的工夫你人就不见了，不知道你跑去了哪里，倒是很担心来着……"

"啊！我，我……我去顶层阳台收，收衣服了……"

"哦，那就好！你好好休息……"

"哎……等等！"

"怎么了？"

"那，那个……我，我们……还是朋，朋友吧？"

"当然！"吴用爽朗地一笑，见我不说话，他补充道，"你是有什么需要我帮助的地方吗？如果有，你尽管开口就行，我尽力而为……"

"啊，没有没有！就，就是随便问问……再次谢谢你昨天送我回来……"

“太客气了！不过……你以后还是少喝点酒吧！如果一定要喝，请让我在你的身边……”

他这么一说，我完全不知道作何回应了，最后只能用“我知道了”四个字尴尬收场。

本来他前面那句已经让我肯定昨晚没有跟他没什么了，可后面那句又该怎么理解呢？是昨晚喝多了，洋相出太多，被嫌弃了吗？还是领导在跟我暗示什么……？

啊啊啊啊！不是少喝！是不能喝了啊！

蔡小花同志你为什么早不包夜晚不包夜，偏偏昨天晚上去包夜呢？

“哎哟年纪大了，熬个夜累死个人……”说曹操曹操到……见我一头鸡窝在床上凌乱的样子，老妈突然来了精神，凑近一闻，“喝不少吧？昨晚谁送你回来的？”

“……”

“呀！这，这！这是……”老妈突然凑到我脖子处瞪圆了眼睛，“你……这……不会有人掐你吧？”

我眨巴了两下眼：“啊？谁掐我？”我立马意识到事情不对，连忙从床上跑到梳妆镜前查看。这一看不得了，这哪是被人掐了，瞎子都看得出这是吻痕。

所以，那些画面根本不是什么春梦了无痕，是真实事件！很有可能还是案件！

我跑了三趟楼下，抬起手又放下手，最终没敢敲渣唐家的门。因为哪怕昨晚那断断续续的片段中闪现的是他的脸，我也不能百分百地断定是他啊，毕竟昨晚烤肉局结束后人家就回家了的。我现在去敲门，万一开门的是 Linda，我心里还会不舒服上好一阵呢！

可是如果不是他，是吴用的话……

“啊！真是光一想，就恨不得自己结果了自己……”

阿祖在电话对面笑得幸灾乐祸：“你觉得谁更可能逃离‘犯罪

现场’？”

“吴用肯定不是这样的人……不过，也说不准！毕竟我对他了解得也很片面……”

“好羡慕你！每天的生活惊喜又有趣！你看看我，早就没有这些不确定带来的惊喜了，每天按部就班，每天平凡无奇。这样的人生，好像一眼就能看得到头……”

“发生了这种事情，你居然还羡慕我？羡慕我！阿祖……你可也真是亲闺蜜啊！”我气得有些直咳嗽，“对了，反正我没工作了，我准备去你那里玩几天！”

“真的假的？”

“当然！等我办好通行证，就飞过来找你！你就准备好接驾吧！”

“那你赶紧飞过来！我都想死你了！”

“啊……不过我现在更想死！”

“那可不行，你现在死了可就死无对证了！咱不能让罪魁祸首逍遥法外！”

“要是被我抓到！我一定把他‘就地正法’！”

“阿嚏！我这声喷嚏呢，是替那个坏人打的，祝他头发越来越秃，吃东西只进不出，还有还有，以后生孩子没……算了，收回收回，万一以后是跟你生孩子呢？不过啊，竟然敢欺负我家葱葱，我要是在你身边，我第一个冲上去咬他！”

“哈哈哈！你是狗吗？”

“为了你，变狗也不是不行！哈哈哈！”

一整天的坏情绪，跟阿祖聊过后释然了不少。因为中午还要参加一个高中同学的婚礼，我收拾了一下后，出门了。

当然，为了不被发现脖子上尴尬的印记，我围上了一条丝巾，打扮得体的同时又不至于抢了新娘的风头，嗯！不错！完美！

其实像这种同学婚礼，刚毕业那几年我还比较愿意去，越到后面结婚的，我就越不愿意去了，无非就是怕被问起自己的感情状态。

跟渣唐在一起这几年也没少参加过婚礼，有挡箭牌的时候，自然是底气十足的。可现在我也明白了一个道理，有些事情吧，你越是逃避它就越容易弄巧成拙，所以不如就坦然接受咯（当然也得看情况）！

这个年纪还没结婚也不是什么丢脸的事情。

“你喜欢什么样的婚礼？”在某次朋友的婚宴上，渣唐问我。

“还没想过……但看多了这种一成不变的婚礼，就不太想要这种了，感觉没什么意义不说，还搞得人很累……

“现在不是流行潜水婚礼吗？再不济来个跳伞婚礼也可以……”

渣唐抬手摸了摸我的额头：“你没事吧？不会游泳、胆子还小的人玩这么刺激？你确定这不是葬礼？”

“呸呸呸！不准说这么不吉利的话，我也只是这么一说。那万一我以后结婚的时候不仅会游泳了，而且胆子也变大了呢？这未来的事谁说得清楚？说不定以后我嫁的人还不是你呢！”

“切！这世界上除了我还会有谁这么倒霉啊？不过以后要是咱俩能结婚，就去鬼屋举行婚礼吧……想想都觉得刺激。”

“你这才是葬礼吧！”

“哈哈哈！余青葱你就一胆小鬼……”

…………

原谅我，在别人的婚礼上，却全程想着往事……

也难怪，六年的光阴啊，经历了那么多的事，随随便便一个场景都避免不了触个景、生个情。

席间也和几个同学简单地聊了聊。当然，像我这种本来就不轻易跟人透露私生活的人大多数还是作为一个听众。大家七七八八地聊了很多，其中有一个同学最近也是跟相恋了八年的男朋友分手了。

“你们可是在一起八年啊！怎么说分就分了？还断得这么干净？”

“说起来蛮搞笑的，我们也没有争吵，就是突然有一天我觉得好像不能这么下去了，就给他发了条微信——‘我们来打个赌吧？’

他回我——‘赌什么？’我说——‘赌我们在此之后谁先找谁说话谁就输。’他很快回我——‘赌注呢？’我说——‘输的人就给对方发一个红包吧！’他说——‘行！’然后我们就没有然后了啊！谁也没有收到对方的红包……在一起太久了，反而对彼此都没有信心了吧……”

“那是什么事情突然触发了分手呢？”

“非要说有什么导火索的话，那就是双方的家长觉得我们都谈这么久了，总该有个交代，所以，问我们打算定在什么时候结婚。一听到结婚，突然就变得很顾忌，好像婚姻并不是我们两个想要的最终结果，所以……”

听到这里，我多少还是有些感慨的，最起码我跟渣唐分手的时候，还能面对面地说。他们这种隔着手机屏幕就结束了一段长达八年的感情，让人不觉有些唏嘘和伤感。

看着台上喜笑颜开的一对新人，不知道为什么，此时此刻的我竟然第一次有些后悔跟渣唐分手，觉得放弃这六年的感情有点可惜了。

02

回到家后，蔡小花见我一进门，连忙挂断了手机，一副做贼心虚的样子冲我嘿嘿直笑：“你，你回来啦？”

我一副了然的表情回道：“不用在我面前偷偷摸摸，我不是早告诉你了吗？我早就发现你的秘密了！你现在既然已经是单身状态，又不是偷情，心虚什么？”

“什么偷情？说这么难听……”

“不过话说到这里，我必须得提醒你一句啊，太年轻的咱还是多考虑考虑，你得想想人家图你什么啊？现在歪心思的、不务正业的老男人多了去了……”

“这年轻的能看上你老娘我，那证明我还是有些魅力的，而且是他在一直纠缠我，我还没答应呢！”

“是是是！您老最有魅力了，不过一把年纪了，还是要学会克制的啊，网恋什么的，还是不要了，骗子可太多了。”

“有心思管我，还是多操心一下你自己的个人问题吧！啊，对了，我刚在洗手间捡到一块男士手表，一看就不便宜的那种……”老妈子突然凑过来，“是不是你领导落下的？昨天是他送你回来的吧？”蔡小花同志的语气越说越不正经，“你们昨晚不会……”

“欸欸欸！打住啊！瞎想什么呢？手，手表呢？”

蔡小花头一撇：“喏，桌子上呢！不过好像摔坏了……”

我拿过手表一看就认出来了，这就是吴用昨天戴的那一款，应该是昨天借用洗手间的时候不小心落下的。

我拿着手表进了房间，把尾随其后的蔡小花同志隔绝在了门外，外带警告：“不准偷听！”

“一家人说什么偷？我光明正大地听！”

面对老妈的耍赖，我也很无奈。关上门后，我走到离门最远的距离，调整好心态后，给领导去了一通电话。

“这个点希望没打扰到你用餐。”我的语气有些小心翼翼。

“不会！反而因为接到你的来电有些身心愉悦。”我听到了他盖上笔记本电脑的声音，看来还在工作，“有事吗？”

“啊，那个，你手表落我家了……”

“啊哈，原来是落你那里了，还以为昨晚掉在 KTV 了，今天还让人去帮忙找了一下。”

“啊哈哈……”我尴尬地笑了笑，“不过，镜面摔坏了，等我拿去修好了，再还给你吧！真的是太不好意思了。”

“既然是朋友，又何来不好意思？表你直接还我吧，因为还在保修期，所以也不必去花那个额外的钱……”

听到他这么一说，我更过意不去了，这不就说明这表还是新的吗？而且这牌子的手表是真心不便宜。

“那……改天请你吃饭吧？最近真的是不停地在给你添麻烦……”

“呵呵！”听筒里传来他爽朗的笑声，“好啊，如果请吃饭能让你好受一些，我倒是很荣幸配合！”

“那就这么说定了！啊……不过，我昨天没有对你做什么……嗯……不妥的事吧？”我小心地问出了口，心脏有些抑制不住的慌张。

“看来你是不记得了……”

我心口猛地一提。

他又笑了两声：“如果你吐在我身上这件事算不妥的话……”

我的天啦！还不如失忆了呢！

“我……真的不知道该说什么好了，真的是……太……对，对不起了！”

“不用不好意思，能看到真实的你，我很开心，这正好说明了我们的关系在发生变化。你想想看，如果你把我还当作领导，会在我面前喝得那么醉吗？”

“话是这么说啦，但即便是朋友，这也是件很丢人的事。”

“不必介怀，说不定以后相处久了，我也会出现一些不可控的丑态呢……”

“哈哈哈！那还真是有些难以想象呢！”

又随便聊了几句后，结束了通话。不过经过这次的确定，吻痕大概率应该跟他没关系了，当然，是建立在没有其他隐瞒的条件下。

我有些心烦气躁，开门出去，准备倒杯水来喝。蔡小花同志倒是一点儿没让人失望，整个人都贴在门上了，这突然一开门，还险些摔着她老人家。

“怎么样？你领导有没有让你赔？我跟你说啊，像这种贵重物品，赔不起咱就以身相许，反正像你领导那样的，你绝对不会吃亏！”

“妈！拜托你能不能正常一点儿？你这样，我是真害怕哪天你把我给卖出去了，我还啥都不知道地在帮你数钱。”

“不会的，数钱这种事情我自己就可以搞定的……”

我：“……”

“不过说起这个，我就有个问题要问你了，你当初是怎么杀到我公司内部，要到我领导的联系方式，还让人家跟我相亲的？”

“我其实早就有你们领导的联系方式的。早些年你刚回来，在这家公司上班的时候，我跟你爸就想了很多办法准备去贿赂他，想着你以后能在这边工作顺利一点儿。你突然从国外回来，也不跟我们说遇到了什么事情，我们都怕你在工作上又受什么委屈，所以……”

听到这些，我还蛮感动的，就突然意识到，原来父母在背后为了我做了这么多我不知道的事情，虽然不是用我喜欢的方式来支持我，但我还是很感激。

“你领导人蛮好的，不会像其他那种有钱人一样高高在上、不好接近，人特别有礼貌，知道我是你妈妈后，对我也很热心，耐心地听我把话说完，当然，也不接受我们的贿赂……他当时是这么跟我们说的——‘你女儿是个优秀的苗子，做事情独立且果断，我相信不用我特殊照顾，她也能很好地解决问题并把工作做好……’”

说到这里，我又有些被我领导感动了，细数最近的这些大大小小，他是真的给了我足够的帮助、耐心和信任。

这么一看，的确是一个不错的人呢！

“哎！那个豪车又开到我们楼下了！啧，你说，这没钱的一分钱没有，有钱的钱多到令人发指，人还特漂亮。唉！难怪小唐也抵挡不了诱惑了，是我，我也选她啊……”

我妈说完转过头，看见我表情不对，这才悻悻地闭了嘴。这往亲生女儿心口插刀子的事，她老人家是真没少干。

03

洗完澡，我坐在梳妆镜前做护肤，看着镜子中的自己，不知道为什么，陡然就升起了一股悲凉之感。

人们都说，分手后会先后经历痛苦、纠缠、愤怒、自怜这四个阶段。我现在不想细数我有没有经历过前三个阶段，但此时此刻，我是真的觉得我有些自怜了，而且是越看越觉得可悲可怜的那一种。

蔡小花同志说得没错，我现在真的是一无所有了，而且这样的后果，也全都是自己造成的……

话说脖子上的这个草莓也太红了吧？几层粉底都盖不住，对方莫不是个长着吸盘的章鱼？

想着楼下两个人很有可能情难自禁地在耳鬓厮磨，我心口就堵着一口气不上不下的，便给阿祖打了个电话过去。

就很委屈啊，人家闺蜜都在身边呢，一有事马上就跑过来给安慰、给意见，我的闺蜜却隔这么远，说什么做什么都隔着个冰冷的屏幕。好吧，特别委屈的也不是这个。

“其实，照你们的关系，你直接问就好了啊！这样猜来猜去，我都替你着急。你干脆还是去什么检验部门直接检验体液吧……”

我翻了个白眼：“你这是隔着听筒说话人不累是吧？我倒是想直接问的，那万一不是他，被他知道我酒后跟别的男人……”

“拜托，小姐姐，你都跟他分手了，就算跟别人怎么样，那也跟他没啥关系了。他现在不也是跟那个嫩模在你面前情深深雨濛濛吗？他有考虑过你的感受吗？”

“你是不是现在挺忙的？”

“啊……啊？啊！就，就……忙着给小小（她女儿的小名）找一个弟弟……”

“那你继续找……不，不好意思。”

此处应有我的动态表情包——跪地流着宽面条眼泪，再加上三瞥呼呼直刮的风，配字——为什么要这么对我?

到底是谁啊? 渣完人就跑，就不怕出门被雷劈吗?

那，如果，万一，或许……是我先下的手呢? 然后把对方给吓着了? 也，也是，有，有可能的吧?

不过，这样一来，那嫌疑人可就是我了呀?

我不禁打了个寒战，然后甩掉这种可怕的想法。

在去台湾前，我想把吴用的表先还回去，同时把那顿人情饭给请了。谁知道我打电话过去的时候，发现吴用生病了，所以，这还得买束鲜花去探望一下才行。

倒不是觉得麻烦，就是有种剪不断理还乱的感觉，明明也不想有更深的接触，可又不得不继续接触，就觉得相当的被动。

可能也是怕戳破我们目前关系的临界点吧? 这会让我很不知所措。

我又不是没有感情的机器，有些微妙的东西，我不是感知不到，但是我目前这个状态，不知道能不能完全释怀去接受一段新的开始。

按照地址，我找到了吴用所在的小区。站在门口前，我还有些莫名地紧张。我不是个特别喜欢踏入别人隐私领地的人，上别人的车是，去别人家也是。

门很快开了，不过是保姆阿姨开的门。

“先生还在书房里工作呢! 叫我先下班了。”

“好! 我知道了，谢谢。”

屋子很宽敞、很整洁，典型的黑白灰色调，简约的现代风格，若不是有厨房有卧室，说是办公公司都有人信，就是不像个家，让人生出一些清冷之感。

不过，墙上的挂画一下子吸引了我的注意力。

不是那种被好看的东西一下子冲击了的吸引力，而是因为熟悉而一下子震惊了的那种感觉。

因为那幅画的画面就是我大学时期用来参加比赛的公益媒体广告《蒙》的最后一帧画面!

“因为实在是很喜欢，所以便做成了画挂在了墙上……”

“还真是太让我……受宠若惊了……”

“没有经过作者本人的允许就私藏，你可以通过正常的法律手段去维护自己的权益，我很乐意给予赔偿……”

我扑哧一笑：“这本来就是公益性的作品，当时也没去申请什么版权专利，维权是不可能了。被评委这么私藏，我反而有些又惊又喜……”

吴用没忍住咳嗽了几声：“不，不好意思……”

“听那个阿姨说，你感冒了都还在工作，要不要这么拼啊？”我连忙去桌子上帮忙倒了杯热水给他。

“得力干将都走了，很多事情不就得自己来了？”

“哎，这个责任我可不担啊，明明是你太过于精益求精了。”

“在工作这方面，你可没资格这么说我，你那些下属背后可叫你余魔头的啊……”

“哈哈哈！这我倒是听说过。”

起初聊得还是挺愉快的，可是聊着聊着突然就没话题了，瞬间气氛尴尬得让我手都不知道往哪里放。

“你……”

我们异口同声道。

“你先说吧！”

“要不，你先回去吧！还让你专门跑一趟，真的是很不好意思。”

“真要说不好意思的，应该是我吧！那个……你还没吃吧？”

他摇了摇头。

“厨房有食材吗？”

他有些吃惊的表情：“好像是有的，怎么？你要……”

“领导要是不介意，尝一下我的手艺？”

“你这……才让我有些受宠若惊啊！”

“既然是朋友，又何必客气？最近这么麻烦你，做一顿饭哪里够还人情？”

“那就多做几顿？”

“啊？哈哈……”

“我的意思是……十分荣幸。”

我必须得承认，他刚刚那句话害我的心不由得咯噔了一下。我连忙起身去了厨房，然后在冰箱里寻找可以用来做晚餐的食材。

可能也是怕我尴尬吧，准备晚餐的时间，他倒是一次也没过来。

半小时后，一碗热气腾腾的热粥和几个简单的小菜端上了桌。

“本来想大秀一下自己的厨艺，可是你感冒又不能吃得太油腻，所以，清粥小菜奉上。”

吴用满足地一笑，拿起一旁的勺子：“没听过吗？越是简单的事情反而越难做得好……”说完他舀了一勺，放嘴边吹冷后吃了进去，“可能会有些夸张的成分在，但我还是要说，这是我喝过最好喝的……”

“鲜芦根大米粥……就刚好看到有这个，然后感冒吃这个对恢复也会有帮助，所以……”

“坐下来一起吃吧？”

“不用的，我就刚好熬了一碗的量，等你吃完后我收拾好就不打扰你休息了。”

“所以，这顿饭是不是就算你请我的了？”

“放心，我不会用这清粥小菜赖掉的，不过这顿饭估计要等到我从台湾回来后再请了。”

他有些吃惊，放下手里的勺子问道：“你要去台湾？”

“嗯，有个好闺蜜在那边，很久没见了，趁着现在空闲，所以想去看看。”

“哦，机票定了吗？什么时候？到时候我送你去机场。”见我要拒绝，他又道，“是朋友就别拒绝啊，也不是什么大事，不必有心理负担。”

"那……到时候把时间发给你。"

吴用满意一笑："果然功效显著啊，喝了你熬的粥，整个人精神了许多……"

我笑而不语。

说实在的，像他这种男人，虽然有着生意人的八面玲珑，但就个人品质来说，他优雅、成熟、理性、稳重，且每件事情总是能做到恰如其分，就是能一直保持在"进可攻退可守"的状态，永远克己从容，永远运筹帷幄。从某种意义上来说，拥有这样魅力的男人，不是一般女人能够抵挡得了的。

所以，要我相信他会是那种"乘人之危"的人，可能会有些困难。

04

于是，我决定把渣唐约出来——吃个饭。

慢慢……逼供！

"为什么突然请我吃饭？"

"你不是要回北京了吗？就算分手了，我们也还算朋友吧？所以给你饯个行。"

"大可不……好，在哪儿？不吃白不吃。"

"地址一会儿发你手机上。"

…………

为了直接方便地逼供，我给本来已经消散得差不多的"草莓"印又补了个妆。

吃饭的地方是我们以前比较常去的一家日料店。为了隐秘，我预定的是一间包厢，而且为了以示不爽，我故意迟到了半小时。

"可能最迟等到下周一吧，最近这边又准备开一个分店，到时候我肯定得去看看场地，然后给一些技术支持的……"

到门口的时候，我听到他在里面打电话。

“啊对，Linda 在我这边呢！这次回去，带她一起去看您，您就好好保重自己的身体，别整天一闲下来就东想西想的，按时吃药知道了吗？您要是身体不养好，以后也没力气抱孙子是不是？”

一听到这句，我放在门推上的手像被电触到似的一抖。简单的一句话，却包含了太多的信息，还是我一时半会儿都不太能接受得了的那一种。

电话挂了，我却没有了推门进去的勇气，刚才一直有的嚣张气焰也瞬间被浇熄。

正在这时，我兜里的电话振动了一下，是他发的信息，问我怎么还没到。

我忽地鼻子一酸，回道：“不好意思，临时有事来不了了，下次再约吧！”

“不是吧？逗我玩呢？这菜都点了……”我听到他在包厢里的自言自语，“还没吃饭呢吧？来宋明路这边的日料店来吃，全都叫上吧，对……我请客！”

这是我听到他说的最后一句话。离开日料店后，我一直憋着一口气，车子停得比较远，我走了差不多十来分钟。上车的那一刻，弦一松，情绪瞬间崩塌，哭得心口直颤，每颤一下都是撕裂般的疼痛。

都说分手前期才是最痛苦的，我反倒是越到后面越难以承受，为一个已知的结局心痛得无以复加。

我不知道我在车里哭了多久，整个车库黑得让人有些窒息。我拿出手机，从微信置顶中找到他的头像，发了一条消息过去——“公司给我开欢送会的那天晚上，你是不是和我发生了关系？”

没一会儿，他回复了三个字——“对不起！”

看到“对方正在输入……”的字样，我生怕他把事情解释得太过明白，快速地拉黑删除了他的微信，把他的电话号码也加入了黑名单，然后不断地安慰自己说：“酒是自己喝的，事是自己做的，大家都是成年人了，应该能对自己的行为负责。再说了，如果不是自己愿意，就算喝醉了，他也没法靠近我的吧？都是自己的错，都是自己太不懂得控制了……”

带着情绪，我把大后天的机票改成了明天一早，然后给吴用发去了航班信息。没一会儿那边回复道：“早上在你家楼下等你。”

可能是情绪一下子来得太过猛烈了，也有可能是没能吃得下晚饭，好不容易睡下，半夜却被胃给活生生地疼醒，之后再也睡不着，就忙着收拾行李，一直到天空泛出鱼肚白。

“哟，怎么一晚上就把自己搞得这么憔悴哟？”看着我妈心疼的眼神，我走过去紧紧地抱住了她：“妈！我该怎么办……”

妈妈一直轻拍着我的背，用小时候哄我的语气一直安慰着我：“好了好了啊！不是要出去玩了吗？好好地放松一下，跟你那个好闺蜜好好地倾诉一下，会过去的啊！没事的没事的！”

在妈妈的帮助下，我好好地捯饬了一下自己，确定看不到丝毫悲伤的痕迹后，才拉着行李箱下了楼。

听我妈说，吴用的车早就到楼下了，但是一直没联系我，直到我主动联系了他，他才说已经在楼下了。

去机场的路上，我们基本没什么交流，直到我办理好了托运，准备进安检的时候，吴用才叫住我。

他从兜里拿出一张古典音乐会的门票：“在这个月中旬，我想你应该也从台湾回来了，所以想邀请你跟我一起去。”

我正准备抬手接过门票的时候，他又补充道：“你先别急着答应，我……希望你能以其他的身份跟我一起去……”

不用说明，我大概也能猜出这个“其他关系”是什么。

“我很欣赏你，但又不仅仅只是欣赏你，所以，你有足够的时间来考虑。我相信你我都是足够理性的人，所以，我也不希望你因为一时的感性而做出错误的选择。你能明白我在说什么吧？”

“当然！”我拿过票，“我会好好考虑的，谢谢你送我过来。”

“长途飞行，可能会很累，照顾好自己，有任何问题需要我的，随时打给我。”

“好！那我先进去了。”

“嗯，等你回来！”

没有“喜欢”啊，“爱”啊，“在一起”啊的字眼，也没有什么肢体上的过激表达，几句话便简单地把意思表达明白了。这样的告白，大概也只有吴用这种男人能做到，既不会让人觉得尴尬唐突，也不会因此就少了震撼和心动。

最起码在听到这些的时候，我的心是忍不住咯噔了一下的，至于到底是因为心动还是被吓了一跳，此时此刻的我，有些不想去深究。

第十五章

关于爱情的计算公式

爱情公式

01

因为这一张突如其来的音乐会票，在这兜兜转转的六七个小时的航行时间里，我都处在一种焦虑的状态中，不过，也很好地分散了我的注意力，让我没有全部沉溺在分手带给我的余痛中。

到达台北机场的时候，是下午两点半左右，看着朝我疯狂招手的阿祖，那一瞬间，所有的不开心都烟消云散了。

距离上一次见面，竟然已经六年之久了。

“哇！真羡慕你，还是那么好的身材，那么好的妆容！你看看我，生完小孩后身材走样了，也好久不化妆了，妥妥地变成了家庭妇女……”

“在我眼里你就是英雄好吗？我一直觉得肯为婚姻付出牺牲的女性都是最了不起的！”

“那照你这么说，其实大多数女人都是这样的啊！”

我撇了撇嘴：“不是还有我这种胆小鬼吗？”

阿祖走过来抱住我，看似在安慰我，声音却先哽咽了：“你呀，是真不知道我多希望能有个人在你身边爱护你、守护你……”

这一瞬间，我无比的委屈。

在去酒店的路上，阿祖跟我说了很多她生活中的琐碎，然后还一路介绍着沿途的风景。这么近距离地看着她日渐成熟的脸庞，我大致能明白她的无奈和成长，说是成长，还不如说是把生活这个东西看得更加透彻了。

“现在台湾的就业压力都好大，很多大学生毕业后找不到工作，男孩子还能奋斗个几年去闯一闯，女孩子就很难了，很多女孩子毕了业家里就开始着急，让她相亲结婚……啊对了，你这么任性地把工作辞了，有想过之后做什么吗？”

“做全职太太？”

“你就别逗我了好吧？谁做你也不可能甘心做全职太太啊？再

说了，你这不是才刚失恋，做什么太太？”她说到这里一停顿，而后慢慢瞪大了眼睛，“难道是跟你那个上司在一起了？”

我扑哧一笑：“没有！就只随便说说而已。以后的路，我自己也没想好，想着把自己目前的感情问题解决好后再来考虑……”

“也是有资本让你这么任性哦！不过，撇去其他的不谈，我觉得你老板是个很好的不二之选。当然，如果你想回头，渣唐我觉得是最合适的。”

“人家已经有新欢了……”提起这个我心口就有些不舒服，“我在想，要不我也开始一段新恋情好了。以前方圆就说过，治愈失恋的最好办法就是开始一段新感情，不要让昨天的伤疤浪费今天的眼泪……”

“所以……你老板跟你告白了？”

“算吧！”

阿祖突然一激动，方向盘往右一打，把车子停在了路边，然后激动地拉着我的手问道：“快说说看，你老板是怎么跟你告白的？”

我被这突然的举动给吓了一跳，平复了半天的情绪后才缓缓说道：“就很正常的那种，直面地说出了想法。”

然后我把其中的细节说给了阿祖听。

“拜托，这算正常吗？一般人表白才不会像他那么淡定自若呢！不过被这种成功且成熟的男人告白，也是让人特别激动的一件事呢！阿葱，你值得的，因为你有那个魅力。”

“你真觉得他是个很好的选择吗？可是我对他好像没什么感觉呢！每次相处的时候，还总会顾忌他领导的身份……”

“这种恋情真是太让人有想象空间了，你之前和渣唐在一起的时候，不就是嫌他不够成熟，做事还冲动吗？现在这个男人，应该很符合你的要求了吧？”

“好啦！快开车啦！你是想跟我在这里聊完一部电视剧吗？”

“哈哈，我明白了！小孩子才做选择题，大人一般是全部都要！

我支持你！放手去做！”

阿祖没正经的玩笑，一下子让我轻松了许多。此时此刻，多余的想法也不想表述，大概我不说，很多人也明白我现在的想法。

一边是放不下，一边是不敢碰。

酒店就在阿祖家附近，办理好入住后，我接到了吴用的电话。

“算了下时间，你现在应该到酒店了吧？”

“算得很准，刚刚进房间。”

“安全到达我就放心了，你好好休息，我就不打扰了。”

“好！”

挂断电话后，阿祖笑得贼兮兮地看着我：“果然是大老板啊，说话干净利落、直奔主题，哎呀这颗老阿姨心都跟着酥了……”

“你是老阿姨，那我是什么？快闭嘴吧你！”

“哈哈，啊，对了，你来的时间很凑巧，今天晚上有星野源的演唱会，我买了两张票，本来是想让我老公陪的，但是他既不追星又不喜欢热闹，知道你要来，便识趣地不去了……”

“那我……怎么好意思呢？”

“欸欸欸，有点假了啊！这样吧，你坐了那么久的飞机，而且看你现在状态也不好，下午你就休息一下，晚些时候我再来叫你……”

“好！”

以前阿祖就跟我说过，跟你一起走到最后的，往往不是你最爱的。大多数有这种体会的，想必都经历过一段刻骨铭心的爱情吧？若是从前，我一定不会理解他们是如何做到放下而选择将就的，但现在的我，多多少少能有些感同身受了。

没有了当初的热情和渴望，也没有了一颗不顾一切的心。

虽然我始终抱着“无爱不谈”的准则，但也不十分确定能够一直坚守下去。

此时此刻的我，就处在这个临界点上。

去演唱会前，阿祖先带我去吃了晚饭。说是晚饭，但其实是一些当地有名的小吃，什么蛤仔煎、胡椒饼、牛肉面，这种手拉着手逛街吃小店的感觉，像是一下子回到了大学时期。

“天啦！洛杉矶那件事竟然是吴用帮你摆平的啊？”

“嗯，若不是在北京偶然碰到以前公司的同事，这件事情我恐怕一辈子都不知道。”

“这……这也太帅了吧？”阿祖连忙拍着胸口，似乎在平静自己的情绪，“这种背后默默为人付出的男人，简直太戳我了……”

我用勺子戳着碗里的甜品：“要是没遇到渣唐，他可能真的是我比较喜欢的类型，进退自如又恰到好处……”

“照我说啊，你呢，就给他一个机会，也算是给你自己一个机会。这在我看来啊，简直就是天赐良缘！这么自然而然的发展总比相亲那种硬来的强吧？再说了，要是试过觉得不合适，像你们这么果断明白的人，完全可以做到及时止损。”

阿祖这番话不是没道理，我也的的确确是有那么一些动摇。可是这种动摇，却总是牵扯着心口的痛，然后让我立马就停止这些想法。

“别说我了，说说你吧，最近‘找’弟弟，还‘找’得顺利吗？”

阿祖无奈地叹了口气：“讲真的，我是一点儿也不想再生了，生了也只是给自己找更多事情来做而已。你也知道，生儿子对于一个家庭来说，真的不只是添一个人口那么简单……”

听到这里，我也不免跟着有些无奈了。人生在世也就短短数十载，大部分的时间却还要为了别人而活，实在也是一件十分委屈的事情。

“其实活到现在，我才真正地明白自己想要的是什么，只是现实已经让我没了选择的权利。我不止一次地在想，如果重新让我选一次，我会不会像你一样果断、勇敢地去选择自己想要的生活？得到的答案却是——不确定。因为如果当时的我没有现在的这番醒悟，就算重新回去一百次，还是会做出同样的决定。或许……这就是人生中难以避免的遗憾吧？成长的速度永远也赶不上时代的趋势……”

“生活也让你变成了哲学家呢！”

“哈哈！是吧！你没听过吗？女人一旦怀孕就会变成哲学家，因为一下子就能发现很多残酷的现实。所以啊……一孕傻三年，不是因为孕激素影响，而是被现实撞昏了头！”

“天啦！这得是多么痛的领悟啊？”

“说就说啊，别唱起来了。”

“哈哈！”

“好啦好啦！再说下去，你更不敢结婚了。其实婚姻从某一方面来说，还是挺美好的！维持得好的话，它会数十年如一日般的平淡无趣……”

我不由得倒吸了一口冷气！

“呃……还，还是先去看演唱会吧？”

哇！我发现这趟旅行根本不是治愈之旅，感觉是致郁之旅啊！

演唱会的现场很嗨，很多怀旧的音乐一响起，我跟阿祖都有些忍不住热泪盈眶。星野源是我认识阿祖后才喜欢上的一个明星，虽然不及她的喜欢来得狂热，但的确因为有他，我们的青春里多了一份热爱和坚持。

结尾时星野源自弹自唱了一首《私》，白色T恤加黑框眼镜，清爽明朗，永葆热忱和渴望。他一说完话，全场便爆发了震耳的欢呼声。前奏一响起，我还看到好多粉丝在抬手抹泪。这一刻，我反而一下子平静了许多。随着轻扬的音乐，我脑子里浮现出了很多和渣唐在一起时的那些美好过往……

与其去谋杀那个人
不如做一些有趣的事吧
吃掉悲伤和棒冰
与其去殴打那个人
不如亲热地陪伴左右吧
紧紧相拥，让双唇再不分离

眺望遥远的小镇，灯光明灭绚烂

平凡的风景却也令我聚泪成川

我的内心在为何动摇

虫儿无声消殒

看看我吧，我依然留在这里

…………

“挥手作别，让掌心永恒相合”是这首歌的最后一句词，它似乎也在告诫我，要想继续往前，就必然要告别过去。

在他提出分手的那一刻起，我就开始了我的独角戏，然后一刻也不放过自己，到最后，留下伤痕累累的自己顾影自怜。

余青葱，不应该是这样的女人。

所以，就此放下一个已经不爱自己的男人吧！

02

在台湾游玩的几天，我也不忘准备要比赛的作品。因为心态的变化，我已经放弃了之前大致完成的初稿，开始重新构思新作品。在一个十分难熬的夜，借着微醺的力量，在最后一天截稿的时候，我向参赛的组委会投递了自己的作品。

今天阿祖因为有事，然后她公婆也要回老家，小家伙一下子没人带，我自告奋勇地去充当了一天的保姆。

在此之前，我从没有这么长时间地和一个只有三岁的小朋友独处过。

不心慌是假的，但是我觉得我还是有信心可以把这件事给做好的，尽管听到阿祖给我说了一大堆注意事项。

起初因为不熟，小家伙不太愿意靠近我。在我通过各种途径了解到小女孩儿的心理后，我开始展开了我的攻势，一开始用她喜欢的玩具，后又特别亲切温柔地和她套近乎，最后再和她一起分享她喜欢的零食和动画片。整整折腾了快两个小时，小家伙才慢慢地跟我熟络起来。其间，跟她一起玩玩具的时候，我的手不小心被划了一下，出现了一点点的血珠，小家伙立马抓着我的手指，嘴巴嘟起来给我呼呼，那呆萌的样子一下子就把我给萌化了。

“妈妈说，如果受伤了，要用 ok 绷把伤口包起来……”说完，她起身跑去了一个抽屉前，真的从里面翻出了急救药箱，拿着一个卡通的创可贴跑了回来，然后在我的帮助下，她给我贴上了。

“阿姨你还会痛吗？”她抬起头，一双澄澈的大眼睛忽闪忽闪的。我嘴巴一撇，回道：“还有点痛怎么办？”

小家伙突然站起身，给了我一个大大的拥抱。小小的身躯软软糯糯的，胖乎乎的两只手圈住了我的脖子：“那我抱抱你，就不痛了哟！妈妈说，小朋友要勇敢，那大人也要勇敢哟！”

这一瞬间，我被小家伙暖得一塌糊涂，明明还是个话都说不太清楚的小孩子，却给了我她能给的所有关心。以前觉得小孩子不可控，但只要用心去跟他们相处，就会收获满满的感动啊！

在这一天里，我学会了很多的东西，比如给宝宝准备营养又丰盛的餐食，给她穿脱小小的衣服，给她扎漂亮的小辫儿，教她唱简单的儿歌、画简单的画，她哭闹的时候，还要想尽各种办法哄她开心，给她洗澡，给她讲故事，最后看着她沉沉地在自己的肩头睡着。那一瞬间，心里满满当当都是成就感和幸福感。

“怎么样？很辛苦吧？”阿祖回来的时候，天已经完全黑透了。因为忙到连吃东西都没时间，我便去给她煮了一碗面。

“很充实！”我在她对面落座下来，“是我目前做的所有事中，我觉得最有挑战的事情。”

阿祖露出有些疲惫的笑容。小家伙睡着后，我们说话的声音都不自觉地小了很多。

“我现在多少能体会作为母亲的伟大了。我都有点难以想象，你是怎么一边工作一边照顾小孩的，简直太伟大了！”

“也没有你想象的那么夸张啦！等你以后生了宝宝，你就会理解了。母爱是天性，就算再苦再累，照顾好她都是自己每天必做且无法逃避的责任和工作……当然，现在也有很多妈妈因为工作原因没办法照顾自己的小孩，像我这种的，也只是很少一部分吧？不过，没有错过宝宝任何一个成长的瞬间，也是我最大的收获吧！”

我点了点头，没再说话。或许每个人对于婚姻的认知都不同吧？所以可怕的其实不是婚姻，而是突然的身份转变，自己一下子会找不到平衡点，才会让人莫名地慌张。所以，很多时候，我们都会觉得是爱错了人，但其实只是恰逢了一个不成熟的自己罢了。

其实，婚后不管有没有孩子，婚姻这条需要两个人一起走的道路，都是一条艰难、困顿且严酷的修行之路。

我现在倒是一下子有了勇气，只不过，那个本要陪伴我的人，已经渐行渐远了。

阿祖说，很多时候你觉得孩子小需要爸爸妈妈的陪护才能健康快乐地成长，但每每看到小朋友依偎在自己怀里沉沉睡着时，她给予我们的完全信任和依赖，往往是我们最需要的东西。所以，两者之间，其实是相辅相成的关系。

换句话说，不是她需要你，而是你需要她。

这一课，给我上得十分深刻啊！

03

结束台湾之旅的那天，阿祖送我到机场，很舍不得我离开，因为这一别，以后又不知道能什么时候再见了。在候机的时候，她终于给我说了当初没能跟小 P 在一起的真正原因。

“小 P 有跟你回过台北？”

阿祖点了点头：“嗯，也见过我爸爸妈妈……”

“所以，是家长不同意吗？”

阿祖无奈地叹了口气：“严格意义上来说，也不算是我爸妈不同意，而是小 P 被我爸妈开出的礼金给吓到了！那个时候刚毕业，谈婚论嫁的代价对他来说太可怕了，所以，想了想，觉得还是算了……”

“婚姻还真不是两个人就能说了算的事情……”

看到我发出这样的感慨，阿祖还有些吃惊：“这可不像你嘴里说出来的话！”

“或许……成长了吧？”

“那意思是不是要不了多久，我就能过来喝你的喜酒了？”

我扑哧一笑：“你从哪里得出的结论？”

“哈哈！不管啦不管啦！反正下一次见面一定是在你的婚宴上！”

“那万一我要是不结婚……”

“那就葬礼见……”

“要不要……这么狠？”

“哈哈哈！”

…………

回到家已经是晚上了。推开门见家里乌漆嘛黑的，便给蔡小花同志打了个电话过去。

“我在医院呢！”

听到这里我心口一提：“医院？你怎么了？”

“我没事，是你爸爸，突然摔了一下，把腰给扭了。”

“腰扭了？怎么回事啊？严不严重？怎么都不跟我说啊？在哪个医院？我马上过来！”

没有一刻耽误，放下行李后，我便往医院里赶，到医院走廊的时候，刚好看到老妈推着坐着轮椅的老余。

经过一番交谈后，才明白事情原委。

“你爸说也不是多大的事情，就不要告诉你了，本来你最近状态也不好。”

“都出这种事了，我的状态好不好有什么关系？下次不能再这样了啊！”

老余笑了笑，而后又叹了口气：“这年纪大了，总是免不了这样那样的病痛。再说了，你人在那么远的地方，就算告诉你，你除了干着急还能做什么？”

老妈在一旁也跟着点了点头：“你爸说的没错。不过说起这个，你既然回来了，就得好好地去感谢你之前的那个领导。要不是他帮忙，你爸的情况可就没这么乐观了。”

“吴用？”

“对啊！我当时刚好在你以前那个公司的楼下，摔倒的时候，是他及时发现，把我送医院来的。”

我立马察觉事情不对劲，反问道：“你跑去我公司楼下干什么？”

老余有些心虚地东张西望。老妈子在一旁解释道：“你爸也是为你好，老看你状态不好，感情、事业都不要了，所以，他想去找小唐，亲自问问他的想法，还有你们分手的原因，看能不能找到一个很好的解决办法。结果去了才发现，小唐已经回北京了……”

看着眼前的父母，我忽然有些鼻子发酸。原以为自己长大了，足够成熟理性了，却还在做着一些让父母担心的事情。

“对不起……”除了这个，我不知道还能说些什么。

“咳，没事，就是轻微的扭伤，医生说观察两天就可以出院了。这儿有你妈的看护，你赶紧回去休息吧！坐了那么久的飞机回来肯定累坏了。”

“爸、妈！其实我这次旅行回来，想得很清楚了，我想要重新开始，不管是感情还是事业。我不想再继续这样下去了，更不想你们老是为我操心。我不是一向都是你们值得骄傲的女儿吗？所以，你们相信我可以做得很好的吧？”

这一刻，我仿佛看到了父母眼中莹莹的泪光。不管什么时候，都永远站在我身后支持我、给我加油、为我分忧的他们，我不想再让他们伤心难过甚至失望了。

“丫头，不管你做什么决定，我们都会支持你的。不过有一点，你必须要坚定自己的立场，那就是一切要从心而为。所有的事情，我希望是你真心想去做，而不是为了谁而来委屈自己，你明白我的意思吗？”

我强忍了忍眼眶里的泪水，笃定地点了点头。

音乐会那天，我在开场前一个小时联系了吴用，约在了附近的咖啡厅。

吴用一如既往的一丝不苟，准时地出现在我的面前。如果渣唐是穿卫衣最好看的男人，那他一定是我见过的穿西装最好看的男人。

“回来也不跟我说一声，我好去接你啊！”他落座后的第一句话。

“老是一直麻烦你，心里也过意不去。”

“你这可就是见外了啊！”

我笑而不语，拿起咖啡轻啜了一口：“我爸爸摔倒那件事，还真不知道要如何才能感谢你。”

“我想每个人遇到这种情况都会跟我一样的，所以，其实也只是举手之劳而已，你不必有心理负担。那个……老人家恢复得怎么样了？”

“啊，已经出院回家休养了。”

“那就好！”

说完，双方一下子陷入了沉默。我深吸了一口气后，开口道：“今天的音乐会，我恐怕不能陪你去了。”

他喝咖啡的手微微一顿，但依旧面带着微笑：“所以，我这是被拒绝了吗？”从他的表情上来看，似乎对这个结果并不感到意外。

“你当时在机场说，你觉得我们都是足够理性的人。那站在理性的角度，我好好地想了一下。我是个‘无爱不谈’的人，不管以前的感情给过我多大的挫败感，我还是想保持我对于爱的态度。换句话来说，我对你，没有心动的感觉。

“但如果出于感性，其实你各方面的能力和条件都很符合我对结婚对象的要求，优雅绅士、成熟且稳重。若是跟你在一起，我想所有的事情都一定会进展得很顺利。但是有一点我不能接受，那就是跟不爱的男人产生亲密的接触，当然，如果是柏拉图式的爱情，我会另做考虑。”

吴用一扬唇，一挑眉：“我明白了。”

“吴用！”这是我第一次叫他的名字。

他微微面露惊讶，轻轻地嗯了一声。

“我相信，你对我可能更多的也还是欣赏，就算有一点点喜欢，也谈不上有多深刻。我曾想过，给彼此一个机会，哪怕最后发现不合适，也可以及时退出，但转念一想，现在这个时候表明自己的态度，对我们双方来说，都是最好的。在我看来，你其实也是因为到了适婚的年龄，才想要选择一个适当的伴侣，仅此而已。”

吴用笑着吐出了一口气：“被你这么赤裸裸看穿，我还真是有些尴尬。”

“感情不是计算题，通过计算就能得出结果。就是因为感情不可控，我们的生活才会自然而然地生出喜怒哀乐。我的意思是，如果要作为朋友，你可以自如地在我面前做你自己。轻松愉快的相处才应该是朋友之间的相处。但如果你觉得我们没必要再有关系，那我可以完全退出，我们依旧可以各自安好……”

“你的确是个足够理性的人……”他突然长吸了一口气，“对不起……可能是我长久以来的克制，让我没办法活得自如，不管是感情和生活，我都被自以为是的理性给局限了。”他站起身，朝我伸出手，笑道：“希望以后我们还可以是朋友。”

我起身握住他的手：“当然！”

他抬手看了看腕上的表：“音乐会快开始了，那我先走了。”

我笑着点了点头。

其实在过去见吴用之前，我还跟 Lisa 吴见过面。本来只是简单地以朋友的身份见个面聊个天，问问最近的工作情况什么的，可是也是在这个时候，我知道了一些关于吴用的事情。

“公司一直在传你跟吴用的绯闻，你们真的在一起了？” Lisa 吴直奔主题。

我摇了摇头。因为关乎隐私，我没有细说。

“不过，你还是要小心一点儿吴用这个人，这个人为达目的可是会不择手段的。”

最近听到关于吴用的信息，都是关于他有多完美的，这还真是第一次听别人对我说要小心他。其实我自己也多少明白，作为生意人的他肯定没那么纯粹，包括在感情上。

“有一次我去他办公室时，在门口无意中听到他在打电话，然后刚好就听到了你的名字。我不知道他是跟谁打电话，具体内容我就不细说了，不过我要跟你提个醒，小心他对你所有的善意和巧合都是早就预设好的。当然，不排除他可能是真的喜欢你，这或许也是他示爱的方式。但是如果对象是你，作为朋友，我觉得很有必要告诉你。”

Lisa 吴这么一说，我脑子里便闪过所有跟他有关的场景，顿时有一种被算计了的感觉，但想着起码没造成什么坏的结果，且很多时候直接的受益人是我，所以也不至于产生什么仇恨心理。

而且，就算没有 Lisa 吴跟我说的这些，我本身也是打算拒绝和他发展的。

也许Lisa吴说的没错，这或许只是他示爱的方式罢了。这么一看，其实他还蛮可怜的，把爱情变成了可以解的方程式。其实曾经我也做过类似的事情，如果我遇到的不是像渣唐这种不确定因素巨多的对象，想必我也会跟吴用一样。

谁知道呢？说不定像他这种人，曾经也有过难以忘怀的初恋。

就像大多数男男女女所经历的那样，男孩儿在前一段感情中总结出经验，对待后面的感情时就会变得更成熟；而女孩儿们则会因前一段感情的挫败和伤害而变得小心翼翼不敢再爱，这是成长，也是蜕变。所以，从某种意义上来说，这或许也是关于爱情的一个公式吧？

04

大半月后，我收到了组委会发来的邮件，被告知设计通过了海选，进入了下一个阶段的审核。这倒不是多让我惊喜的消息，但的的确确让我这几天的阴郁情绪得到了缓解。

临近过年，家家户户都在忙着张罗过年的物什，到处也开始张灯结彩起来。老余自从从医院回去后，老妈就过去一直照顾着他，感觉好像一下子又回到了以前的日子。

某天，我闲着没事问了我妈一句："妈，你那小鲜肉怎么办？"

"什么小鲜肉？你倒是提醒我了，今年我都还没准备一些腊肉、香肠呢！"

我扬唇一笑，不知道她是真傻还是装糊涂，但结果好像也没那么重要了。

我长吸了一口气，小心地试探道："你们要不复婚呗？都这么多年的陪伴了，搞到最后未必还独自一人？"

老妈子长叹了口气："复婚就不考虑了，我觉得我们现在的这种关系反而是最好的，有需要帮忙照顾的时候，彼此都会不由自主且不遗余力地去做；不需要的时候，彼此又是独立的个体，拥有自己的空间和时间，能去做一些自己想做的事情而不被拘束和打扰。"

"哟呵！老妈你的思想觉悟这么高的吗？"说实在的，我是真的被这段话给震惊了，能在一段关系中找到一个最适合大家相处的方式，他们花了三十多年的光阴，令人唏嘘的同时也喟叹不已。

“这是你爸说的，我也很赞同！这可能是这么多年下来我们之间难得的默契吧？像了解彼此的家人一般亲密，但也有朋友之间的克制和礼让。这么相处下来后，我们都发现，矛盾在慢慢地变少，很多时候，反而能静下来聊聊天，说说彼此心里真实的想法。”

“所以……其实你们的关系是升华了。不知道为什么，我还有点羡慕你们这种，老夫老妻脱离了婚姻关系后，竟变成了彼此的知己。你是老爸的红颜，老爸是你的蓝颜……”

“什么红颜蓝颜的，我听不懂，我只知道如果我们当中谁感觉到孤独了，就可以往谁旁边一坐，看看夕阳，吹吹晚风，说说以前的故事……”

听到这里，我真是恨不得想跟老妈子鼓个掌，脑子里都不自主地出现一副“岁月静好”的画面了。

“说到这里，我倒是想问问你了，你之前口口声声地说不管感情还是事业都要重新开始，到底是打算什么时候开始啊？这好不容易有个人追了还给人拒绝了，你到底怎么想的？都急死我了……”

“你不要着急，一切都顺其自然好了！”

“你倒是还有说这话的年纪，唉，比我的话，是年轻多了。算了，不管你了，操了大半辈子的心了，你以后想怎么着就怎么着吧！”

看吧看吧，我就说这句话只是句口头禅。

感情的事情我不敢保证，但事业这一块，近期我倒是去了解了很多游戏公司和相关产业。没错，我不打算做广告了，想转做动画游戏设计策划这一行了。

因为之前在渣唐那里取得的经验，再加上本身其实也很感兴趣，所以想要试试在这个行业的可能性，刚好趁着过年这个时间，做好充足的准备工作。

也不知道是不是有些用力过猛，最近画图的时候总是画着画着就睡着了，整个人酸软无力不说，还吃啥都没有胃口。

这天，陪老妈逛超市采购年货。见我一直哈欠连连的，老妈子便问我是不是最近压力太大了睡不好。我摇了摇头："我也不知道怎么回事，就是特别容易犯困，可能是这边比较冷一些吧，感觉有点感冒的症状……"

"那你可得多注意了，这大过年的，还把自己给折腾病了。"

"我知道了！"说完又是一个呵欠。

"唉！"老妈长叹了口气，转身走进了生活用品专区，"哎，那个，你生理期也快到了吧？刚好年末打折，我给你拿一点儿哈。是这个牌子吧？"

"啊，对！"我刚回应完，手机便响了起来，看着来电显示，眨巴了两下眼后，接了起来……

"结婚？啊……好，那你把时间、地点发我一下吧。"

挂断电话后，我整个人都有些恍惚，忍不住想要感慨一下人生百态，世事无常。

"怎么了？"

"啊，以前单位的同事小叶突然要结婚了，邀请我去参加婚礼。"

"小叶？是不是之前喜欢小唐的那个小姑娘？"

"你怎么知道？"

"哎哟，你办公室那些同事，我哪个不认识啊？更何况还是和小唐有关系的……哎，你说说看，这别人结婚怎么就这么爽快呢？"

我："……"

不要好奇我为什么有那么多的婚礼要参加，等你到我这个年纪的时候自然就明白了。不管你有没有结婚，这些局面都是你必须要面对的。说不定再过个几年，我还会迎来二婚的热潮……

第十六章

此地甚好，从容而行

01

其实小叶结婚这件事也没那么突然，我记得她很早的时候就说过她已经有暧昧对象了，只是后来我离开工作岗位后就没怎么进群去跟大家互动了，所以剧情上是多多少少有些中断了。但有一点是能确定的，就是小叶跟她即将成为老公的男人从恋爱到结婚，只用了不到两个月的时间。

这种闪婚，也当真是勇气可嘉。

婚礼举行的地点离我家很近，步行就能到。我到酒店楼下的时候，碰巧遇到也是刚到的吴用。这还是拒绝他后，我们第一次见面，多多少少还是会有些尴尬。

不过，礼貌如他，很是绅士地先给我打了个招呼。

“还真是每次见到你，心情都会自动变得愉悦！”

我也礼貌地回以一笑：“那是我的荣幸，吴总最近怎么样啊？”

“老样子，走吧！一起进去！”他绅士地朝我弓手。想着现在我们最起码还算是朋友，我倒也不别扭了，大方地勾住他的手，一起朝大厅里走去。

起初我还有些诧异，像小叶那种见到领导都自动退后三米的人怎么会把吴用叫过来参加婚礼，进去一看后才知道，小叶这个老公竟然是我们公司以前的一个客户，一个科技公司不大不小的老板。这一下子搞得我都有些好奇里面的曲折故事了。

“你们肯定都没有我这个八卦王知道得多啊！”进场后，吴用因为突然的来电忙着去接电话了；而我，便自动落座在以前同事的那一桌，屁股刚落地，就听到方圆熟悉的八卦声。

“哎，老大，你来啦？”方圆连忙给我挪位置，“唉？唐哥也来啦？快，坐这边，这边刚好就剩两个座。”

这一前一后的，一下子害我心脏都漏跳了一拍。最尴尬的还是，偏偏只剩下两个挨着的座。

“好久不见啊各位！”他倒是淡定，一坐下来就招呼上了。

这话唠一上桌，整桌的气氛都被带嗨了，大家你一言我一语的。我倒是从中听出了他来的理由，说什么“妹妹的婚礼，当哥哥的不能不来”什么的，听得我真的是一阵难受。

“青葱，怎么才半个月多没见，你就又瘦了一圈了？”说话的是 Lisa 吴。本来大家还叽叽嘎嘎地讲得挺热闹，她这一开口，所有的注意力都被调动过来了。

“老大，你放过我们这些胖子吧！本来就很瘦很漂亮了，再瘦下去可就瘦没了！”方圆跟着附和。

我微微一笑：“可能是最近胃口不怎么好吧？”说完，我顿时觉得胃里一阵恶心，“不好意思，你们先聊，我去下洗手间。”

到了洗手间，我愣是对着马桶吐了半天才缓过劲儿来，虽然啥也没吐出来。

看着镜子中的自己，好像就算化了妆也遮盖不了我脸上露出的疲惫感。心里还因为他的到来，有些七上八下的。总之，整个人不舒服到了极点。

“你还好吧？”问这句话的是吴用。刚刚我着急跑向厕所的时候，他刚好在走廊里打电话。

我朝他摆了摆手，刚想说些什么的时候，胃里的翻涌又来了。

“你看起来状态很不好啊？要不要送你去医院？”

“啊，我没事！”我抬头的瞬间，貌似看到了渣唐的身影，“那个，快开始了，我们先进去吧？”

吴用也不再多说，点了点头，跟着进大厅了。

此时整个大堂已经坐得满满当当了，看样子，仪式也快要开始了。吴用跟我不是一桌，所以打了个招呼后便各自回桌了。我坐的那桌离得比较远，等我快走近的时候，全场的灯光突然暗了下来，高跟鞋一下子没踩实地面，一个趔趄，险些摔倒，最后是被眼疾手快的渣唐给扶住的。

突然拉近的距离，害得我心跳顿时加快，不过他身上熟悉的味道，却一下子让我安心了许多。

“没事吧？”他轻声地问道。

“没事！”我站稳身形后，连忙跟他拉开了距离。此时此刻我应该庆幸的是，这样的光线下不会让他发现我面上的局促和不适。

音乐一响，随之而来的就是主持人的声音，跟大多数的婚礼流程一样，差不多的开场白，差不多的婚庆装饰，差不多的新郎新娘……

只是让我多少有些恍惚的是，曾经那个红着脸当着全公司的人的面跟渣唐告白的小姑娘，此时此刻却站在了一个完全不同的男人身边，在主持人的引导下，对对方说出了爱的誓言。

其实，我挺羡慕她的，虽然在工作上不温不火、唯唯诺诺的，但在感情上，她可比我潇洒多了。

“小叶这速度可以，一下子事业家庭两不愁了，啧啧啧……这女人就是比男人更容易成功啊……”坐在我一旁的方圆忍不住感叹了一句。

“你怎么知道小叶怀孕了啊？”同事A忍不住插了句。

“我又不是瞎子，这段时间你就没见着小叶又是呕又是吐的？还整天身上带着一包酸梅子……”

“你这么一说，还真是呢！怪不得最近她还老在工位打瞌睡，我妈说怀我的那个时候就整天睡不醒，一开始还以为她偷懒，原来是有了……”

本来这些八卦我基本都是无视的，但是这样的内容却一下子惊醒了我。这些症状不就是最近自己的状态吗？

我下意识地咽了咽口水，连忙拿出手机偷偷看了一下日期，然后不由得倒吸了一口冷气……

这……真的是太有代入感了。

“那个，我有点不舒服，就先回去了，你们慢慢吃。一会儿小叶他们要是过来，帮我跟他们说一声对不起。”

“老大怎么了啊？要不要我送你回去啊？”方圆站起了身。

“啊，不用，我家离得挺近的，不麻烦你了。”

说完，我不敢多做停留，起身离开了。

走出酒店，一股凉风袭来，吹得我整个人都有些恍惚。也不知道是不是最近没吃什么东西，只觉得头一阵晕眩，眼看就要稳不住身形，不过在倒地之前，我好像感觉有谁把我给扶住了……

一片澄碧的湖上，微风习习，湖面因为阳光的照射，像是把星星揉碎了丢进了浩瀚的银河里，璀璨又晶莹。

湖中有一叶小舟，我穿着一袭白裙独坐在里面，整个身体轻飘飘的。湖面没有尽头，茫然的我，竟不知从何处来，又要去往何处。心口某个位置，冰凉冰凉的。此时此刻，我好希望能有个人给我一个温暖的怀抱……

…………

我醒过来的时候，首先感觉到的就是鼻尖传来的医院消毒水的味道，整个身子很沉，全身无力到了极点，看到旁边的输液管，脑子里才反应过来，我这是在医院里。

这时，门推开了，进来的人是渣唐。看我醒了，他连忙走过来，帮我用枕头垫靠，扶我起身坐好。

“怎么样了？还有没有哪里不舒服？”他的声音低沉又温柔，害我都有些恍惚了，觉得好像他还是我的男朋友似的。

“是你送我到医院的？”

“嗯！还好我跟着出来了，不然……”他突然一下子沉默了，隔了很久才又说道，“你怎么不告诉我呢？”

“告诉你什么？”

“你怀孕的事啊……”

“怀孕？”

“医生说你有孕期低血糖，所以才会晕倒的……”

“孕期……低血糖？”这些词对我来说，无疑是一个新概念。

我们两人都沉默了。虽然之前是有那么一丝猜测，但真的事实摆在面前的时候，我整个人都是一种茫茫然的状态，有些不知所措。

而他应该也跟我差不多的感觉吧？于他而言，是不是已经是一种负担了？毕竟他都跟 Linda 在一起了……

正在这时，老妈急匆匆地推门而入，随后是一脸担忧的老余。

“怎么回事啊？不就是去参加个婚礼，怎么还晕倒了呢？”

“怎么样了？医生怎么说啊？”

我跟渣唐对视了一眼，最后是他开的口：“青葱她……怀孕了……”

父母一听，纷纷瞪圆了眼睛。老妈更是嘴巴蠕动了半天，愣是没吱出一个字。老余就更别说了，一副女儿被人欺负了却又十分无奈的表情。

“爸、妈！你们先出去一下吧，我想跟他单独聊聊。”

爸妈先后哦了一声。老余在关门前说了一句：“要聊好好聊啊，别动手！”

老妈魂不守舍地补了一句：“我当外婆了……”

我：“……”

病房里又恢复了安静，似乎都能听到我跟他的呼吸声。

“孩子是你的。”

“我知道！”

又陷入了沉默。

“我会对你负责的！”

“我不需要你负责！”

我们异口同声道。

“我们以前在一起的时候，我就说过，我不会因为一个孩子而被迫接受一些东西。虽然这其间我经历了很多，想法上或多或少也会有些改变，但……这件事，我会自己处理好的。”

“你打算怎么处理？打掉吗？”

“不管我做什么决定，都跟你没关系。”

“怎么没关系？我可是孩子的父亲。”

“我心意已决，你走吧！”我转过身，背对着他躺下。关于这件事，我已经说得够明白了，也无须再多说什么。

“余青葱，那可是一个小生命，是我们的孩子！我希望你不要这么残忍。”

我没说话，但内心却还是冒出了一丝委屈。其实，经历了这么多事后，对于突如其来的小生命，我的想法的确已经跟以前不一样了，特别是跟阿祖的孩子相处过后。所以，我没想打掉他，起码到现在为止。

可是，我不想用孩子去拴住他。如果他对我还有爱，尚且还有回转的余地，可他现在都已经跟别人在一起了，也带着那个女孩儿见自己的母亲了。现在搞出这个事情，貌似对大家都不好。

因为也不是什么大问题，输完液后，我就回家了。渣唐在说完最后那句话后，也不知道去了哪里，所以，是爸妈陪我回去的。

一路上，老妈子都在问我是怎么想的，我都闷声没说话。老余回我妈说：“你就别问了，孩子她现在也烦着呢！他们都是成年人了，会有自己的决定的，你不要去干预。”

“我不干预能行吗？这都老大不小的了。按我说啊，就得顺水推舟，既然有了孩子，小唐就该负这个责，把婚给结了，这孩子才能名正言顺地出生。这个年纪了，还是第一个孩子，我是不同意去流产的，万一搞到后面不能生了呢？那单亲妈妈也不行，我不能让我女儿的名誉受损，以后一个人辛苦……”

我想，遇到这种事情，每个人的父母都会有这种想法吧？事情来得这么突然，一下子让所有人都乱了阵脚。一向理智如我，脑子里也是一片糨糊了。

把我送回家后，老余把蔡小花同志也给强行带走了，说是不让她来左右我的想法。我刚坐下没安静一会儿，敲门声响了，我还以为是老妈挣脱束缚又回来了，打开门却看到渣唐立在门口。

他手里提了大包小包的东西，没等我说话，就径直走了进来。

“医生说你营养不良，我先给你准备晚餐吧！晚上还一直没吃东西……”他边说边在厨房忙活，好歹也是住过几年的地方，对这里轻车熟路的程度完全不亚于我。

“你干什么？”

他当作没听到似的，还从手机中翻出一些美食博主的视频，边看边学着做。

“你听到我说话没？你要我说多少遍？我不需要你负责！”

“你以为我是对你负责？我只是对你肚子里的孩子负责……”

本来情绪就已经很不好了，他还这么说，我一下子就火大：“你不走是吧？好！那我走！”说完我就开门往外走。人还没踏出门，他一把拉住了我：“东西做完，你吃了我就走……”

他没有看我，低垂着的眉眼不知道掩藏了什么情绪，拉着我的手也是冰凉的，能透过薄衣服让人感觉得到的那种冰凉。

我实在也说不出再狠的话，转身回到了房里。

进屋过后，心里实在是烦乱，忍不住把这件事跟阿祖说了。

“什么？等一等……你有宝宝了？”

“你说我现在应该怎么办啊？”

“阿克阿克！葱她怀孕了，怀孕了耶……”呼……貌似这家伙根本没有听我说话，“我要当干妈了，你要当干爹了……”

我：“……”

“那你告诉渣唐了吗？”

“他现在就在我家啊……在给我做晚餐。”

“那就让他好好表现啊！反正你也不吃亏。”

“可是你也知道这样不对，而且我是从心里排斥的……”

“哎……你呀你，什么时候才能放下你的那些心理负担啊？过日子这种事情，你不要太把它理想化嘛！”

“所以，你也觉得是我在矫情吗？”

“不过，每个人都有每个人的想法啦。你一向都是心里怎么想就会怎么做的人，我也不想左右你的想法啦。不过，我是真的很想很想当干妈……哈哈哈！”

我深吸了一口气，决定暂时不去想这件事了，因为感觉现在不管想什么，都有些庸人自扰。

我慢慢地垂下头，抬手附在了我的小腹处，仿佛能感知到里面的小生命似的，心情还真是有些说不出的悲喜交加。

就在这时，门口突然响起了敲门声。隔着门听到他有些低沉的声音：“做好了！”

我开门出去，发现桌子上摆着一碗热气腾腾的猪肝粥，还有我最爱的百香园的小笼包，外加两碟菜和一碗汤。

“医生说，孕吐反应严重的话，少食多餐，以清淡为主……”

见他一副做了错事的表情，我心里大概也没什么气了。也不知道是不是因为是他做的饭菜，闻到香气的时候，我还真觉得有些饿了。

我拉开椅背坐下，拿起勺子的同时抬眼看他。“我就在附近的酒店，如果晚上有什么需要的，给我打电话……”

他没给我说话的机会，说完转身便走了。我舀了勺粥送嘴里，心里顿时很不是滋味。

我曾经也幻想过突然有孩子的这么一天。当时的我会想着我们都是成年人了，面对意外也可以足够淡定地去解决。然而在这种情境下，我却不知道该怎么办。

接下来的两天，我被孕吐折磨得几近崩溃，别说吃啥吐啥了，很多东西闻着味儿都会让我难受老半天，我从没有变得如此脆弱不堪过。孩子的到来，我更多的感觉是在惩罚我，是一种报应。

实在有些撑不下去的时候，我给老妈打了电话。

半小时后，门口响起了敲门声。

我拖着有些虚弱的身体，去开了门：“怎么没带钥匙啊？”

本想迎面抱住我妈的，谁知道门口站着的竟然是渣唐，险些就扑进人怀里了。

“你怎么来了？不都叫你走了吗？”我用手推了一下他，可明显我没什么力气，他依旧纹丝不动地站在那儿。

“阿姨拜托我过来的，她说还要照顾叔叔，走不开，所以让我过来看看。”

他话还没说完，我就又感觉到一阵反胃，转身往厕所跑了。

“很难受吗？”他朝我又是递纸巾又是递热水的，“我能帮你什么吗？”

我反手一挥：“你离我远点！”

抬眼看过去的一瞬间，我看到了他眼里的心疼和无奈。

“要是实在难受，就……”他深吸了一口气后，补道，“去医院吧……我，不想看到你这样……”

“唐XX……”

他坐在床边，抬起头看着我。

“我说的不是气话！我真的不需要你为我负责，你完全可以当作没发生的样子回北京，然后开始你的新生活……”

“你这个样子，叫我如何安心回去？我这两天就一直在想，如果不是我，不是我刚好跟着你走出去了，你就在没有人的情况下这么晕倒在大街上……你都不知道，我有多庆幸……”

“于你是庆幸，但于我而言，是不幸。如果你没有出现，我想我能很好地解决这个问题。”

“怎么解决？瞒着我打掉他？余青葱！你怎么还不明白？这件事一旦发生，就不是你一个人的问题了！”

“给你造成困扰，我很抱歉！”

他深吸了一口气，欲言而止了半天后终究没吐出半个字。半分钟后，他脱下外套，走进了厨房：“我是阿姨拜托过来帮忙照顾你的，等她有空过来的时候，我会离开的！”没等我反驳什么，他又转过身补了一句，“不要再说跟我没关系，你就当我在弥补我的错误好了……"

错误……啧！还真是讽刺！

02

2020 年年初，由于疫情防控，渣唐滞留在了我家。要是知道事情会发展成这样，当初我的态度该更决绝一些。

不过，几天相处下来，我们之间的关系或多或少得到了缓解，起码可以轻松愉快地聊天了。

"对不起哦，害你不能回去过年。"今天他给我炖了营养鱼汤，味道比起前几次也进步了不少。

"我也没想到，不过是参加一个婚礼，竟然还能把自己困在这里，还把自己逼成了全能煮夫……"

"听你这语气，还挺委屈。"

"委屈倒也不至于，反正是为我儿子服务。"

"你怎么知道是儿子？"

"你没看过狗血电视剧吗？通常这种情况下出生的孩子都是儿子！"

我实在没忍住，扑哧一笑："明明就是重男轻女……"

"其实我更喜欢女儿……儿子太淘气了！"

"所以，你想好要怎么跟你的模特女友解释了吗？"

"你呢？还在跟你的上司暧昧不清吗？"

"我没有！"哇，这个人，顿时让我气得一句话都说不出，可能是婚礼那天，看见我跟吴用拉着手进场了吧？这个人，还真是一如既往的小心眼。

不过，过来了这么些天，我发现他一直都是低气压状态，虽然偶尔会跟我贫嘴，但一点儿也没有以前那种活蹦乱跳的样子，话也变少了很多很多。我在想，是不是因为我突然怀孕这件事给他带来了太大的压力。

“唐XX，疫情结束解封后，你就回去吧！我余青葱只要说了不让你负责，以后就绝对不会找你一丝麻烦。”

“所以，你还是想打掉孩子吗？”

“我……”

我话还没说完，放在一旁的手机便响了。他起身去接了电话，还没开口说什么，拿着手机的手便垂了下来。我刚想问他怎么了，只见他打开门就往外冲，我被吓了一跳，连忙追上去，追出去发现外套没拿，又返回帮他拿了外套。

我没能及时跟他坐上同一个电梯，等我下去的时候，我看到他在小区门口跟保安撕扯。

“你让我出去！让我出去啊！”他的声音很大，近乎发狂的状态，我从没有见过他那样，有点被吓到，连忙过去帮忙拉住他。

“你怎么了？冷静一点儿好不好？”他一下子甩开我的手，用脚猛去踹被封了的那个门：“让我出去！别拉着我！！！”

保安大叔有点拉不住了，一边叫人一边大声地喊道：“年轻人，你有话好好说，别把门踹坏了！嘿！冷静点！”

最后是来了两个物业的，才把人给拉住。他似乎也是折腾得没有力气了，一下子跪倒在了地上，抱头痛哭了起来，声音哽咽得发不出一句完整的话：“妈……妈！你……怎，怎么都不等，等我……妈！”

他的这句话直接冲击了我的心脏，像是被钝器一下子击打了胸口般，顿时一口气吸不上来。

“你，你说什么？”

因为稳不住身形，我不由得往后趔趄了两步，身体由于害怕和难过有些止不住地发抖。我不知道此时此刻我要说什么来安慰他，一切的语言似乎都苍白无力吧？悲恸的同时，我还渐渐地升起了愧疚。你说，如果不是因为我，他也不会被留下来吧？也不会错过见他妈妈这最后一面了……

保安大叔大概也是猜到什么事情了，原本的指责也开始变成了安慰："小伙子，不是我不让你出去啊，现在这个特殊时期，你就算出了这个门，封路了你也很难回去的啊？遇到这种事情谁也不想的，只有节哀了……"

此时外面正飘着小雪，他又没穿外套，没一会儿，就看到他露在外面的手被冻得通红。我把外套轻轻给他披上，看着他崩溃看着他哭得这么撕心裂肺，我一点儿办法也没有，只能站在旁边跟着哭。

天渐渐地黑了下来，呼呼的晚风刮在脸上像刀口划过一样刺痛，保安大叔在一旁劝说安慰了半天，而我却连步子都无法挪动，整个人僵得跟石像一样。

"快把他带回去吧！这么冷的天，关键时期要是感冒发烧了，后面麻烦事更多！"保安大叔朝我说了一句后，我才缓缓地走到他跟前蹲下："回去吧！"

他被我慢慢地扶着站了起来。看着他哭红了的眼，我的心仿佛被刀剜了一样疼。

脑子里突然闪现他以前跟我说的一些话——

"等我有钱有时间了，我就带着我妈去全世界游玩。她一个人把我拉扯大真的很不容易，怪只怪我懂事得晚，读书那会儿，老是惹她生气、惹她哭……"

有一次，阿姨在没告知我们的情况下，自己从北京来这边找我们。当天晚上，渣唐吃了她亲手做的炸酱面，差点感动得哭了。我每次都说："阿姨要不你教我做吧？以后他想吃的时候我就可以给他做了。"阿姨笑着说好好好，但我却总是因为工作没能跟她好好学。她离开的时候，在桌子上留下了一个手写的菜谱，最后还留下一排让我们好好照顾自己的字样。

再早一点儿的印象，大概就是在飞机上相遇的那一次了吧？明明是那么一个有活力的老太太，明明是一个对生活充满了热情和向往的人，说没就没了……

我突然就理解在云南那次，渣唐为什么会对我歇斯底里地喊叫了。我一直觉得老太太可能就是有点小病小痛，却没想到是这么严重的病……

分手后也没去看过她老人家，上次通电话还害她哭……

最起码，最起码得让她知道她已经当奶奶了啊……

回去后，渣唐把自己锁进了房间，不管我在外面怎么敲门，他都不理会我。而我现在的情况也不怎么乐观，每天依旧吐得昏天暗地，吃啥吐啥，晚上也没办法安眠。要是以前，我可能还会喝点酒释放一下自己的情绪，可现在，我除了哭，什么都做不了。

感觉我们的世界一下子就昏暗了下来，屋子里明明有人，却是死一般的沉寂。

不知道过了多久，我听到了他的开门声，我连忙从床上爬起来，跑到他的跟前。看着憔悴到不成人形的他，我心脏疼得似乎要撕裂一般。

我想上前抱住他，可是又不敢，想说些什么，又怕话还没出口眼泪就先决堤了。

最后，是他走过来抱住了我，我才一下子没崩住，边流眼泪边跟他说着“对不起”。

他把我抱得很紧，没一会儿我便感觉到他的身子也在颤抖，伴随着他呜呜的哭声，嘶哑无力，悲恸得有些无以复加。

他说：“余青葱，我以后只有你了……”

也不知道是不是因为突然听到了这句话，我那根绷着的弦一下子就松了，整个人脑子一沉，一下子失去了意识……

再次醒过来的时候，我不出意外地又出现在了医院的床上，第一个看到的人还是渣唐。虽然他戴着口罩，我看不清他的表情，但从那双又红又疲倦的双眼中，我再次感受到了心疼。此时此刻，我竟连“对不起”都说不出口，只觉得胸口又闷又沉。

因为是特殊时期，我们都不愿意在医院里多停留，我也很怕渣唐的情绪会再被医院影响，所以，住了一天后，我们便回去了。

在路上，我们都彼此沉默着。连绵了好几天的雨雪天气后，天空终于放晴了，我不知道这样能不能多少拨开他心里的乌云。见他一直不说话，我试探性地把手伸过去。原以为他会拒绝，可是刚一触碰到他，他便主动把我的手给拉住了，虽然有些冰凉，但我心里顿时踏实了许多。

“其实，我没想过要打掉他，一次也没有……”

他虽然没说话，但是却把我的手握得更紧了。

“要是早点跟你说清楚，也许就不会有这么多遗憾了……”

阳光透过车窗倾泻了进来，照在他憔悴不堪的脸上。明明以前在我眼里还是个长不大的男孩子，却在这一刻，透出了一个成熟男人的沧桑和厚重。在这之前，我幻想过好几次他以后成熟时的模样，可现如今，却看得我心如刀割。

此时此刻，我多么希望，他永远也不要经历这些苦痛，做那个永远都快快乐乐的男孩儿……

03

时间一晃就过去了好几个月，这期间，各城市的交通也开始慢慢恢复。疫情面前，人人自危，可是为了守护我们的岁月静好，工作在前线的医护工作者仍在负重前行，这场看不到硝烟的战争虽然带走了很多东西，却也让很多人明白了生命的意义，学会了珍惜和感怀。

这几个月间，我在渣唐的悉心照顾下，挺过了难捱的妊娠早期。他虽然话变少了，人也不怎么爱笑了，但好在也熬过了最难捱的那个时期。现在的他，比以前成熟了，也成长了很多，做什么事情之前也会做万全的考虑了。

解封后，我陪他回了北京。因为当时的情况特殊，也没有举行什么葬礼。听医生说急性胰腺炎发病时会浑身疼痛，好在老太太走得快，没有多少痛苦。在得到了家属的同意后，医院便直接火化了遗体。

渣唐在抱到老太太骨灰盒的那一刻，整个人都哭成了一团。我既是心疼又是无可奈何，只能陪伴左右，抬手悄悄抹泪。

去陵园办理好了所有手续并安置好了老太太后，我们回到了老宅子。还是以前的那个四合院，只是大家都不怎么出门了，紧闭房门。因为人人戴着口罩，也不能看到大家的笑脸了。

屋子里因为很久没人住，已经感觉不到任何的人气了。外置的桌椅上，四处都爬满了灰。渣唐走到那个靠窗的桌子前，拿起了桌上放着的一本台历，上面有用笔圈起来的日期，日期旁边写着一行小字——“今天儿子回来”，后又似乎没有如愿见到儿子，又用笔在上面画了条斜线。

渣唐一边掉着眼泪一边翻着台历，才发现这样的“日子”有好多好多……

我从身后抱住了他，愧疚感变得更深了，要不是以前他将就了我，跑到我的城市和我生活在一起，那他陪伴老太太的时间是不是就会多很多?

之前的参赛稿，已经到了最后的角逐阶段。渣唐在离开我老家那家分公司后，也开始在北京自主创业，开了个 VR 科技公司。不同于他之前那个主攻 VR 游戏的公司，这个公司主攻的是技术，涉及面更是广到各行各业，不过因为疫情的影响，开工的时间被推迟了很多。我们在北京安顿好后，他便回公司忙工作，而我，再次见到了 Ashley。

时隔大半年再相见，我似乎又改变了很多。而她，似乎延续了之前的老样子，对待工作精明利落，对待感情理性克制。

“我就知道以你的实力一定可以到前三，我很荣幸也很欣慰跟你出现在一个榜单上，至于最后谁是第一名第二名，已经没有那么重要了……”说完她从文件袋里拿出一份文件摆在我面前，“我现在也开始经营自己的广告公司了，你如果有兴趣，可以以合伙人的身份加入……”

我微微一笑，手轻轻地在小腹上抚摸着。她吃惊的同时也一下子明白了我的意思：“虽然料到你终究有一天会有自己的家庭，但是亲眼看到还是觉得不可思议。”

“人都是会变的吧？所幸的是，他的到来虽然突然，但也给我带来了勇气和前进的方向，而且……所幸身边的人一直是他……”

“那祝贺你！得到了大部分女性都想要的生活，你依旧是我最羡慕的那个人……讲真的，一开始我真的以为你会选择跟吴用在一起，毕竟对大多数的女人来说，他才是作为终生伴侣的最佳人选。”

“最佳不代表合适，婚姻如鞋，只有自己觉得舒服，往后的几十年，才不会让脚受委屈。”

“你年纪虽然比我小，却好在什么事情都比我先想透彻。如果让我的人生重来一次，我可能会做跟你一样的选择。”

我扬唇一笑，不置可否。其实不管是谁，匆匆的人生道路上，人生际遇，百转千回，幸运的是，我终于找到了一个“此地甚好”，然后能和爱的人携手同行完余生吧。

最后，她给了我一张 Lynn 的名片：“这次比赛过程中，我有幸遇到了 Lynn，然后话题中谈及了你。她让我向你带一句话，希望有机会可以认识你。”

这一刻，关于那个时候所受到的委屈一瞬间就烟消云散了。

五月的一天，天空明媚，微风不燥。渣唐一大早起来，把自己收拾得利落得体，让我带上所有的证件，说是要带我去民政局。

“给孩子办出生证明得有结婚证……”

若是以前，他跟我求婚说这样的话，我一定还会觉得他只是对孩子负责才这样，或者是嫌弃他的求婚一点儿都不浪漫且没有惊喜。可现在在我听来，却是句特别动听的话，很实在，也很感动。

“好！”我点了点头，泪水有些不自觉地在眼眶里打转。他走过来抱住我，温柔地说道：“老太太刚走，所以，给不了你婚礼。反正要在一起一辈子，等过了这段时间，你想什么时候补都可以！还有……不要再自责了，一切都是我的选择，跟你没有关系……”

我的眼泪夺眶而出，紧紧地抱着眼前的男人，心里淤积不散的地方，也开始慢慢地消退弥散……

“好啦！怀着宝宝呢，不能老这么哭。今天是个好日子，开心点！”他抬手帮我擦去了眼泪，俯下头在我唇上啄了一下，“扯了证，咱们就结束五年多的‘非法同居’了……”

他勾起嘴角一笑，是这几个月来，我印象中的第一次笑，犹如今日的阳光一般，有些明媚，有些暖。

他今天穿着白衬衣黑长裤。去民政局的路上会经过一片梧桐树的林荫道，他牵着我的手，时不时转过头冲我笑。风撩拨着他额前的刘海，整个人看起来干净又明朗。

“唐XX，你再叫我声姐姐听听？”

“开什么玩笑？我可都是当爸爸的人了……”

“哎呀，叫一声嘛！我很久没听你叫了……”

“不叫！被我儿子听到不得被他笑话？”

他刚一说完，我便感觉肚子里传来了动静，这一动，直接让我傻眼了。

“怎，怎么啦？”

“刚刚……刚刚我感觉孩子在踢我了……”

“不是吧？这才四个月，这小子这么皮的吗？我听听……”说完他蹲下身子，把耳朵贴在了我的肚子上……

没一会儿，肚子里又动了一下。

“真，真的动了……”渣唐惊讶地瞪圆了眼睛，兴奋的样子看起来像是个孩子，“臭小子，你要乖一点儿啊，别折腾我老婆……”

这一刻，我感觉我的眼眶湿润了，好像到此时此刻，我才真正地感受到了他的存在……

在拍结婚证件照的时候，摄影师一直让我们的头靠近一点儿。按下快门的那一刻，他忍不住感慨道：“你们俩看起来蛮像的，特别有夫妻相……”

不知道为什么，我心里一下子觉得圆满了。脑子里回想起以前——

“这，这就我家老太太！怎么样？我俩长挺像的吧？”

“看看！我们长得像吧？异父异母的亲姐弟呢！”

原来，下一次听到类似的话，是在民政局……

番外一

新的征程

孕期因为实在闲不住，我就偷偷地跑去渣唐的公司上班。因为项目的问题，他经常会出差，很少会出现在公司，所以，我让公司的那些人帮我保密，在公司里悄悄地干起了 VR 项目策划的工作。

如今技术越来越纯熟，我做了大量的市调后策划出了一个名为“VR 心理咨询师”的项目。随着现在社会的发展，由于家庭、工作、就业压力以及人们越发脆弱的心理承受能力等，身边开始出现一批又一批的心理疾病患者，他们压抑、烦躁且不被周遭所接纳的心无处安放，心理压力得不到及时缓解。

这个项目存在的意义就在于，它会给你一个独立且有绝对隐私的空间，让你在虚拟情境里，不仅找到一个完全可以自主交流，24 小时随时在线的虚拟机器人，还能得到真人心理医师提供专业的心理排解和指导。当然，它还配备了很多解压的小游戏和各种各样的趣味心理测试。

为了不让渣唐知道是我策划的这个方案，我便让公司里的员工代替我去做了策划会议演讲。因为是临时授命，准备得不够充分，所以渣唐很快察觉到了不对劲，不过起初他没有猜到是我在后面“暗箱操作”，以为可能是员工做了类似抄袭别人创意的亏心事。

就在他逼问员工的时候，我突然感觉到了一阵宫缩，痛得我整个人腰都直不起来，最后还是路过的板砖儿发现了我。

“哎？嫂子，你怎么在公司里面？你怎么了这是？”

“快，我，我可能要生了……”

板砖儿顿时吓得手忙脚乱，一边扶着我，一边给渣唐打了电话：“你在哪儿呢？嫂，嫂子快生了！”

没一会儿的工夫，渣唐就跑了过来。来不及惊讶我为什么会出现在这里，他一个使力把我打横抱了起来，一路急急忙忙地往医院赶。

生产算是比较顺利，到医院后不到半小时，我就听到孩子哇哇的啼哭声了。那一瞬间，我心里终于踏实了，眼泪不受控制地夺眶而出。

是个将近 8 斤重的男孩儿，小小的，跟渣唐的模样如出一辙。

“我怎么看你一副嫌弃的表情？”

渣唐眨巴了下眼：“就感觉好像在看自己……”

我扑哧一笑，觉得此时的他有些可爱：“有何感想？”

“就觉得我妈……好厉害！”说完他明显一顿，可能是怕影响到我的心情，他又补充道：“你也很伟大！超牛的那种！当然，小爷我也功不可没！”

“你能不能改改你那张嘴？当着孩子的面还这样……”

“反正他也听不懂……”

沉默了一会儿后，孩子突然哇的一声哭了，把渣唐吓得肩膀一耸，立马过去抱住小家伙，一顿轻声温柔地哄。看着这样的场景，我的心里充盈着满满当当的幸福。

“公司不是还有事要处理？把孩子给我，你去吧！”

“说到这个，我就要好好收拾你一下了！”他把孩子转给一旁的护士抱住，“你什么时候进策划部上班的？大着个肚子还不消停，在公司看到你的那一刻，我差点没被吓死！你说要是晚到这半小时，出了什么意外，你要我怎么办？”

“我闲不住嘛！再说了，医生都说了，好在我后面运动量比较足，生孩子才生得快，而且是 8 斤的顺产，看我多厉害！”

“我必须得惩罚你一下！”说完他朝我走近，俯下身在我的额头印下了一个浅浅的吻，眼眸盈润且温柔，“辛苦了……还有……谢谢你……”

何其有幸，才能让我拥有你的满眼温柔和宠溺！

后来，方案成功推上市场并获得了相当可观的成绩。不过，一个项目的胜利并代表不了什么，我相信，随着后面技术的跟进，VR技术将会广泛应用到我们生活的方方面面，就像梦想男孩儿早些年所畅想的那样。当然，写到这里，关于我和他的故事虽然结束了，但是我们却携手迈进了人生新的进程……

感谢他，让我成了更好的自己，也很庆幸，第一次吻的那个人，一直陪我到了最后。

…………

某个懒洋洋的午后……

“对了，我好像听说 Linda 跟板砖儿在一起了？”

“两个人杠上了呗！他们这三观，不碰撞出一些火花都天理难容。”

“听起来好像蛮有趣！”

番外二

补充情节

（以下剧情为第十三章末尾的补充情节……因为第一人称的主人公已喝晕，所以在事后总结了好几个当事人的口述后，便用第三人称的方式做了以下的陈述。）

“你能不能不要走啊！”Linda 拉住渣唐的手。

“她喝太多了……”见他要走，Linda 跑到他跟前拦住，“可是你们已经分手了！她都跟她老板好上了，你还去干吗？”

“Linda，别人不了解她，我了解的。我就过去把她安全送回家，你不舒服就好好休息一会儿吧……”

“你这样算什么啊？你既然忘不了她，为什么要接受我啊？”Linda 带上了一丝哭腔，“你跟她在一起六年。可你想过我没有？我何尝不是也等了你六年！”

“你自己说的啊，做不了女朋友就做我妹妹，我才让你靠近我的！是你一直要做一些让人误会我们关系的举动……”

“我到底哪里不好？哪里不如她了？”

他扬唇一笑：“我要不去，肯定会被骂小狗……对不起……”

渣唐离开了酒店。夜晚的凉风总是可以让人一下子清醒许多，他裹了裹外套，忍不住咳嗽了好几次，最后拦车朝余青葱他们唱 K 的地方赶去。

在去的路程中，渣唐给余青葱打过几次电话，但一直都是无人接听的状态。十分钟后，他到达地点，找到包厢后环视一周，却没有看到她人。

“老大喝多了，吴总刚扶着她出去……”方圆说道，“这……包还没拿呢！我正准备给她送过去……”

“给我吧……”渣唐直接拿过了方圆手里拿着的包，“我就住她家楼下……”

方圆了然地点了点头：“那麻烦唐哥了……”

渣唐追出 KTV 时，吴用的车刚巧离开。他在路边连忙又拦下了一辆出租车，跟在了黑色迈巴赫后面。

与此同时的迈巴赫里，余青葱嘴里叽叽咕咕地念着：“唐 XX 你就是个胆小鬼、小狗、小猪、花心大萝卜……”

坐在旁边的吴用把已经搭在余青葱身上的外套往上提了提：“车子再开慢一点儿。”

前排的代驾师傅应了一声后，车速明显慢了下来。

而此时，余青葱那摇摇晃晃的头突然就滑靠在了吴用的肩头，他一愣的同时稳了稳自己的身形，以便她可以靠得更舒服一些。

车子很快到了余青葱家所在的小区，突然停下来的车和车门打开的声音让余青葱醒了过来。吴用顿时觉得肩膀一空，肩头的余热在慢慢地消散。

“啊……对不起啊，喝，喝多了……”她连忙跟吴用道歉，然后急忙从车里下来，高跟鞋一下子没踩稳，险些摔倒。吴用也连忙下了车：“小心点，走！我送你上去……”

两人正往楼上走的时候，渣唐的车到了，他就刚好看到吴用一个公主抱把余青葱抱进了电梯。

渣唐说不出心里是个什么滋味，想要立马追上去阻止，却又觉得自己没了那个身份，手里紧紧地拽着包包带子，进了另一个电梯。

他按了余青葱家的楼层，后又按几下取消了，按了自己住的楼层，最后可能不甘心，又按了楼上的楼层。

“对，还包！”

渣唐做了自认为十足的准备后来到余青葱家门口，发现门没有关，他人还没进去，就看到了门口放着的男士皮鞋，一下子气血有些上涌。他推门走了进去，往里一瞧，发现浴室传来水流的哗哗声，气得把手里的包往鞋柜上一丢，转身离开了。

回到家后，渣唐气得有些坐立不安。他在原地踌躇了一会儿后，给余青葱打去了电话，打了三次她才接起来……

“喂？”

“下来拿你的东西！”

“什么东西？”

“下来就知道了……”

“哦！”

电话挂断后，渣唐又一下子慌了，话都说出去了，一会儿拿什么给她呢？早知道刚才不那么快把包还给她了，急得他忍不住一直干咳。

门铃声很快响起了，渣唐喝了杯水后才去开了门。

“你怎么……穿着睡裙就下来了？”

余青葱此时还晕乎着呢，只见她手一伸，眼神迷离间旖旎又动人：“什么东西？给我啊……”

渣唐挠了挠后脑勺，临时想到了什么，说道：“你之前不是给我发微信说，要拿走我什么东西做纪念吗？”

余青葱眨巴了下眼：“啊！那给我啊……”

渣唐朝她走近一步：“那你想要什么？我可没有初吻什么的给你了……”

余青葱突然眼里泛起了泪光。她轻咬住嘴唇，似乎在隐忍着什么情绪。那般楚楚可怜的模样，任谁看了都会心生怜悯吧？

“怎么了？”

余青葱突然打了个喷嚏：“冷……”

渣唐连忙脱下自己的外套给她搭上，但没有及时松开两边的手。两人的距离很近，近到似乎都能隔着那几厘米的距离感知到对方身上的温度。

“余青葱，你到底醉没醉啊？”渣唐此时的声音，有些低沉，语气有点掩不住的忧伤，“还冷不冷？”

余青葱点了点头，渣唐这下松手了，不过却连人带衣服地把余青葱揽入了怀里：“对不起……一直都是我在指责你，却没有反省过自己哪里不好……”

余青葱可能是真的冷，突然有个温暖的胸膛，她便毫不介意地整个人贴上去，像没听到渣唐说的那些话似的。

“我现在说的话，你是不是明天醒过来就不记得了？”余青葱在他身上蹭来蹭去，像只粘人的猫咪似的，渣唐的声音也不自觉地变得宠溺温柔了起来。

“我爱你……”余青葱突然闷声闷气地冒出了这么一句。渣唐的心忍不住地咯噔了一下，他把怀里的人推开一些，想看看她是用什么表情说出的这句话。余青葱在他怀里抬起了头，嘴唇无意中还轻轻地蹭了一下他的喉结。渣唐紧张得咽了咽口水，他该怎么承认，他一直对眼前的女人没有任何的抵抗力呢？

“余青葱……”他连说话的声音都不自觉有了输了的势头。

正在这时，余青葱的电话响了起来。因为手机一直拿在手里，余青葱想要接电话就必须撤开怀抱。渣唐现在哪里肯放开她，直接把她的手机夺过来，丢在了一边。

在看到是吴用打过来的电话后，渣唐有些急了：“你是不是真的和你老板在一起了？”

余青葱迷糊地眨巴了两下眼：“唐XX，你怎么总是在我梦里出现啊？是不是在梦里我对你做什么你都不会拒绝我啊？”

还没等渣唐反应过来，余青葱便抬唇亲了亲他上下滚动的喉结。渣唐没有设防，这一下撩拨害他没忍住咳了两声，整个人像干柴一样，有种被火给调戏了的感觉：“算了，你回去吧？”

说完他撤开了怀抱，还把她身上的外套给搭好：“改天把衣服还给我就行！”

口干舌燥，濒临崩溃。

余青葱无辜地眨巴了两下眼，而后舔了舔唇，乖乖地应了声好后便转身离开了。前脚刚踏出房门，后脚就听到一声猝不及防的关门声，吓得余青葱酒都醒了一半。

回到家后，吴用已经离开了，可能是因为打她电话没有接，所以桌子上他留下了一张纸条——我先回去了，你好好休息。

其实吴用之所以借用了余青葱家的洗手间，是因为在电梯里的时候，余青葱吐了人家一身。像吴用这种绅士，怎么可能做出一些乘人之危的举动呢?

不过，有些小肚鸡肠的人就说不定了。

余青葱刚进屋没多久，门外就响起了渣唐的敲门声。

“你手机忘拿了……”

“哦！谢谢……”

“余青葱！”

“啊？”

渣唐一个上前，把人揽进了怀里:“你就当你在做梦吧……”说完，俯首便吻了下去。不同于其他任何时候的吻，这个吻带有太多的饥渴和不甘，所以，他整个脑子里只下达了一个信号——她是我的，她是我的，此时此刻，只能属于我……

刚刚被他穿整好的衣服又被他熟练地脱了下来……

余青葱！因为是你……哪怕是乘人之危的不光彩事，我也义无反顾地去做了……

啧，真不负“渣唐”名号，就是事后有点……怂。

番外三

渣唐的个人 show time（其实是逼供）

一切都是在尊重本人意愿（渣唐：屁呢！）的条件下自动招供：

问："洛杉矶那次踹门事件当真啥都没看见吗？"

答："怎么可能？我又不是瞎子！啊！"后面的拟声词是被砸出来的……

问："去环球影城那次的 VIP 票一开始是不是要跟 Linda 去的？"

答："本来就是想跟你去的，爱信不信。你都不知道我为了那个票钱打了多少零工。"

问："第一次亲我的时候，心里在想什么？"

答："虽然看起来很帅对吧？但其实回去看球赛的时候，夙得一匹，浑身都在抖……"

问："有没有什么后悔却又觉得值得的事情？"

答："你这是个病句！啊！别一言不合就打我！好啦好啦……其实真要说的话，还真有一件事，就是我把好不容易赢来的那张场边票拿去跟人换了两张看台票吧。虽然有点后悔，但也很值得，好歹是舍弃了孩子才套住的狼！啊！呜呜呜……余青葱！"

问："为什么我离开洛杉矶后的那几天你一次都没联系我？"

答："停机了！啊！你是不是打我的动作都形成惯性了啊？你何必呢？有些话其实适合憋在心……好啦，我说，其实你离开洛杉矶的那段时间，是我最煎熬的几天。我平均每五分钟就会看一次手机，一看没你的消息，我就以为你很可能把我拉黑删除了。我怕我发一条消息过去，就会出现一个红色的感叹号。也没什么好丢脸的，毕竟你这个女人，是真的很难搞定。"

问："那次吵架后你离家出走，为什么后来又回来住了几天才跟我提分手？”

答：“我知道你出去找过我。网吧老板跟我说，你曾三次踏进网吧问有没有看到我，我那一瞬间什么气都没有了。回来住那几天，是想要你能正视我们的问题，从而想办法解决。但是你没有，又像以前那样装作什么都没发生似的继续相处，所以我才觉得好像没有继续了的必要，我不喜欢这样的恶性循环……呐，我是给了你机会的，是你没好好珍惜……”

问：“那晚上到底是谁先主动的？事后为什么跑了？”

答：“天地良心，是你先点的火！群众的眼睛是雪亮的！其实如果你说要我负责，我是打算跟你和好的，但是刚打出‘对不起’三个字，你就把我拉黑了。我还以为你生气了、后悔了，所以也就不敢再联系你、打扰你了。至于事后我为什么没有主动提及这件事，是因为我这个人比较知进退（其实是㞞），所以……哎呀，大家也不算吃亏吧？再说了，不是你说的要从我这里拿个东西做纪念，一个孩子够不够？不够我可以再辛苦一下再来一个！”

我：“……”

渣唐：“别杀我！”

问：“看完整本书后，你觉得有没有什么地方没表述对的（不服的）？”

答：“多了去了……等，等一下，就改一句好了，就是那次在NBA 球场看球赛我们对视的那个时候，你描述的是——‘我表现得很平常，很是自然地转过了头’，但实际情况是我的心脏都快跳出嗓子眼了……还有啊，为什么明明是两个人的电影，而我始终没有姓名？”

我：“你怎么还唱起来了？”

渣唐：“你们也想知道我的全名啊？好啊！TLY……（不是唐老鸭，想啥呢？）就是本人的全名缩写。我能透露的就是，本帅哥的全名非常有气质，非常有内涵，不好听怎么当偶像剧男主呢？”

“啊！对了！在线征集宝宝名……男孩儿女孩儿各一个！来我微博留言！微博号是……”

我：“去换尿布……”

渣唐：“趁她在睡觉，我给大家一个忠告！千万不要惹自己的媳妇儿，尤其是那种厉害的，不然你连自己怎么死的都不知道！”

我：“啊，对了，还有一点要说明一下，就是一开始他说的那句‘我被你祸害的那一年，才十八’这件事……我记得那是一个夏天……”

渣唐：“哎呀，别抒什么情了，让我一句话来完结！就是我高三的那一年，余青葱作为优秀大学生来我们学校做高考动员演讲。她那天可能便秘了，临近演讲开始，人都还没到，所以，老师让我去看看什么情况（我也不知道为什么会叫我）。可能是我一下子跑得太猛了，在上楼梯的时候，正脸撞她胸上了，扑面而来的窒息感啊……”

我：“……”

（全文完）